L'ENFANT DE L'AUTRE

DU MÊME AUTEUR

Le Roi Basil, Buchet-Chastel, 1991
La Folle aux chats, Pierron, 1992
Une femme empêchée, Belfond 1994, réédition Pierron 1999
Prix Erckmann-Chatrian. Prix Sully-Olivier de Serres.
Adapté pour la télévision en 1997 *(La Femme du veuf)*
L'Oreille de nacre, Anne Carrière, 1996
Amours d'automne, Anne Carrière, 1997
La Faute de Claire, Anne Carrière, 1999
Prix des conseils généraux de Lorraine.
Leocadia, Pierron, 2000
Stella, Pierron, 2001

Henriette Bernier

L'ENFANT DE L'AUTRE

Roman

Production Jeannine Balland
Romans Terres de France

PRESSES DE LA CITÉ

ISBN 2-258-06455-4

1

Pour la troisième fois au moins depuis qu'il avait commencé la traite des vaches, une douzaine de belles pie noir, Etienne interrompait son travail, traversait la cour, ôtait ses bottes à la porte de la cuisine, entrait et s'avançait jusqu'au seuil de la chambre, qu'il ne franchissait pas.

Pas question de s'approcher du lit dans sa tenue de travail, veste et pantalon de coutil où s'accrochaient encore quelques brins de paille, avec ses mains qui venaient de tirer les mamelles et en gardaient l'odeur et la moiteur acides. Le souci de l'hygiène n'était pas seul à le retenir, il y avait aussi ce mélange de pudeur, d'impuissance et de crainte qui tenait les hommes éloignés de ces choses-là, du domaine des femmes : Odette, son épouse, était dans les douleurs pour la naissance de leur premier enfant. Et le temps se faisait long.

Il osa à peine regarder sa femme étendue sur le lit, dont le drap de dessus et les couvertures avaient été ôtés. Juste le temps d'entrevoir la chemise relevée sur les cuisses entrouvertes, l'énorme arrondi du ventre et tout en haut, sur l'oreiller, le visage creusé, les dents serrées, les yeux fermés, les cheveux plaqués de sueur. Pour ne pas paraître trop pressé de sortir, il laissa un moment son regard parcourir la chambre, se poser sur les meubles, la vaste armoire lorraine bien cirée, la commode, la table de toilette au dessus de marbre, le miroir et le nécessaire de faïence, cuvette et broc, et le berceau prévu pour l'enfant. C'était le sien, qui avait servi aussi à sa sœur Jacqueline, ce berceau haut perché et muni de roulettes qu'Odette avait découvert au grenier et jugé bien pratique, se contentant d'en changer la garniture et les rideaux de cretonne blanche.

Léonie était assise sur une chaise, d'un côté du lit, et la sage-femme, la mère Ambroise, de l'autre côté. Toutes les deux calmes, les mains croisées sur leur tablier, noir pour l'une, blanc pour l'autre. Elles attendaient. Que pouvaient-elles faire hormis cela, puisque tout était prêt déjà pour le grand moment, l'eau chaude, le linge propre pour la mère et l'enfant ?

Léonie se leva et vint jusqu'à son fils qui, de retour dans la cuisine, se servait un verre de vin.

— Alors, mère, est-ce que ça avance ?

— Doucement, doucement. Il faut prendre patience. Et ce n'est pas de venir comme ça tous les quarts d'heure qui fera aller plus vite. Retourne à ton travail, mon fils, et n'oublie pas, quand tu auras fini de traire et de passer le lait, de renfermer les poules et les canards.

Dans le regard d'Etienne, elle devina de l'inquiétude, plus que de l'impatience.

— Ne t'en fais pas, il n'y en a plus pour longtemps maintenant, ça va venir, ça va aller...

Huit heures environ s'étaient écoulées depuis qu'Odette avait ressenti les premières douleurs, puisque c'était en préparant le repas de midi qu'elle avait été pliée en deux par les premières contractions. Elle avait pu toutefois venir à bout de sa tâche avant la seconde alerte, juste comme Etienne arrivait pour manger.

Elle avait mangé avec lui, pris le café, fait sa vaisselle, rangé et balayé sa cuisine, profitant au mieux des moments d'accalmie, s'arrêtant, une main crispée au coin de la table, du buffet, l'autre au creux des reins, quand le travail reprenait.

Et Etienne déjà se sentait inutile, maladroit dans ses timides tentatives d'encouragement.

« Attends un peu, assois-toi plutôt, laisse donc ça... »

Quand enfin tout s'était retrouvé en ordre, Odette avait demandé à Etienne d'aller prévenir sa mère, Léonie, et lui avait conseillé de faire ce qu'il avait prévu « au lieu de tourner en rond comme un ours en cage... », avait-elle plaisanté avec un sourire forcé. Il n'avait pas demandé son reste et, après un baiser sur le front de sa femme qui s'était mise au lit, il s'en était allé vers le champ où il avait commencé le matin à biner les betteraves.

Léonie n'avait pas tardé à venir au chevet de sa bru, un peu bourrue, tranquille et efficace comme elle savait l'être en toutes circonstances.

« C'est donc pour aujourd'hui, ma fille ? A la bonne heure ! Alors, qu'est-ce que tu vas nous sortir, fille ou garçon ?

— Vous savez bien qu'Etienne préférerait un garçon, pour le premier.

— Ils sont tous pareils, ces hommes de la terre, il leur faut un fils pour commencer. Il fera comme tout le monde, il prendra ce qui viendra et, crois-moi, il sera content. »

Elle arrangeait le lit, glissant une toile sous le drap du dessous, la table, où elle disposait tous les objets et le linge nécessaires.

« Je suis passée dire à la mère Ambroise de venir vers quatre heures, quand tu seras déjà bien avancée ; plus tôt, ce n'est pas la peine. »

En attendant l'arrivée de la sage-femme, Léonie, qui était d'un tempérament causant mais comprenait le besoin de silence de sa bru, faute d'occupation, piqua un somme sur la chaise qu'elle avait installée près du lit, réveillée à intervalles réguliers par les gémissements d'Odette, puis par ses cris. Un peu étonnée, parce qu'elle la croyait plus résistante, elle se levait alors, lui passait une serviette sur le front, lui proposait une gorgée d'eau, puis retombait dans son assoupissement une fois la crise passée.

La mère Ambroise était une vieille sage-femme que l'endurance de ses patientes, toutes des campagnardes, des paysannes pour la plupart, avait rendue flegmatique et qui s'en remettait bien volontiers à la nature, un comportement qui s'accentuait encore avec l'âge. Si elle avait connu quelques accouchements difficiles, s'il lui était arrivé de côtoyer le danger, voire le drame, elle semblait ne plus s'en souvenir, peut-être même l'avait-elle carrément oublié. En fait, sa présence auprès des parturientes se révélait bien souvent symbolique, les proches, mères, sœurs, grands-mères, tantes, en savaient par expérience largement autant qu'elle. Elle conservait toutefois le privilège de couper le cordon et de recueillir le nouveau-né dans son giron tapissé de blanc, mais il lui était arrivé plus d'une fois de trouver les choses faites et le bébé emmailloté, soit qu'elle ait un peu tardé, soit que l'enfant ait été particulièrement pressé de découvrir le monde.

Quand elle arrivait, elle saluait invariablement ses patientes par les mêmes paroles qui ne faisaient sourire que leur entourage :

« Alors, ma belle, nous y voilà ! Puisque c'est rentré, faut maintenant que ça ressorte. Voyons ça ! »

La mère Ambroise examina Odette, constata que le travail n'était guère avancé et pronostiqua la naissance pour dans deux ou trois heures au plus tôt. Elle tira une chaise et s'installa comme Léonie, qui avait préparé du café à son intention. Tout en surveillant Odette, qui entre les douleurs gardait un teint plombé et transpirait beaucoup, elles se mirent à bavarder, recensant d'abord les grossesses au village, bien visibles, juste entamées ou seulement supposées, puis parlant de choses et d'autres, comme deux braves commères, revenant à mi-voix au cas d'Odette.

« Je l'aurais pensée plus brave, ma bru, elle qui ne se plaint jamais…

— Elle est pourtant bien faite et large du bassin, ça devrait aller mieux que ça. »

Le temps passait et la situation n'évoluait guère, à l'exception de la souffrance d'Odette qui redoublait.

« J'ai mal ! J'ai mal ! ne pouvait-elle s'empêcher de crier, de plus en plus fort.

— C'est normal, ma fille, toutes les femmes accouchent dans la douleur, disait Léonie.

— C'est un premier enfant, et sans doute assez gros, ajoutait la sage-femme, pour les suivants, vous verrez, ça ira plus vite, ça passera comme une lettre à la poste ! »

Et c'est ainsi, attendant toujours, plus résignées qu'inquiètes, qu'Etienne les avait trouvées à chacune de ses allées et venues de l'étable au seuil de la chambre.

Pour le souper, Léonie fit une omelette que la mère Ambroise partagea avec eux. Puis :

— Va embrasser ta femme et monte te coucher dans la chambre du haut, lui dit Léonie, tu te rongerais les sangs pour rien à rester ici avec nous. Je t'appellerai quand l'enfant sera là.

Etienne, fortement impressionné, ne s'attarda pas auprès d'Odette.

— Mère, on dirait que ça se passe mal...

— Qu'est-ce que vous croyez, vous, les hommes ? Un accouchement, ce n'est pas une partie de plaisir ! Faudrait pour voir que vous y passiez ! On appelle ça le mal joli, n'empêche qu'il faut l'endurer.

Mais ça va se terminer, la mère Ambroise va l'aider maintenant. Ne t'en fais pas.

Etienne ne monta pas dans la chambre du haut, qui ne servait que dans les occasions spéciales, maladies ou visites, rares. Le couple dormait en bas, dans le lit où Odette s'apprêtait à accoucher, mais plus tard, bien plus tard, comme sa belle-mère sans doute elle émigrerait en haut, quand Etienne et elle-même, devenus vieux, n'auraient plus l'envie ni la patience de partager la même couche.

Il préféra sortir et arpenter la cour et les abords de la ferme pour tuer le temps. De plus en plus rapprochés, de plus en plus forts, lui parvenaient les cris d'Odette.

Quand la mère Ambroise reconnut la gravité de la situation et son impuissance, elle prit enfin le taureau par les cornes.

— Elle ne peut pas toute seule, faut l'aider, faut l'ouvrir. Léonie, envoyez le mari chercher le docteur. Vite !

Elle expliqua la situation à Odette, la tutoyant pour l'encourager.

— Ne bouge plus, ne pousse plus. On va t'aider. On va te délivrer. Encore un peu de courage.

Léonie n'eut pas besoin d'appeler Etienne, lui aussi avait décidé de faire appel au docteur.

— Ça ne peut plus durer, je prends mon vélo et je file jusqu'à Dun !

— Dis-lui de faire vite !

Une demi-heure plus tard la Celta 4 du docteur Daumy pilait devant la maison. Trop tard.

Odette, dans l'énergie du désespoir, avait tenté une dernière poussée. Son corps alors s'était déchiré, libérant d'un seul coup son enfant et un flot de sang dont la mère Ambroise fut inondée.

Quand, dix minutes après l'arrivée du docteur, Etienne, à bout de souffle d'avoir pédalé si vite, jeta son vélo contre le mur, se rua dans la maison et se figea au seuil de la chambre, la sage-femme finissait de laver l'enfant qui criait aigu, Léonie roulait un ballot de linge sanguinolent, et le docteur était penché sur le corps immobile d'Odette. Elle avait le visage cireux et les yeux fermés.

Etienne comprit tout de suite. Il blêmit, s'appuya contre le chambranle.

— On n'a rien pu faire, dit le docteur en s'approchant de lui. Sois courageux, Etienne. Il te reste l'enfant.

— C'est une petite fille, dit Léonie.

La mère Ambroise fit le geste de lui présenter l'enfant, mais il la repoussa, les poings serrés au bout de ses bras tendus, et cria :

— Non ! Non ! Je ne veux pas la voir ! Elle a tué sa mère ! Elle l'a tuée ! Odette !...

Et il courut se réfugier dans la grange, où Léonie le rejoignit une demi-heure plus tard. Il était étendu à plat ventre sur le foin, la tête enfouie au creux de ses bras repliés. Elle s'assit près de lui, posa sa main sur son épaule et attendit pour lui parler.

Après le départ du docteur, avec l'aide de la mère Ambroise, elle avait arrangé la chambre, la débarrassant des traces du drame qui s'y était joué, donnant au corps d'Odette l'apparence du plus profond sommeil.

« La petite ? avait demandé la mère Ambroise avant de se retirer.

— Vous l'avez entendu, il a reporté sa colère sur elle, dans son chagrin. Pour cette nuit, et peut-être un peu plus, emmenez-la, si vous voulez bien. Moi, j'ai à m'occuper de lui.

— Elle est belle, bien conformée de partout, dit la sage-femme, je suis sûre qu'elle dépasse les quatre kilos. C'est vrai que c'est beaucoup pour un premier-né. »

Elle enveloppa la petite dans une couverture et sortit après un dernier regard à Odette.

« J'ai chez moi de quoi m'en arranger, dit-elle à Léonie qui l'avait accompagnée sur le seuil, ne vous faites pas de souci pour elle, vous en avez bien assez avec le père. »

— Fallait sauver la mère, dit Etienne.

— On n'a pas eu le choix. Personne n'a décidé, ça s'est fait comme ça.

— Je ne pourrai pas l'aimer, murmura-t-il. Jamais.

— Tais-toi, Etienne, c'est trop dur ce que tu dis là.

— Je ne pourrai pas !

Cette fois il l'avait crié.

— Le temps viendra à ton aide, mon garçon, fais confiance au temps, il finit toujours par cicatriser les plaies, jusqu'aux plus profondes.

Ils restèrent longtemps dans la grange, silencieux. Quand elle se décida à prendre sa main, il se laissa guider vers la maison. Il passa la nuit assis au chevet de sa femme, répétant obstinément son prénom : « Odette... Odette... »

Odette. Ce n'était pourtant pas elle qu'il avait rêvé d'épouser. Ils avaient fait ce qu'on appelait un mariage de raison. Avant elle il en avait eu une autre en tête, qui ne lui convenait pas, il le reconnaissait, mais qui le mettait dans tous ses états. Liliane Meunier, la fille cadette du garde champêtre, une jeune beauté rouée qui jouait de son pouvoir sur les garçons et n'avait pas froid aux yeux.

Pour tout le monde elle était « la Lili », dans ce pays où on usait beaucoup des surnoms, dont on affublait les enfants sous prétexte qu'ils pouvaient les répéter facilement et s'en amusaient. Etienne, enfant, avait été « le Titi » pour ses proches. Quand les Mimi, Lulu, Loulou, Jeannot et autre Coco résistaient à l'âge adulte, on en arrivait parfois à devoir y ajouter une particularité, le grand, le gros, le vieux, celle du moulin, pour les distinguer entre eux. S'il y avait eu plusieurs Lili au village, celle-ci aurait été la belle, ou bien encore la chaude.

Elle était les deux. Mignonne et pas farouche. Une taille de guêpe, une poitrine insolente, une cascade de boucles blondes Des charmes dont elle savait jouer d'instinct, dévoilant ce qu'il fallait, quand il fallait. A sa mère, qui lui confectionnait elle-même ses robes, elle réclamait toujours que ce soit plus court, plus décolleté, plus pincé à la taille.

« Mais t'auras l'air de quoi, Lili, d'une dévergondée, d'une poule », grognait la mère Gautier, qui finissait pourtant toujours par céder.

Elle aguichait les garçons, dans les bals de campagne, et se laissait facilement emmener derrière les meules ou dans les chemins creux pour des baisers et des caresses. Etienne s'arrangeait pour y avoir droit plus souvent que les autres, avec l'espoir de les supplanter tous, parce qu'il voyait plus loin. Mais elle le repoussait quand il essayait de parler d'avenir.

« Je ne veux pas d'un paysan, lui disait-elle en riant. Quand je me marierai, ce sera avec un gars de la ville, un toujours propre, bien habillé, avec de belles manières. Je veux pas d'un bouseux. T'es pas mal, Etienne, mais t'en es un, alors t'as aucune chance avec moi. Ou alors, si tu me veux, quitte ta ferme et va te dégoter une place en ville ! »

Elle le plantait là, avec un petit rire moqueur, et il la regardait s'éloigner en secouant ses cheveux et en tortillant des hanches. Il l'insultait entre ses dents, se jurait de ne plus la regarder, et au bal suivant tout recommençait.

Quitter la ferme ? Une place en ville ? Etienne n'en avait pas la moindre envie. Il aimait la terre, les chevaux, le rythme des saisons, le vent, la pluie, la moisson sous le soleil, et succéder à son père n'avait été pour lui ni une contrainte, ni un sacrifice, mais une logique tout à fait consentie.

Unique fils de Léonie et d'Abel Jacquin, à la mort prématurée de celui-ci, en 1929, il s'était retrouvé à vingt-deux ans, au retour du service militaire, à la tête de la ferme qu'il exploitait avec sa mère, à Bantheville, petit village de deux cents habitants situé entre la vallée de la Meuse et l'Argonne. La ferme Jacquin, d'importance moyenne, comportait alors une trentaine d'hectares de terres, mi-cultures, mi-pâtures, dont la moitié devait revenir plus tard en héritage à la sœur aînée d'Etienne, Jacqueline, couturière mariée à un cantonnier de Montfaucon, le chef-lieu de canton. Trente hectares, c'était modeste, mais pour commencer il s'en était contenté, il verrait à l'agrandir quand il en aurait les moyens. Le village de Bantheville avait été complètement anéanti durant la guerre, donc complètement reconstruit. De ce fait, les maisons, et en particulier les fermes, présentaient l'avantage d'être plus solides, plus spacieuses et mieux agencées que celles de la génération précédente. La ferme Jacquin, comme les autres, était de type lorrain, avec le corps de logis, les écuries et la grange en enfilade, le tout sous le même toit à pans coupés.

Un paysan, Etienne ? Oui. Un bouseux ? Soit, mais fier et heureux de l'être. « T'es pas mal », lui concédait la Lili. C'était vrai. Le corps un peu épais peut-être, les attaches fortes, les mains larges, mais les yeux clairs, les cheveux drus, le teint hâlé, à vivre toujours au grand air.

Quand Léonie avait appris qu'il aimait la Lili, elle l'avait clairement mis en garde :

« Ce n'est pas une fille pour toi, la Lili. Ce n'est qu'une coureuse ! Elle ne pense qu'à faire marcher les garçons, toi le premier. Elle est peut-être belle, oui, et encore, avec le genre qu'elle se donne… La beauté, mon garçon, ce n'est pas ce qui compte le plus pour une femme. Il t'en faut une solide, qui aimera ce que tu aimes, qui saura faire ce que tu fais. Une femme sérieuse, tout le contraire de la Lili ! »

Léonie avait raison, la Lili n'était pas sérieuse. Elle accordait ses faveurs à d'autres qu'à Etienne et ne se gênait pas pour le lui faire savoir et exciter ainsi sa jalousie.

« Tiens, c'est une fille comme l'Odette Morin qu'il te faudrait... » suggérait régulièrement Léonie.

Comme ça, mine de rien, façon de parler, derrière les vaches ou devant l'assiette de soupe du soir.

Le père Morin avait tenu la plus grosse ferme du village et sa succession, quelques années plus tôt, avait largement alimenté les conversations. Fait rarissime, il l'avait réglée lui-même, de son vivant, offrant ensuite à ses héritiers, au sortir de l'étude du notaire où le partage avait été réglé, un gueuleton au Grand Monarque, à Varennes. Quatre enfants, quatre parts, il ne conservait à son nom et à celui de sa femme que les bâtiments de la ferme.

« Ainsi, disait-il, je suis sûr qu'ils ne se disputeront pas sitôt ma tombe refermée. »

Les exemples étaient nombreux, en effet, d'héritages qui donnaient lieu à des marchandages, des indélicatesses, des jalousies, des rancunes susceptibles de brouiller des familles pour des générations !

Le cas du père Morin, toutefois, était spécial et lui permettait plus facilement qu'à d'autres cette façon de procéder. Il avait gagné suffisamment d'argent avec son exploitation, de belle taille et fort rentable, pour pouvoir se déclarer rentier. Des bruits avaient couru, selon lesquels il aurait eu la main un peu lourde pour déclarer ses pertes et toucher les fameux dommages de guerre, mais ils venaient davantage de jaloux que de personnes bien informées. D'autre part, fait plutôt rare à l'époque, il avait poussé ses deux fils à faire quelques études. Mariés et installés, l'un comme clerc de notaire, l'autre comme géomètre à Verdun, ils ne souhaitaient en aucun cas revenir à la terre, pas plus que la fille aînée, mariée à un gendarme, et disposer à leur gré de leur part les arrangeait. Ils s'empressèrent de vendre, réduisant ainsi les terres à la seule part d'Odette.

Elle la garda et demeura donc à la ferme avec ses parents retraités, un luxe à l'époque, exploitant elle-même sa propriété, une quinzaine d'hectares. Le père Morin ne profita guère de sa situation enviable, il mourut l'année qui suivit le partage.

Les allusions répétées de Léonie aux mérites d'Odette firent leur effet. Etienne s'intéressa à elle. Pas comme il s'était intéressé à Lili, par désir, par folie du cœur et du corps. Mais par réflexion. Par intérêt, celui de sa ferme. Puis pour ne pas se faire damer le pion par quelque autre amateur d'une compagne robuste et courageuse, de plus déjà dotée.

Odette était moins fine, moins belle que Lili. Mais on ne pouvait pas pour autant la dire laide. C'était un tout autre genre. Grande et bien en chair, les joues pleines et colorées, les cheveux serrés en nattes châtaines enroulées autour de la tête, de grands yeux bleus, légèrement exorbités. Pas dévergondée du tout, un peu renfermée même, elle ne cherchait guère la compagnie des filles de son âge, encore moins celle des garçons. Moins plaisante, moins douée à l'école que sa sœur et ses frères, elle avait pris goût à la solitude et assumait tout à fait son choix d'une vie campagnarde. Elle allait sur ses vingt-cinq ans quand Etienne, qui en avait alors vingt-huit, lui avait fait part de son intention de l'épouser.

L'amour ? Le désir ? Le plaisir ? Ils étaient jeunes, vigoureux, ils pouvaient compter sur la nature.

« Quand on se convient bien et qu'on s'entend bien, disait d'ailleurs Léonie, le reste se fait naturellement, l'amour suit. »

Etienne et Odette se marièrent au printemps 1930. Contrairement à l'usage répandu et malgré les exhortations du notaire de la famille, elle ne voulut pas de contrat de mariage, ce qui signifiait que ses terres entraient dans la communauté. Ainsi elle se liait pour la vie et prouvait sa confiance à Etienne, sa façon à elle de l'aimer. Léonie se retira dans une petite maison toute proche de la ferme, qu'elle tenait d'une vieille tante et que les bombardements avaient épargnée. Un artisan en menuiserie cherchait des bâtiments pour s'installer, la mère d'Odette lui vendit ses biens et partit vivre chez sa fille aînée, à laquelle elle donna en compensation la moitié du produit de la vente, partageant le reste entre ses trois autres enfants.

Léonie avait raison sur toute la ligne, Odette était décidément un excellent parti pour son fils. Elle lui apportait du bien et il n'aurait pas à assumer le poids, parfois bien lourd, d'une belle-famille trop présente.

Dès le début, ce fut un bon ménage. Des habitudes de vie, de travail, tissées dans le calme et la confiance. Deux amoureux de la terre qui unissaient leurs biens, leur force et leur savoir. Tout en respectant ce qui avait été l'univers de Léonie, Odette peu à peu le faisait sien. Elle rénovait l'intérieur, dans la simplicité, renouvelait le mobilier, sobrement, développait la basse-cour et prêtait la main à Etienne pour les travaux des champs auxquels elle s'entendait aussi bien que lui.

De jour en jour le couple se rapprochait, se soudait. Ils s'aimaient comme ils travaillaient, honnêtement, en silence, l'esprit tranquille, dans le plaisir du devoir accompli.

Comme toute la population du village, Lili avait assisté à la messe de mariage et félicité les époux au sortir de l'église. Avec un regard moqueur pour Etienne et un baiser glissé comme par mégarde de la joue aux lèvres.

A plusieurs reprises elle avait eu le culot de le relancer, le rejoignant dans les champs comme par hasard.

« Tiens, tu es là ? »

Etait-ce par simple jeu de coquette ? Ou bien regrettait-elle de l'avoir fait marcher, alors qu'au fond, malgré ses airs, elle s'en serait volontiers contentée ?

Elle prenait devant lui des poses provocantes, découvrait ses jambes, s'approchait à le frôler, lui demandait insolemment des nouvelles de sa « grosse bouseuse ». Il ne répondait pas, poursuivait son travail, luttant contre l'envie de la gifler, ou de la culbuter là, contre le foin qu'il entassait...

Lili avait « le feu quelque part », comme disaient les femmes, au lavoir, quand elles parlaient d'elle. Des propos qu'entendait Léonie, qui les répétait à Etienne, pour le persuader de sa chance d'y avoir échappé, et à Odette, qui sur le coup riait avec les autres et s'en fichait aussitôt. Sûre des valeurs partagées avec son mari, elle ignorait la jalousie.

Lili quitta le village. Elle avait trouvé son gars de la ville.

« A Reims, pensez donc ! » plastronnait la mère Meunier.

Lili revint, seule. Elle repartit, on ne sut pas pour où, cette fois. Chaque allusion à elle faite devant Etienne lui faisait courir un petit frisson sur le corps, de plus en plus léger, de moins en moins perceptible.

Au mois de septembre 1931, Odette apprit à Etienne qu'elle attendait un enfant. Comme son père avant lui, comme tous ces hommes dont la terre collait au cœur aussi fort qu'aux souliers, il désira un fils.

Une grossesse sans accroc, Odette seulement ralentie dans ses gestes par le poids de l'enfant. Léonie à la fois discrète et attentive à soulager un peu sa bru dans ses travaux. Etienne tranquille, patient, confiant.

Jusqu'à ce jour d'avril 1932. Le matin encore, Odette avait tenu à faire elle-même la traite des douze laitières. Puis les premières douleurs. Le temps d'abord comme arrêté, l'attente, l'inquiétude. Le temps ensuite affolé, précipité, le danger, le drame, la vie qui bascule. Odette !

La mère Ambroise se présenta chez Etienne dès le lendemain matin. Il était assis à la table de la cuisine, devant un bol de café auquel il ne touchait pas. A la vue de la sage-femme il se leva et sortit sans un mot.

Elle passa dans la chambre où elle savait retrouver Léonie. Celle-ci préparait des vêtements pour habiller le corps d'Odette. Ensemble et sans échanger davantage que les quelques paroles nécessaires, les deux femmes accomplirent la triste besogne et arrangèrent la pièce pour recevoir les visiteurs qui allaient se succéder jusqu'au matin de l'enterrement, trois jours plus tard.

— Le curé est venu, le maire aussi, je les ai prévenus de bonne heure ce matin, dit Léonie. A c't' heure-ci tout le village doit savoir, pour notre pauvre Odette. Va falloir prévenir sa famille, Etienne a dit qu'il irait lui-même à Dun pour envoyer des télégrammes ou téléphoner.

— La petite, dit la mère Ambroise, si ça vous arrange, je peux la garder quelques jours. Si son père veut la voir, il n'aura qu'à passer chez moi.

D'un geste, Léonie lui fit comprendre qu'il n'en était pas là.

— Faudrait la déclarer, pourtant, lui donner un nom.

— Faudrait, répéta Léonie.

Elle tenta d'aborder la chose un peu plus tard, avant l'arrivée de la famille.

— Je comprends ta réaction, mon fils, mais tout de même...

Le regard d'Etienne l'empêcha de poursuivre.

Il alla chercher dans la chambre, où se trouvait un petit secrétaire réservé aux papiers, les deux certificats rédigés la veille au soir par le docteur, l'un de naissance, l'autre de décès, plus son livret de famille.

— Vas-y, toi ! dit-il en les tendant à sa mère.

Léonie prit les papiers. Elle irait à la mairie tout à l'heure, quand elle aurait préparé de quoi accueillir ceux qui ne tarderaient plus.

— Et... cette petite-là, tu veux l'appeler comment ?

— Je ne veux pas l'appeler, je ne veux pas la voir, je ne veux rien, tu comprends ?

Agathe. C'est le prénom qui vint à l'idée de Léonie, elle n'aurait su dire pourquoi. Elle demanderait que fût ajouté en second le prénom de la mère. Agathe, Odette.

Durant l'après-midi, alors que commençaient à défiler les voisins, selon l'usage, arrivèrent les proches. Ce fut d'abord la mère d'Odette, avec un de ses fils, le seul à posséder alors une voiture, les autres en taxi, depuis le bourg où les avait déposés le train, ou même à pied, Jacqueline et son mari en tandem.

C'étaient à chaque fois des étreintes prolongées, des pleurs et toujours le même étonnement, les mêmes questions, puis la même résignation devant la fatalité. « Y a rien eu à faire... »

A tous Léonie glissait à voix basse de ne pas parler tout de suite de l'enfant à Etienne, à cause de son chagrin. On comprenait. On le plaignait, on tentait de le réconforter. On lui répétait inlassablement les mérites de la malheureuse Odette. Lui, ballotté de l'un à l'autre, épuisé de fatigue, de chagrin, de colère, répondait à peine. Il finit par s'éclipser pour trouver le silence dans la grange.

Les femmes alors osèrent revenir sur le sujet de l'enfant. Elles allèrent la voir toutes ensemble, les tantes et la grand-mère maternelle, chez la mère Ambroise, et dirent à leur retour qu'elles l'avaient trouvée bien mignonne, malgré tout.

Vers six heures, alors qu'Etienne venait de réapparaître, un peu apaisé mais le visage fermé, un bruit de troupeau emballé accompagné de meuglements les surprit tous et précipita Léonie dans la cour. Elle comprit tout de suite. Les vaches ! Elles n'avaient pas été traites depuis la veille au soir, ni elle ni son fils, pourtant un paysan dans l'âme, n'avaient pensé à elles ce matin-là. Tourmentées par leurs mamelles gonflées, elles s'étaient massées, jusqu'à la bousculade, contre la clôture, dont un fil puis deux avaient cédé sous leur pression, et elles accouraient pour la traite qui les soulagerait.

Tous ceux qui l'osèrent s'employèrent à aider Léonie et Etienne à les canaliser vers l'étable, puis à les attacher et à les calmer.

— Vas-tu pouvoir faire la traite, Etienne ? s'inquiéta Léonie.

Il n'eut pas à répondre. Au seuil de l'étable s'encadraient les silhouettes de Jules et d'Olga Perruchot, des voisins aussi braves que naïfs et malchanceux. Paysans eux aussi, ils avaient été dépossédés de leurs modestes biens par un gendre malhonnête et indélicat, et réduits à vivoter du peu qui leur restait. Ils venaient offrir leur temps, leurs bras, ce qui subsistait de leurs compétences, proposant de s'occuper du cheptel d'Etienne.

— Le temps que t'enterres ta femme et que tu te remettes un peu, répétait Jules, qui aurait tellement aimé avoir un gendre comme lui.

— Et en plus ça nous fera plaisir, ajoutait Olga, parce que soigner les bêtes, c'était notre vie, à nous autres, on aimait tellement ça.

Ce fut un plaisir, en effet, pour Jules et pour Olga, d'œuvrer à nouveau dans une véritable ferme, où tout, les bêtes comme les bâtiments et le matériel, respirait l'ordre et la prospérité. Nul besoin de leur donner ni consignes ni conseils. Ils surent même prendre des initiatives pour que la ferme d'Etienne ne pâtisse pas du tout de son absence momentanée. « Pour quelques jours », pensaient-ils. Cela devait, en réalité, durer des années.

— Voilà, dit Léonie le surlendemain de l'enterrement d'Odette en s'asseyant face à Etienne pour le café du matin. Je ne suis plus jeune, mais j'ai encore assez de tête et de force pour tenir la maison de mon fils et l'aider dans son travail. Je vais revenir ici, avec toi. Tu coucheras en haut, si tu veux, parce qu'en bas, je le comprends, ça te ferait trop de peine. Je m'occuperai de ta maison, de ton linge, de ta cuisine. Je trairai les vaches, je prendrai soin de la basse-cour. Je ne dis pas que je ferai tout ça aussi vite et aussi bien que ta pauvre Odette, mais je l'ai fait assez longtemps pour pouvoir encore me débrouiller. Même dans les champs, vois-tu, je pourrai encore à l'occasion te donner un coup de main, pour la fenaison, ou...

Il l'interrompit brusquement.

— Et la gosse ?

Elle n'avait pas osé en parler encore, elle la gardait pour la fin, quand il aurait accepté sa solution qui lui paraissait être celle de la logique et du cœur.

Pour la première fois il abordait le sujet lui-même. Mais sur quel ton...

— La petite ? Je vais aller la reprendre chez la mère Ambroise. Elle l'a gardée cinq jours, c'est déjà beau. Je l'installerai dans la même chambre que moi, je ferai avec elle comme j'ai fait avec ta sœur et toi, ça ne date pas d'hier mais j'ai pas oublié.

Sa voix faiblissait à chaque mot, sous le regard d'Etienne, dur, fixe.

— Non, mère. Tu vas aller chercher la petite chez la sage-femme, oui, mais tu resteras chez toi avec elle. Je te donnerai l'argent qu'il faudra.

— Mais pourquoi t'entêtes-tu à refuser ta fille ?

— Parce que je ne peux pas aimer l'enfant qui a pris la vie de sa mère. Parce que je ne pourrai jamais la voir sans voir aussi Odette morte !

Ensemble ils détournèrent le regard. Etienne respirait fort. Il tenait ses mains à plat sur la table, les doigts écartés, et s'efforçait, c'était visible, de maîtriser leur tremblement.

— Mais, reprit Léonie quand ce fut fait ou presque, pour ta maison, pour ton travail, tu feras comment ?

— C'est fait. C'est arrangé. Je garde Olga et Jules.

L'après-midi même Léonie transporta chez elle tout ce qu'Odette avait préparé pour son enfant, le berceau, le linge, la layette, les objets de toilette, puis elle se rendit chez la mère Ambroise.

Celle-ci ne voulut accepter aucun paiement pour les soins qu'elle avait donnés à la fillette.

— Elle est facile, dit-elle, et déjà bien habituée au biberon. Regardez-la donc, on dirait presque une enfant de deux mois. Faut dire qu'elle en a le poids et la taille. Qui aurait pu croire ça de votre bru, bâtie comme elle était ?

2

« Fais confiance au temps, il t'aidera », avait dit Léonie à son fils le soir même du drame.

Oui, le temps fait son œuvre, mais comme bon lui semble, plus ou moins vite, plus ou moins bien.

Etienne s'attacha d'abord à réorganiser sa vie matérielle en cherchant dans le travail l'apaisement de sa peine et de sa colère. Son visage perdit peu à peu ce masque de dureté qui effrayait tant Léonie, et on le voyait à nouveau accomplir ses tâches avec ces gestes tranquilles et sûrs qui le faisaient ressembler à son père.

Il avait donc embauché Jules et Olga. Ils lui vouaient une reconnaissance sans nom pour cette décision qui leur avait rendu leur dignité et leur raison de vivre. Jules assurait la traite des vaches matin et soir, et le reste du temps secondait Etienne dans les travaux des champs, aussi habile que lui à mener les chevaux, à pousser la charrue, à manier la faux, à semer.

« C'est à la façon de semer qu'on reconnaît le vrai

paysan », disait le père d'Etienne, un expert en la matière.

Ce véritable art, le semoir calé au creux de l'estomac, la bandoulière ajustée à l'épaule, le geste régulier pour puiser le grain et le répandre au rythme des pas, Jules le maîtrisait bel et bien.

Quant à Olga, en plus du jardin et de la basse-cour, elle avait pris en charge les travaux domestiques, ménage, lessive, cuisine. Mais Etienne, selon sa volonté, mangeait seul ; Olga préparait ses repas, puis rentrait chez elle où Jules la rejoignait à table.

En plus du couple Perruchot, il employait aussi, occasionnellement, à la journée, l'Albert Cornaille, dit Bébert, un grand gaillard costaud mais un peu demeuré et qui, malgré une scolarité prolongée au-delà de ses quatorze ans, avait à peine réussi à apprendre à lire et à écrire. Incapable de la moindre initiative, il se révélait en revanche zélé et infatigable, à condition qu'on lui confie des tâches simples, plusieurs fois expliquées. En cela il tenait de sa mère, une femme bonasse, entièrement soumise à son mari, le père Cornaille, un ancien employé des chemins de fer, qui se vengeait de son inaptitude à travailler, consécutive à un accident, en la tyrannisant.

Cette capacité de travail considérablement développée, deux attelages pouvant fonctionner en parallèle pour les travaux importants, permirent à Etienne de réaliser son ambition d'agrandir la ferme. Successivement, profitant d'opportunités hélas malheureuses, décès, partages, il loua, puis acheta une bonne quinzaine d'hectares qui s'ajoutèrent aux siens propres et à ceux qu'il tenait d'Odette. De trois chevaux, qui ne lui suffisaient plus, il passa à cinq. Tous des ardennais, des bêtes superbes, impressionnantes de force avec leur vaste poitrail et leurs pattes solides, courageuses et intelligentes, à condition d'être bien traitées, ce qui était le cas. Cet amour des chevaux, il le tenait aussi de son père, Abel, qui parlait à ses compagnons de travail et savait comme personne former les jeunes poulains, avec patience, sans violence aucune, jamais. Etienne avait à peine trois ans que son père l'emmenait déjà dans les champs, perché sur l'encolure d'un énorme cheval, ses petites mains agrippées au collier de la bête, et tout le temps que durait le travail, il se tenait bien droit, heureux et fier, insensible au balancement de la bête et à la sueur qui lui brûlait les cuisses et les jambes.

Les autres paysans du village avaient été consternés par le veuvage brutal d'Etienne. Qu'y a-t-il de plus triste en effet qu'une mère qui perd la vie dans de telles circonstances ? Et si la disparition d'une femme crée un grand vide dans n'importe quel foyer, c'est encore plus dur dans une ferme, pensaient-ils, en raison de toutes les tâches qu'elle y assume. Alors ils se félicitaient entre eux de ce regain d'activité.

— Le voilà qui reprend goût à la vie, disaient-ils, eux pour qui l'ardeur à la tâche et la tentation de la propriété tenaient lieu de baromètre du moral des hommes.

Mais cette sollicitude s'accompagnait parfois aussi de quelques arrière-pensées. L'absence de contrat de mariage avec Odette l'avait bien arrangé... La situation difficile du couple Perruchot aussi, quelle aubaine pour lui... Et sa mère encore bien valide, capable d'élever sa gamine... Quant aux hectares acquis par Etienne, qui leur avaient passé sous le nez, faute d'ambition ou de moyens, ils avaient vite eu raison de la compassion de certains.

Quant à Léonie, tout en reconnaissant le bien-fondé de cette organisation, et l'incapacité qui aurait été la sienne d'abattre autant de travail, elle en avait été quelque peu blessée. Puis il lui avait bien fallu digérer ce qu'elle avait d'abord considéré comme une éviction, en se persuadant que si Etienne la voulait entièrement disponible pour la petite Agathe, c'était une manière d'exprimer sa sollicitude, donc son amour pour sa fille. Ainsi tout n'était pas perdu. Elle s'était alors pliée sans discussion à la volonté de son fils.

Conformément aux prévisions de la mère Ambroise, la petite se révélait facile à élever. Une belle santé, une bonne nature. Léonie avait retrouvé les gestes pour la changer, la laver, l'emmailloter pour la nuit. Elle la soignait du mieux qu'elle pouvait. Mais elle n'était pas tentée de se livrer à des débordements de tendresse comme en suscitent généralement les bébés. Avec ses enfants déjà elle avait été plutôt économe de ces caresses, chatouillis et gazouillis qu'elle jugeait ridicules dans leur excès. Elle les avait nourris de son lait, et toute sa tendresse et sa fierté de mère s'étaient exprimées dans ce contact intime et charnel. Peut-être aussi y avait-il dans cette retenue une sorte de solidarité viscérale et inconsciente avec son fils, qui contre toute logique reprochait à l'enfant la mort de la mère...

A la campagne il était de tradition de rendre visite aux jeunes mères, qui, à de rares exceptions près, accouchaient toutes chez elles, pour les complimenter et admirer le nouveau-né. Faute d'avoir pu le faire, les femmes du village s'étaient rendues l'une après l'autre chez Léonie. Pas trop tôt, pour lui laisser le temps de se retourner, mais avec le petit cadeau d'usage, un bavoir, une brassière, un hochet. Elles se penchaient sur le berceau, en silence, comme elles s'étaient penchées quelques semaines plus tôt sur la dépouille d'Odette, avant de livrer leurs commentaires :

« C'est une belle gamine, malgré tout.

— Elle n'y est pour rien à ce grand malheur, la pauvrette.

— Ce n'est pas de sa faute.

— Non, ce n'est pas de sa faute », répétait à chaque fois Léonie.

Pourquoi donc éprouve-t-on parfois ce besoin de seriner une vérité, si ce n'est pour s'en persuader et chasser l'idée contraire qu'on refuse parce qu'elle dérange ?

La famille d'Odette, du moins les femmes, la mère Morin, avec sa fille, ou l'une ou l'autre de ses brus, se manifestèrent aussi, régulièrement durant les premiers mois, puis plus rarement. C'étaient de courtes visites, à Etienne d'abord, qui les recevait fraîchement, sans chercher à les retenir, parce qu'il ne savait que leur dire, puis à Léonie, auprès de qui elles se montraient plus loquaces. Elles se répandaient en compliments sur la manière courageuse dont Etienne avait surmonté son malheur et sur la prospérité croissante de sa ferme, mais le ton dont elles usaient laissait deviner qu'elles jugeaient cela bien rapide. Elles se penchaient ensuite sur Agathe, constataient qu'elle avait changé, se félicitaient de sa belle santé, sans oublier jamais de rappeler son poids de naissance, comme un reproche, malgré le ton. Elles posaient des questions : est-ce que Léonie lui donnait le lait de vache entier ou coupé d'un peu d'eau ? Est-ce qu'elle l'emmaillotait encore pour la nuit ? Elles la prenaient un moment dans leurs bras, lui faisaient des mines, l'embrassaient, et Léonie surprenait parfois un geste pour soulever un linge, tâter une étoffe. Elles venaient donc aussi s'assurer que la gamine était bien soignée.

— Elle est tout ce qui nous reste de notre Odette, se lamentait la mère Morin.

Et Léonie, fine mouche en dépit des apparences et de sa grande simplicité, pressentait qu'elle pensait aux hectares apportés en dot, irrémédiablement englobés dans l'exploitation d'Etienne du fait de l'absence de contrat. Elle attendait la suite, qui ne tardait jamais :

— Il refera peut-être sa vie un jour, jeune et bel homme comme il l'est. Et alors…

Et alors ? Les hectares ? A qui profiteraient-ils ?

Lasse de tous ces sous-entendus, un jour Léonie aborda directement le problème.

Si Agathe était tout ce qui leur restait d'Odette,

alors pourquoi ne tentaient-elles pas de récupérer cet unique lien ? Les arguments, plus ou moins sincères, ne leur manquaient pas. La mère d'Odette vivait chez sa fille, elle n'était donc pas libre de ses décisions. Les tantes avaient leurs occupations, et leur content d'enfants. Il ne fallait pas séparer Agathe de son père, qui l'aimait sans doute à sa façon, même s'il ne le manifestait guère. Léonie sentait bien qu'elles se forçaient toutes dans leurs démonstrations envers la petite et leurs regrets de ne pouvoir lui apporter davantage. Elle leur en voulait, certes, mais au fond elle les comprenait. Ce n'était pas leur faute, à elles non plus, si Agathe, pourtant innocente, portait en elle le poids de sa naissance tragique, ce qui la rendait non pas repoussante, ni effrayante, mais... elle ne savait comment dire, il y avait comme une gêne avec cette enfant-là. Et puis comment aurait-elle réagi si la mère Morin, ou l'une des jeunes femmes, avait dit un jour : « Eh bien moi je la prends ! Préparez-moi ses affaires, je l'emmène ! » Sûr, elle aurait refusé. Ne serait-ce que par fierté.

La cour seule séparant sa petite maison de la ferme, Léonie voyait souvent Etienne, et lui ne se dérobait pas. Le dimanche, comme Olga ne travaillait pas, il venait prendre son repas chez elle. Elle lui mijotait les plats qu'il aimait particulièrement, du civet de lapin, des pâtés en croûte, des gâteaux et des tartes. Il lui parlait de son travail, telles semailles dans tel champ, de ses bêtes, de ses projets, de la mécanisation qui commençait à gagner la campagne. Dans le canton fonctionnaient déjà plusieurs semoirs mécaniques, et même une machine à traire.

La petite était là, dans son berceau, que Léonie avait déplacé de la chambre à la cuisine sous prétexte d'avoir toujours un œil sur elle. Avant de s'installer à table, Etienne s'approchait du berceau et la regardait en silence.

Cherchait-il, retrouvait-il les traits d'Odette dans ceux de la fillette ? Elle avait le teint coloré, déjà, les cheveux raides et épais, elle lui ressemblerait sans doute. S'interrogeait-il sur ses sentiments et son attitude ? Se retenait-il de l'aimer, ou au contraire essayait-il de s'y forcer ? Ou bien son cri de refus, le soir de sa naissance, avait-il dressé entre elle et lui une barrière définitive ?

Avait-il donc tellement aimé Odette ? De cela, une fois passé le choc de sa mort, qui l'en avait persuadé, il n'était plus si certain.

Quand il tardait à trouver le sommeil, quand sa main se crispait sur le vide à côté de lui dans le lit, quand sa solitude d'homme le tourmentait, ce n'était pas l'image d'Odette qui se formait derrière ses paupières. Ce n'était pas elle non plus qui le rejoignait dans certains rêves agités dont il sortait avec le sentiment d'avoir été trompé.

Tout en mettant la dernière main à son repas, Léonie l'observait, attendait en vain une marque d'intérêt, à défaut de tendresse, ou au moins une remarque.

— Alors, disait-elle pour briser ce silence, sans toutefois brusquer son fils, ça change vite à c't' âge-là, n'est-ce pas ? D'une semaine à l'autre, tu dois voir la différence !

Le repas terminé, avant de quitter la maison de sa mère, une fois sur deux il déposait sur le buffet la somme qui lui semblait convenir pour l'entretien de l'enfant, que Léonie ne refusait pas pour éviter toute discussion, et sur le montant de laquelle elle ne s'était jamais prononcée.

— Quelle tête de mule, maugréait-elle derrière son dos, faudra bien un jour que ça cesse tout de même ! Dépêche-toi de marcher et de parler, ajoutait-elle en revenant auprès d'Agathe, il sera bien obligé de faire un peu plus attention à toi !

La présence d'Agathe ne suffisait pas à remplir la vie de Léonie. L'atmosphère de la ferme lui manquait. Elle n'en avait pas été écartée du temps d'Odette avec qui elle s'entendait bien. Elle avait ses entrées libres chez sa bru, elle pouvait mettre la main à n'importe quelle tâche, tuer un lapin, étendre une lessive, bêcher un coin du jardin, tourner une pâte à crêpes. Odette n'y trouvait jamais à redire, au contraire elle appréciait ces initiatives, sans se répandre pour autant en compliments ou en remerciements qui auraient gêné Léonie. Elle ne pouvait pas se permettre d'agir de la même façon avec Olga, qui n'était pas chez elle et aurait pu se croire surveillée ou remise en cause.

Alors elle reconstitua autour d'elle un petit univers capable d'occuper à son goût et selon ses capacités son esprit et ses bras. En plus de sa maisonnette et de son jardin, elle disposait d'une remise et d'un minuscule enclos. Quelques poules et lapins prélevés sur le petit élevage de la ferme lui fournirent un début de basse-cour qui ne manquerait pas de se développer, et elle acheta une chèvre à la mère Cornaille.

Comme tous les enfants, Agathe franchit une à une les étapes de la petite enfance, les premiers gazouillis, la première dent, les premiers pas, les premiers mots, qui font l'objet de tant d'émerveillements et d'attendrissements.

— C'est bien, constatait simplement Léonie, la voilà maintenant qui « raconte », qui cherche à « planter ».

« Raconter » pour « gazouiller », « planter » pour « se tenir debout », pas une mère ni une grand-mère ne s'exprimait autrement

Le berceau devenait trop exigu, et dangereux. Etienne, à la demande de Léonie, descendit du grenier le lit dans lequel il avait lui aussi appris à se tenir debout tout seul, sans risque de chute, un lit de bois assez haut, muni de barreaux.

Le premier mot d'Agathe fut évidemment pour sa grand-mère, qui sans lui parler beaucoup l'avait toujours à ses côtés. Etienne disait « mère » en s'adressant à elle. La petite dit en la regardant bien dans les yeux : « mé ». Puis aussitôt elle ajouta : « ma ! », ce que Léonie prit pour une sorte d'instinct qui l'émut. « Ainsi, crut-elle, cette petite me prend pour sa mère. Mais il ne faut pas. Elle saura un jour qui a été sa mère. » La petite alors enchaîna les deux syllabes et les répéta plusieurs fois : « ma... mé, ma... mé, mamé ! » En vain Léonie s'efforça-t-elle d'obtenir le mot qui convenait, articulant à haute voix : « mé... mé, mémé ! » Tous les enfants des campagnes donnaient alors à leurs grands-parents du « pépé » et du « mémé », qui se transformaient ensuite en « pépère » et « mémère ». Rien à faire. Agathe persista : « mamé ». Soit. Léonie capitula, elle serait donc « mamé ».

Quelque temps plus tard, un dimanche, à table, assise dans la chaise haute qui la plaçait alors au niveau des adultes, Agathe tenta d'attirer l'attention de son père.

— Ti !... Fi !... hasarda-t-elle, en tendant les bras vers lui.

Etienne et Léonie étaient en pleine conversation, commentant la naissance de poulains jumeaux chez le fermier voisin, ils ne se rendirent compte de rien.

Alors la petite répéta, plus fort, en secouant le plateau de sa chaise haute :

— Ti ! Fi !

Léonie se tourna vers elle et comprit tout de suite. Quand elle parlait à son fils, elle disait « Etienne », en escamotant le début et la fin de son nom, « Tienn », ou « mon fils ». « Ti, fi », c'est son père que la petite appelait.

— Papa ! rectifia-t-elle alors aussitôt, désignant Etienne du doigt. Papa ! Papa !

— Pa... pa... articula Agathe, puis le mot semblant lui plaire elle le prononça plusieurs fois de suite, en agitant ses petites mains, apparemment ravie.

Pris de court, Etienne ne savait comment réagir. Il

regardait l'enfant comme s'il la découvrait, et celle-ci, lasse de ses efforts, ou découragée par ce regard vide de tendresse, se taisait et restait la bouche ouverte, les mains suspendues, immobiles.

Léonie, soudain enhardie, décida de profiter du moment pour crever l'abcès.

— C'est ta fille, Etienne, que tu en sois satisfait ou pas, c'est donc juste qu'elle apprenne à t'appeler papa ! Tu as un cœur, bon sang, il faudra bien un jour qu'elle y trouve sa place !

Elle se leva de table et se dirigea vers l'évier où elle se mit à remuer des casseroles, pour calmer sa colère. Par pudeur aussi, pour laisser seul en face de sa fille le père qui allait peut-être enfin la reconnaître comme telle.

Etienne en effet semblait remué. Mais faute d'avoir réagi dans l'immédiat, et gêné par la déception qu'il lisait dans les yeux de la petite Agathe, il ne put qu'esquisser un geste, qu'il n'acheva pas. Il se leva à son tour et quitta la pièce.

Son attitude alors évolua un peu. Il ne se transforma pas du jour au lendemain en un père attentionné et démonstratif, mais il cessa de faire semblant de ne pas voir Agathe, et tout doucement s'intéressa à ses gestes, ses mots, ses progrès. Il lui fallut d'abord reconquérir la confiance de la petite, échaudée par l'échec de sa tentative. Léonie voyait clair et laissait faire, se retenant d'intervenir malgré son impatience. Elle inventait des prétextes pour quitter la pièce. Elle avait oublié de donner les épluchures à la chèvre, ou alors elle ne se rappelait plus si elle avait bien refermé l'enclos.

Etienne alors s'approchait de l'enfant, lui parlait doucement, maladroitement : « Petite... Agathe... » Il lui caressait les cheveux, la joue. Mais ses gestes, il le savait bien, manquaient de naturel, et de chaleur. Et elle le sentait sans doute ; il la trouvait toujours un peu passive sous son regard et sous sa main, comme si elle se retenait, elle aussi, comme si elle craignait de s'attacher à lui. Papa. C'était lui, maintenant, qui attendait ce mot, se demandant s'il en serait cette fois ému, mais Agathe ne se décidait pas à le redire.

Comme tous les enfants, pourtant, elle avait besoin de chaleur, d'un contact physique avec des êtres aimés. Elle les trouva auprès des animaux. Le chat, les poules, les lapins, la chèvre de Léonie. Au fur et à mesure qu'elle grandissait, se développait son intérêt pour eux. Elle aimait les regarder, les toucher, et d'instinct savait trouver les gestes pour ne pas les effrayer, pour éviter d'éventuels dangers, et deviner les moments et les circonstances où il convenait de les laisser tranquilles. Dans les conversations qu'elle entretenait avec eux, faites d'abord de gazouillis, puis de mots murmurés, inventés, répétés, d'imitations de leur langage à eux, dans les caresses qu'elle leur donnait et en recevait, elle trouvait un peu de cette tendresse dont elle était privée.

Dès qu'elle sut marcher elle se mit à trotter partout derrière « mamé », au jardin, au poulailler, dans l'enclos. Elle se risquait parfois dans la cour de la ferme, sans jamais s'éloigner beaucoup de la maison de Léonie. Si Olga l'apercevait, elle s'interrompait dans son travail pour la manger des yeux, mais n'osait pas s'en approcher, de peur d'être surprise par Etienne. Elle connaissait son comportement envers son enfant, le condamnait au fond d'elle-même, mais ne se reconnaissait pas le droit d'exprimer le moindre avis sur la conduite du patron, qui par ailleurs les considérait si bien, Jules et elle.

Quand Agathe se sentit plus assurée sur ses jambes, l'envie lui vint de faire connaissance, aussi, avec le bétail de la ferme. Elle avait compris que Jules, chaque fin d'après-midi, allait chercher les vaches à la pâture au bord du ruisseau, et de l'enclos de Léonie, à travers le grillage, elle les regardait passer. Nullement effrayée par leur nombre et leur taille, ni même par un flanc énorme ou un mufle qui venait à frôler le grillage au point qu'elle sentait le souffle chaud et humide, elle agitait ses bras comme pour les saluer. Jules avait repéré son manège, aussi ému qu'amusé.

— Etienne a beau faire, se disait-il, c'est bien sa fille, elle est comme lui, elle aime les bêtes.

Un jour qu'il savait Etienne occupé dans un champ dont il ne devait pas revenir de sitôt, il s'arrêta devant la petite et lui fit signe d'aller jusqu'à la porte de l'enclos. Là il la prit dans ses bras, referma la porte et pressa le pas pour rejoindre les vaches qui déjà pénétraient dans l'étable. Il assit la fillette sur un ballot de paille, le temps d'attacher toutes les vaches, puis la souleva à nouveau dans ses bras et lui en fit caresser une, sur le dos, sur le flanc, sur le cou. Elle en riait et tremblait de joie. Et le brave homme riait aussi.

Mais il lui fallait se mettre à la traite. Alors il déposa Agathe dans la longue mangeoire qui courait tout le long de l'étable. Elle s'y accroupit. Elle avait devant elle, tout près, une tête énorme dont les gros yeux doux la fixaient. Elle allongea sa main et toucha le mufle, la vache alors tendit vers elle une grande langue rose qui la fit reculer, sans vraiment l'effrayer. Elle rit. Puis s'enhardit, s'agrippa au bord de la mangeoire, se dressa pour atteindre le front de la bête, garni d'une grosse touffe de poils rêches, et même les cornes !

C'est là que Léonie la trouva, prévenue par Olga qui l'avait vue dans les bras de Jules.

— Eh bien, tu es là, toi, et moi qui te cherche partout ! De quoi vous vous mêlez, Jules, de l'amener ici !

Mais elle ne semblait pas vraiment contrariée.

Agathe retourna souvent à l'étable et Léonie la laissa faire. Sans rien dire, la fillette se glissait le long du mur, grimpait dans les mangeoires et de là pouvait caresser les braves bêtes sans risque d'être bousculée.

Etienne finit par découvrir son manège. Il se revit lui-même, tout petit garçon, accroupi comme elle dans les mangeoires, regardant ruminer les vaches, tranquilles, pendant que Léonie les trayait.

Pour la première fois il prononça, à voix basse, pour lui tout seul : « Ma fille. »

Elle ne l'avait pas vu. Il l'appela, doucement :

— Agathe ! Agathe !

Elle leva la tête, hésita, puis lui sourit.

Jules venait de finir la traite d'une vache, il se relevait, son seau plein dans une main et son tabouret dans l'autre.

— Elle risque rien, dit-il comme pour se justifier, tu faisais pareil à son âge.

— Je le sais, Jules, je ne te dis rien.

Au printemps suivant, Agathe s'intéressa aux chevaux. Etienne remarqua qu'elle les regardait intensément, quand il passait avec eux devant la maison de Léonie. Un jour il s'y arrêta et lui fit signe de s'approcher.

— Tu veux monter dessus ?

— Oh oui papa !

Il la plaça sur le dos du Marquis, le plus gros. Elle était si contente qu'elle ne pouvait rien dire. Elle touchait le crin de la bête, se penchait pour entourer le cou de ses bras. Soudain le cheval leva la tête, la tourna vers la fillette et la secoua, dans un raclement de naseaux et un bruit de chaînes. Elle n'eut pas peur, au contraire elle se mit à rire.

« Quand elle sera plus grande, se disait Etienne, je l'emmènerai dans les champs, comme mon père faisait avec moi. Comme un garçon. »

Avant de reposer Agathe au sol, il la retint un instant dans ses bras, toute vibrante encore de plaisir, ses yeux, ses joues, sa bouche tout près des siens.

Léonie suivait la scène du pas de sa porte. Elle se garda bien d'intervenir.

— Je crois que cette fois-ci on tient le bon bout, dit-elle en rentrant dans sa cuisine.

Elle riait, elle aussi.

C'était compter sans le retour de la Lili...

Et justement ce printemps-là, le printemps 1936, en même temps que les hirondelles Lili revint au pays. Et comme les hirondelles qui mettent tout droit le cap vers la bordure de toit qu'elles ont quittée six mois plus tôt, elle fondit sans tarder sur Etienne.

Elle avait interrogé sa mère sur la façon dont il vivait son veuvage, et les informations reçues sur l'extension de son exploitation comme le fait qu'il semblait peu tenir à sa fille, confiée à Léonie, l'avaient considérablement intéressée. Les Meunier, qui ne l'avaient pas vue d'un bon œil revenir au bercail après des expériences sans doute peu glorieuses, s'en réjouirent entre eux. Un mariage avec un paysan aisé la laverait de ses frasques et la mettrait à l'abri du besoin.

Elle ne fit même pas semblant de passer par hasard quand Etienne la vit un soir s'approcher de la ferme. Il ne joua pas l'étonné. Non seulement il la savait de retour au village, mais il l'attendait. Elle le comprit dès le premier regard. Il la retrouvait telle qu'il l'avait désirée, telle qu'il l'avait gardée dans ses souvenirs puis secrètement espérée depuis la disparition d'Odette. Il ne vit pas qu'elle était un peu moins éclatante, qu'elle avait un peu plus recours au fard, qu'un pli se dessinait entre ses sourcils.

Elle sut très bien s'y prendre dès le premier soir,

misant à la fois sur la séduction et le sentiment, décolleté profond et battements de cils.

— Si tu m'avais comprise, Etienne, il y a cinq ans... C'est toi que j'aimais, c'est toi que je voulais.

— Mais tu me faisais marcher, Lili, tu me traitais de bouseux, souviens-toi.

— C'était pour te provoquer, pour te pousser à t'intéresser davantage à moi. Tu n'as pas compris. C'était un jeu de fille amoureuse. Mais toi tu as écouté ta mère, tu as préféré la terre, les hectares !

— Je t'aimais comme un fou, Lili, mais j'ai eu peur de ne pas être heureux avec toi.

La réplique fusa, du tac au tac :

— Et avec « l'autre », tu l'as été ?

Elle avait lâché les mots avec une sorte de rictus, et le pli s'était creusé entre ses sourcils.

Il baissa la tête, ferma les yeux, revit Odette. Il n'avait rien eu à lui reprocher, jamais, il n'avait pas été malheureux avec elle, mais heureux, au sens où Lili l'entendait, non, il ne l'avait pas vraiment été.

— Tu vois bien, reprit Lili, le visage à nouveau détendu, la voix adoucie, tu ne réponds pas, donc tu l'avoues, tu n'as pas été heureux. Mais, ajouta-t-elle après un silence, il n'est pas trop tard...

Elle se haussa sur la pointe des pieds et effleura ses lèvres, mais repoussa les mains qui se posaient sur elle avant de s'éloigner en riant.

Elle revint le lendemain et, malgré la présence de Jules et d'Olga dans les parages, elle l'entraîna dans la grange et se donna à lui sur la paille. Il en rêvait depuis si longtemps qu'il en oublia bien vite la porte demeurée entrouverte.

Au cours des semaines qui suivirent, elle revint souvent, et elle sut lui donner l'illusion qu'elle avait réellement changé, dans ses goûts, dans son comportement, dans son caractère.

— J'avais dix-huit ans, j'aimais danser, j'aimais plaire aux garçons, c'est normal pour une jolie fille...

Elle lui posa mille questions sur la ferme, demanda à tout voir, tout connaître, sans jamais manifester le moindre dégoût, ni le moindre mépris. Elle prit le pli aussi d'aller le rejoindre dans les champs, si bien que leurs retrouvailles ne furent bientôt plus un secret pour personne.

C'était le début de la fenaison, un peu en avance cette année-là. Etienne fauchait tôt le matin, et l'après-midi passait la râteleuse derrière laquelle Jules mettait le foin en tas. C'est là qu'elle arrivait. Elle se saisissait elle aussi d'une fourche ou d'un râteau et se mettait au travail, riant de sa maladresse. Jules était gêné de la présence à ses côtés de cette fille en robe claire, les jambes nues et les cheveux libres, alors que les femmes, quand elles venaient prêter main-forte aux hommes, s'enveloppaient d'un tablier et nouaient un fichu sur leur tête. Il comprenait qu'elle venait davantage pour se montrer que pour travailler et enrageait au fond de lui de son manège auprès d'Etienne. Quand celui-ci en avait fini avec la râteleuse et les rejoignait, après avoir bouchonné d'une poignée de foin son cheval en sueur, il les laissait parce que c'était l'heure des vaches. La Lili alors agaçait Etienne, se faisait embrasser, et lui qui la désirait de tout son corps était cependant gêné, parce que les champs et les prés étaient proches les uns des autres, et que d'autres paysans y travaillaient comme lui. Les audaces de Lili ne leur échappaient pas et les commentaires allaient bon train.

— Ah, elle n'a pas froid aux yeux la Lili !

— Et lui, l'Etienne, qui marche dans la combine !

— Si les Morin voyaient ça, leur Odette remplacée par la Lili Meunier !

— Il ne va quand même pas la marier ! La Léonie ne laissera pas faire ça !

— Elle n'aura peut-être pas son mot à dire !

Mais elle se refusait toujours à passer la nuit chez lui, et même à le suivre jusqu'à son lit. Ils vivaient donc leurs moments les plus intimes et les plus intenses dans la grange ou dans la nature, comme au temps de leurs amours de jeunesse. Mais c'était maintenant sans retenue, ce qui gênait tout de même Etienne. La crainte d'être surpris batifolant derrière une haie ou dans un tas de foin, le regard simplement curieux d'une vache quand la chose se faisait dans l'étable gâchaient en partie son plaisir, alors que la Lili, au contraire, s'en amusait beaucoup et semblait presque souhaiter le scandale.

Elle savait où elle voulait en venir.

— Je ne veux pas entrer chez toi comme une maîtresse, comme une clandestine, lui dit-elle, d'un air très sérieux, alors qu'il tentait une fois de plus de la convaincre d'accepter l'hospitalité de son lit.

Elle ne pouvait pas être plus claire.

Léonie avait senti venir le danger dès le retour de Lili et tenté de mettre son fils en garde.

— Elle attendait monts et merveilles de la ville, elle croyait sûrement que tout le monde roule sur l'or là-bas. Elle a eu des désillusions, elle veut se rattraper. Alors maintenant elle s'aperçoit que le bouseux, comme elle disait, a bien mené son affaire et elle te trouve intéressant. Elle t'embobine, Etienne, c'est à tes sous qu'elle en veut, elle te plumera et elle te quittera.

La pauvre Léonie avait été sèchement remise en place et priée de ne plus se mêler des affaires de son fils. Elle avait alors explosé :

— Et ta fille ? Ça reste mes affaires, je suppose ? Elle en dit quoi, de ta fille, la revenante ? Certainement pas grand-chose de gentil, puisque je ne te vois plus guère la regarder, ta fille, depuis qu'elle est revenue...

Léonie avait vu juste. Quand Etienne, prudemment, avait fait allusion à Agathe, elle en avait dit, la revenante, sourcils froncés et lèvres pincées : « L'enfant de l'autre ? Mais elle est chez ta mère ! », avant d'ajouter, soudain plus câline : « Des enfants à moi, oui, je saurais les élever, mais elle... Essaie de me comprendre. »

« L'autre... L'enfant de l'autre... » Que de fois Etienne allait-il entendre ces mots que jamais, toutefois, il ne prononcerait lui-même !

Agathe était peu expansive, mais loin d'être sotte. Elle comprenait et enregistrait tout ce qui se disait en sa présence, mais ne parlait pas beaucoup. Elle eut vite fait de remarquer que Léonie avait soin de l'appeler à l'intérieur quand apparaissait dans la cour une certaine silhouette. « Tiens, v'là encore l'hirondelle des faubourgs ! Rentre vite, petite, c'est pas nous qu'elle vient voir ! »

« L'hirondelle des faubourgs. » Le nom était joli, mais le ton de Léonie montrait clairement qu'elle ne l'aimait pas.

Léonie ne passait cependant pas son temps à faire le guet, et un soir Agathe, assise seule sur le seuil, vit son père accueillir la fameuse hirondelle et lui manifester des attentions dont elle-même ne bénéficiait pas. Ne se sachant pas vu, il la serrait dans ses bras, l'embrassait, la couvrait de caresses. Elle en resta bouche bée de surprise, et retint une subite envie de pleurer. Lili entraîna Etienne vers la grange entrouverte, où ils disparurent. Agathe n'avait pas bougé quand Lili en ressortit, seule. Elle vit la petite, immobile, et, après s'être assurée qu'il n'y avait personne aux alentours, elle s'avança jusqu'au milieu de la cour et la détailla du regard. Elle ne l'avait jamais vue de si près, cette « enfant de l'autre » qui lui inspirait un sentiment bien injuste de jalousie. Agathe se leva, d'abord tentée d'échapper à ce regard insistant, puis se ravisant elle demeura debout sur le seuil.

« Qu'elle est vilaine, pensait Lili, et mal fagotée, et qu'elle a l'air godiche… une petite bouseuse, déjà. »

Pauvre petite Agathe ! Malgré le manque de finesse de ses traits, qu'elle tenait de sa mère, elle aurait pu être mignonne comme le sont si facilement les fillettes. Mais Léonie, considérant à juste titre qu'à la campagne les enfants se salissent facilement, se souciait plus de pratique que de coquetterie quand elle l'habillait, surtout les jours de semaine. Elle portait un long tablier délavé, et ses cheveux étaient retenus sur les côtés par des barrettes sans rubans.

Et elle aussi regardait la jeune femme, l'hirondelle, comme disait mamé, qu'elle trouvait jolie mais qu'elle devinait bien plus forte qu'elle, et dont sans doute elle ne devait rien attendre de bon.

Un dimanche de septembre, profitant de l'absence d'Agathe qui était allée distribuer les restes aux poules et au chat, Etienne, au moment de quitter la table, annonça à sa mère son prochain remariage. Elle s'y attendait. Elle retint sa colère, qu'elle savait inutile. Mais elle crut bon toutefois de lui parler des « affaires », c'est-à-dire de la forme à donner à cette union.

— Méfie-toi, dit-elle, puisqu'elle a réussi à se faire épouser, elle est bien capable de te demander la communauté, ne te laisse pas rouler, exige un contrat. Sinon tu pourrais le regretter un jour...

L'idée même de communauté entre Etienne et sa Lili lui semblait un véritable sacrilège, une insulte à ceux qui avaient constitué son bien de leur travail, Abel, elle-même, et bien sûr Odette.

— Mère, répondit Etienne, je connais mes devoirs, il y aura un contrat.

Et il sortit aussitôt.

Demander la communauté, non, Lili n'alla pas jusque-là. Elle n'avait pas oublié l'importance de la terre, de la sacro-sainte propriété, que lui avaient même enseignée ses parents qui pourtant ne possédaient rien, pas même le jardin qu'ils cultivaient.

Mais la suggérer, oui, elle l'osa, avançant d'un ton faussement léger qu'en ville on se mariait sans contrat, que c'était une pratique démodée, tout juste bonne pour les « bouseux avares », ce qu'Etienne n'était pas, la preuve, c'est qu'avec Odette (il dut lui en coûter de ne pas dire « l'autre ») il n'y en avait pas eu.

La tentative maladroite de Lili, qui donnait raison aux craintes de Léonie, choqua un peu Etienne. Plutôt que de le montrer, ce qui aurait pu provoquer une habile manœuvre à laquelle il n'aurait pas su résister, il exprima sa détermination d'un ton calme, presque solennel :

— Demande-moi tout ce que tu veux, Lili (elle saurait ne pas oublier cette phrase et l'utiliser plus tard), mais pas ça. Le bien qui me vient de ma première femme n'est à moi que le temps de ma vie. Après il doit revenir à la fille qu'elle et moi avons eue ensemble. C'est pourquoi nous ferons un contrat. Le mien propre, en revanche, je veux bien le partager avec toi. Cela aussi sera dit dans le contrat.

Sa première femme, leur fille, l'autre et son enfant, Lili se sentit impuissante et abandonna la partie.

Ils se marièrent en novembre 1936, mais Lili n'eut pas non plus le mariage qu'elle aurait souhaité.

A cause des convenances, encore, des bons usages, et du respect du passé, rappelés par le curé.

Léonie n'était pas une grenouille de bénitier, elle avait élevé ses enfants dans la religion, baptême, catéchisme, communion, mais ne pratiquait guère, prétendant bien à propos que, si le paradis existait, elle le gagnerait par ses actes et par son travail. Les Meunier, de leur côté, ne mettaient les pieds à l'église que dans les grandes occasions, par égard pour les gens qu'on y mariait ou enterrait. Mais l'autorité du curé et la bonne morale qu'il était censé incarner et cautionner dépassaient le cadre de ses attributions religieuses. Un remariage n'était pas un mariage, il se devait d'être plus sobre, question de respect, tout le monde, fidèle ou pas, s'entendait là-dessus.

Ce fut en quelque sorte un mariage au rabais, où ceux qui voulaient manifester leur gaieté n'osaient pas le faire totalement, où ceux qui n'en avaient pas envie ne cherchaient pas à se forcer. En plus de cela, il tomba du matin au soir une vilaine pluie glaciale qui n'incitait guère à la fête. Agathe, sur l'initiative de Léonie, avait été pour la journée confiée à Olga. En effet, depuis l'épisode des vaches avec Jules, tous deux se permettaient de manifester un peu plus leur intérêt pour la petite, au point de l'emmener parfois chez eux pour lui offrir quelque gâterie. Olga se réjouit d'être ainsi dispensée d'assister à la célébration d'un mariage qui heurtait ses convictions de femme simple et droite.

Lili ne renonça pas à la robe blanche, malgré le symbole qu'elle véhiculait encore, mais elle la choisit courte, et à la fin de la messe elle n'alla pas déposer son bouquet à l'autel de la Vierge. Suivit un repas dans la grange aménagée pour l'occasion. Mais pas de jarretière décrochée au dessert. Il y eut un petit bal dans la salle de la mairie qui faisait aussi office de salle des fêtes, mais pas de cavalcade autour des mariés pour retarder leur fuite, pas de recherche du lieu de leur nuit de noces, ni de découverte joyeuse accompagnée des plaisanteries d'usage.

Lili n'aimait pas perdre, et encore moins que ça se sache. De ce qu'elle avait vécu en ville, elle n'avait révélé à sa famille que ce qu'elle avait bien voulu. Mais ici, au village, elle ne pouvait pas empêcher que plane sur son mariage l'ombre d'Odette et que derrière les sourires et les mots de félicitations se devinent certaines pensées. Cependant on savait se tenir, et tout le monde respectait Etienne.

Seule Léonie, le lendemain, confia à Jacqueline, au moment où celle-ci l'embrassait avant son départ :

— Tu verras ce que je te dis, ma fille, notre Etienne aura du fil à retordre avec celle-ci, il ne va pas tarder à regretter Odette.

Une fois Lili installée en maîtresse dans la maison de son fils, Léonie se défendit d'y mettre jamais les pieds, et conseilla à Agathe de faire de même.

— A l'étable, oui, si tu veux, petite, avec Jules ou Olga, là au moins tu ne risqueras pas de la rencontrer.

De sa fenêtre elle suivit ce qu'elle appela « le déménagement ». Elle vit venir successivement la camionnette du quincaillier de Dun, qui venait de se lancer dans l'électroménager, un mot ronflant qui flattait les partisans du modernisme autant qu'il effrayait ses détracteurs, puis à deux reprises celle d'un marchand de meubles de Verdun. Elle vit aussi bien des fois le père Meunier arriver dans la cour de la ferme avec sa brouette vide et en repartir avec un lourd chargement qui en rendait la conduite bien difficile. Elle y reconnaissait une table, des chaises, le corps d'un buffet... Elle vit Etienne, aidé de son nouveau beau-père, arrimer dans une charrette des pièces plus lourdes encore, un lit, une armoire, et même la cuisinière. Ainsi la Lili ne voulait rien conserver de « l'autre », des meubles encore bons, fort bien adaptés à leur usage, qu'elle « bazardait ». Jules, réquisitionné pour un chargement, avait répété le mot à Léonie. Bazardés ! Ça voulait dire quoi ? Jetés, relégués au grenier, donnés à sa mère ou à ses sœurs.

Ah ! elle savait faire valser les sous, la Lili !

Si Olga entretenait encore le jardin et la basse-cour, en revanche elle ne s'occupait plus de l'intérieur d'Etienne, devenu le domaine exclusif de Lili, qui avait cependant encore recours à elle, de temps en temps, pour les tâches les plus dures, comme la grosse lessive ou l'astiquage des parquets. Elle la traitait avec hauteur, allant jusqu'à des paroles blessantes sur son allure, sa tenue, qui n'étaient certes pas des plus distinguées, mais propres, toujours, là-dessus il n'y avait rien à redire. De même elle regardait Jules de travers, quand Etienne le faisait entrer pour lui offrir la goutte. Tous les deux se taisaient, par égard pour Etienne.

— Distinguée, maugréait Olga par-derrière, croit-elle donc vraiment l'être ? C'est en dedans qu'on doit l'avoir, la distinction, celle du cœur.

Disposant ainsi de plus de temps, elle venait davantage chez Léonie, qui ne vieillissait pas très bien. Elle souffrait du dos, des jambes, s'alourdissait, se tassait.

— J'ai trop travaillé dans le temps, se plaignait-elle, je le paye maintenant, et puis tout ça, cette pimbêche qui jette l'argent par les fenêtres, cette gamine à élever, son père qui ne la regarde pour ainsi dire plus, ça me mine, à force.

Olga venait l'aider pour le plus dur, laver, bêcher le jardin, mais surtout pour parler, la renseigner. Elle lui décrivait les nouveautés qui meublaient la maison de Lili, du moins la pièce principale, la cuisine, la seule à laquelle elle avait accès. Une cuisinière à gaz, toute blanche, et pour le chauffage un poêle de faïence. Un Frigidaire, tout blanc aussi, dont elle se vantait d'être la seule au village à être équipée !

— Alors que la cave est si fraîche, commentait Léonie en hochant la tête.

Un fer à repasser électrique. L'évier lui-même, la bonne grosse pierre à évier en grès, si vaste qu'on pouvait y laver le linge en hiver, quand il faisait vraiment trop froid pour aller au lavoir, avait été démonté, remplacé par un plus petit, en carrelage blanc.

— Tout ce blanc, Léonie, dans une cuisine de

ferme, on se croirait je ne sais où, chez un docteur, ou dans un hôpital...

Combien tout cela avait-il pu coûter à Etienne ? Il ne l'avait pas dit à sa mère, elle ne le lui avait pas demandé, mais gros, certainement.

Elles parlaient devant Agathe, qui les écoutait et se demandait pourquoi donc son père avait pris chez lui cette Lili que personne d'autre que lui n'aimait. Parce qu'elle était belle, seulement ?...

« Faudra bien un jour que je lui explique tout ça », pensait Léonie.

Tout ça : les hommes, les femmes, la naissance, la mort, les amours. Elle ne savait trop comment s'y prendre.

De même qu'elle avait agrandi sa basse-cour, elle était passée d'une chèvre à deux, puis à trois. L'une d'entre elles, au printemps 1937, ne résista pas à la mise bas d'un énorme chevreau. Léonie profita de l'occasion pour révéler à Agathe les conditions dramatiques de sa naissance. A sa manière, plus bourrue que tendre, plus maladroite que fine, elle lui expliqua donc ce qu'était une maman, qu'elle aussi en avait eu une, qui l'avait portée dans son ventre comme la chèvre pour son chevreau. Elle dut aborder la réalité crue de la maternité, les douleurs, le sang, le danger. La mort parfois, comme pour la malheureuse chèvre.

— Ta maman est morte quand toi tu es née, petite.

Agathe semblait réfléchir. Peut-être cherchait-elle la place de son père dans l'histoire... Mais ce qui était difficile avec cette enfant, c'est qu'elle ne posait jamais de questions. Et le rôle du père justement – le sentiment et le reste – se révélait bien plus délicat. Remontée comme elle l'était contre la Lili, et par conséquent aussi contre Etienne, Léonie évita le sujet et se laissa aller à quelques phrases amères.

— Ton papa, dit-elle, n'a pas su t'aimer quand tu es née, parce que les bébés, vois-tu, c'est surtout l'affaire des mamans. Et voilà que juste comme il commençait à te regarder un peu la Lili est arrivée, et c'est elle maintenant qui ne te veut pas et qui l'empêche de t'aimer.

Agathe écouta et ne fit aucun commentaire.

« Fallait bien lui expliquer un peu sa situation, se dit Léonie comme pour excuser sa maladresse, dont elle avait pris conscience, elle aura l'âge de raison un peu en avance, voilà tout. »

Deux événements, la même année, vinrent éclairer les réflexions d'Agathe en ajoutant aux dires de Léonie.

Au début de l'été, et là il fallut bien lui reconnaître une supériorité sur Odette en dépit de leurs apparences respectives, Lili donna un fils à Etienne, Alain, né non pas dans le lit de ses parents mais à la maternité de Verdun, une précaution d'ailleurs inutile ; comme aurait dit la mère Ambroise, la Lili vous passait ça comme une lettre à la poste.

Léonie fit à sa bru la visite d'usage, au retour de la maternité. Une visite brève, sans chaleur, rendue plus délicate encore par la présence d'Agathe, qu'elle avait tenu à amener et dont elle ne lâcha pas la main.

— C'est ton petit frère, insista-t-elle à plusieurs reprises en fixant tour à tour la Lili, qui semblait furieuse, et Etienne, gêné, qui comprenait le message.

— Un gamin bien dodu et vivace comme celui-là en avance d'un mois, commenta-t-elle le soir même pour Olga, à qui elle veut faire croire ça, la Lili, elle n'a pas su attendre, voilà tout !

Puis en octobre Agathe fit sa rentrée à l'école du village, qui ne comportait qu'une seule classe réunissant autour de madame Loriette, la maîtresse, une vingtaine d'enfants de cinq ou six ans à quatorze ans.

Bantheville n'était pas immense et les enfants, en guise de jeux, couraient souvent les rues. Cependant Agathe les connaissait peu. Elle n'avait jamais été tentée de se mêler à eux, l'univers réduit de Léonie suffisait à son tempérament. En revanche le remariage d'Etienne avait remis la famille Jacquin au centre de bien des conversations et, si souvent les enfants étaient priés de se taire à table, on ne leur interdisait pas pour autant d'écouter. Tous connaissaient sa situation. Elle n'avait plus de mère. Son père ne l'aimait pas. La Lili était sa belle-mère. C'est vrai qu'elle était belle, la Lili, que personne, même pas les enfants, ne désignait autrement, d'ailleurs c'était avec sa beauté qu'elle avait mis le grappin sur Etienne, même qu'elle allait le plumer !

Les enfants peuvent aussi bien se montrer charitables que cruels. Agathe eut droit au cours des premières récréations à des remarques tantôt compatissantes, tantôt moqueuses, vite interrompues par l'autorité de l'institutrice.

Elle se comportait à l'école comme à la maison. Discrète, apparemment indifférente, mais s'intéressant à tout, comprenant tout. Elle fit ses premiers apprentissages sans difficulté.

Etienne la croisait parfois qui partait à l'école ou en revenait. Il lui arrivait aussi d'entrer le soir chez Léonie, qu'il ne voulait pas tenir à l'écart, et de la trouver penchée sur son livre de lecture qu'elle semblait particulièrement aimer.

— Alors, lui disait-il, tu aimes bien l'école ? Tu apprends bien ? Tu sauras bientôt lire ?

Elle répondait oui, mais cachait sous son bras replié la page du livre, toujours la même, qui la passionnait et lui déplaisait à la fois. A côté du texte simple, en grosses lettres, qu'elle connaissait par cœur, une image montrait une famille réunie dans le calme du soir. Le père, assis, fumait tranquillement sa pipe. La mère, souriante, épluchait des légumes pour la soupe. Une fillette à genoux aidait un petit garçon à dresser une pyramide de cubes.

Est-ce qu'avec sa maman, si elle n'était pas morte, ç'aurait été comme ça ? Est-ce que c'était comme ça, le soir, avec son papa à elle et sa Lili, et leur petit Alain ? Quand mamé l'appelait pour souper, elle refermait enfin le livre.

3

La famille Jacquin au grand complet ainsi que ceux qui lui étaient liés par le travail se trouvaient ce matin-là réunis dans la cuisine de la ferme, la belle cuisine blanche de Lili.

Le village tout entier était en émoi. Après la mobilisation générale du 1er septembre 1939 et cette longue période d'attente incertaine, la « drôle de guerre », la situation s'était débloquée. Les Allemands avaient attaqué ! Les Allemands arrivaient, par le nord, avec la rapidité et la puissance d'un ouragan dévastateur ! On ne tarderait pas à apprendre le sort de l'armée française, une grande partie des troupes capturées sans avoir combattu, le reste dispersé dans une débandade totale qui aboutirait pour beaucoup à la démobilisation et au retour dans leurs foyers.

Mais ce 11 juin 1940 les champs et les jardins étaient déserts ; personne ne songeait au travail. Au village comme ailleurs on débattait avec autant de fougue que d'angoisse de l'attitude à adopter. Le maire venait de faire connaître à la population l'ordre, reçu de la préfecture, d'évacuer les communes menacées par l'avance allemande. La chose était dans l'air depuis un bon moment déjà. Dès le début de mai, la Meuse s'était vu attribuer un département de correspondance, la Charente-Inférieure, vers lequel, par cars et par camions, puis par trains, le préfet avait déjà fait évacuer une grande partie de la population des cantons les plus menacés, ceux de Montmédy et de Stenay. C'était maintenant le tour de Dun-sur-Meuse, de Montfaucon. Mais tous les habitants concernés, en particulier les paysans, n'envisageaient pas de suivre le flot pour se rendre aussi loin.

Il s'agissait pour tout le monde d'une décision d'importance. Fallait-il donc partir, se lancer sur les routes ? Qu'adviendrait-il alors de ce qu'on laisserait ? Ne valait-il pas mieux demeurer sur place malgré les risques que comportait l'arrivée imminente de la horde allemande ? Nulle part il n'y avait unanimité sur la conduite à tenir.

— Je ne peux obliger personne à s'en aller, disait à tous le maire, moi si je devais partir, ce serait le dernier, selon les ordres, mais je choisis de rester. A chacun de se décider.

Léonie était assise à un bout de la table et debout près d'elle se tenait Agathe, qui venait d'avoir huit ans et en paraissait largement deux de plus. Jupe un peu trop longue, tablier à carreaux un peu trop court (Léonie prévoyait toujours les « affaires » pour plusieurs années), nattes dans le dos, visage sans expression apparente, à part les yeux qui se portaient avec intérêt sur ceux qui prenaient la parole.

Face à face, de chaque côté de la table, Etienne et Lili.

Etienne aurait dû, malgré son âge et ses charges de famille – trois enfants en comptant Agathe, puisque quinze mois après Alain était née une petite Elise – faire partie du troupeau des prisonniers ou être du nombre des échappés. Mais il n'avait pas été mobilisé à l'automne 1939, où pourtant on rappelait les classes au-delà de la sienne, à cause ou plutôt grâce à la perte des deux premières phalanges de deux doigts de sa main droite, l'index et le majeur, sectionnées par la scie circulaire. Un regrettable accident qui s'était produit quelques mois auparavant, qui lui avait valu deux semaines d'hôpital mais dont il s'était bien remis ; son handicap ne le gênait pas outre mesure. Il avait su s'adapter, et les tâches manuelles étaient surtout assurées par Jules et Bébert. En 1940, Etienne avait trente-trois ans, les faisait bien, bel homme solide dans la force de l'âge, respecté par ses employés et souvent cité en exemple, en dehors de sa vie privée, par les autres paysans du village. Sur son visage, cependant, et dans sa démarche parfois, apparaissaient des signes non pas de lassitude physique, mais d'une sorte de tristesse dont beaucoup devinaient la raison : depuis son remariage, la Lili ne lui avait pas donné que de la joie.

Elle était assise face à lui, contrariée, nerveuse, le visage marqué de plis amers devenus des rides qui ne s'effaçaient plus. Sa blondeur, ses frisettes, son maquillage, le rouge dont elle colorait ses ongles comme ses lèvres, les teintes vives de ses vêtements, tout ce qui était censé la rendre belle et agréable aux regards sonnait de plus en plus faux. Près d'elle, dans sa chaise haute, la petite Elise, vingt mois.

A l'autre bout de la table, lui assis, elle debout derrière, Jules et Olga. Huit années de bons et loyaux services et leur large contribution à la prospérité de la ferme ne les avaient pas rendus moins humbles, et les difficultés de leurs rapports avec Lili n'avaient pas entamé leur patience, ni leur dévouement pour Etienne.

A l'écart, assis sur les marches du seuil, Bébert, sans doute à peine conscient de l'enjeu des débats, en pressentait cependant l'importance, puisque c'était sans faire de bruit qu'il s'efforçait d'échapper aux tracasseries du petit Alain, qui le harcelait, le pinçait, lui tirait les cheveux.

Léonie, bien que ce ne fût pas le moment, ne pouvait s'empêcher de détailler le décor et l'équipement de cette grande pièce où elle avait longtemps régné en maîtresse avant de s'effacer, de bon gré, devant Odette. Quand elle avait pris place à la table, déjà, elle avait senti sous ses pieds la douceur d'un tapis, le dernier caprice de sa bru, qui obligeait Etienne, elle l'avait appris par Olga, à se déchausser pour manger !

« Odette, la pauvre Odette, si elle voyait ça... »

pensait-elle ; la gravité du moment ne suffisait pas à lui faire oublier sa rancœur.

— Moi je ne pars pas, Etienne, je ne bouge pas d'ici, commença Léonie. Que veux-tu qu'ils me prennent, à moi ? Que veux-tu qu'ils me fassent ? Qu'ils me tuent ? Je suis vieille, je suis fatiguée (elle le paraissait en effet, Etienne ne s'était pas rendu compte à quel point), je n'aurais plus la force de partir, même si on m'y obligeait. Advienne que pourra.

Etienne aussi pensait qu'il était plus raisonnable de rester. Il ne se voyait pas prendre la route vers le sud, abandonnant sa ferme, son cheptel, ses chevaux surtout, la promesse de ses récoltes. Qui pouvait affirmer que les Allemands s'en prendraient aux civils ? Peut-être serait-il possible de composer avec eux, d'éviter les pillages et autres exactions que certains redoutaient. Au fur et à mesure qu'il développait ses arguments, Jules l'approuvait.

— Et toi, Lili ?

— Pourquoi tu me le demandes, tu le sais bien que je veux partir !

Elle parlait d'une voix criarde.

— Tu veux rester pour tes vaches ? Pour tes chevaux ? Et ta femme ? Et tes deux enfants ? Si les Boches détruisent tout, s'ils brûlent tout ? Je n'ai pas envie d'être battue, torturée ou violée ! Qu'est-ce que vous avez tous à me regarder comme ça ? Vous voulez me l'entendre dire ? Eh bien oui, j'ai peur des Boches, je crève de peur ! Je veux m'en aller !

Ses cris avaient effrayé la petite Elise, qui se mit à pleurer, et même Alain, qui vint s'accrocher à elle.

Il avait pourtant l'habitude des éclats de voix de sa mère, qu'il ne redoutait guère, qu'il s'amusait même parfois à provoquer, c'était facile, elle était nerveuse et souvent de mauvaise humeur. Mais là, devant tout le monde, devant mémère Léonie et « la fille de papa et de l'autre » – une expression devenue la sienne – qui les regardait avec ses gros yeux ronds...

Etienne attendit le retour au calme pour exposer ce qu'il avait résolu.

Il ne pouvait pas empêcher Lili de partir. Mais il ne voulait pas non plus la laisser partir seule, une femme avec des enfants, à l'aventure. Puisqu'on disait que les Allemands voulaient surtout s'assurer des frontières et que plus loin, à cent kilomètres peut-être, ou deux cents, ou plus, on serait à l'abri, il allait les emmener avec la Traction, trouver pour eux un lieu sûr, les installer, après quoi il reviendrait à la ferme. Il retournerait les chercher quand on y verrait plus clair.

La Traction, c'est aussi pour plaire à sa Lili qu'il l'avait achetée, en 1938, pour l'emmener en promenade le dimanche, et aussi parfois en semaine à Verdun pour des emplettes ; ni dans les quelques magasins de Dun ou de Montfaucon, ni et encore moins auprès du père Mouton, l'unique commerçant qui passait au village avec sa camionnette chargée de toutes sortes de produits, elle ne trouvait tout ce qu'elle voulait. Elle envisageait même d'apprendre à conduire elle-même pour ne pas toujours dépendre d'un mari qui invoquait trop souvent son travail pour lui refuser une sortie.

— On reste aussi, nous deux, dit alors Jules. Faut quelqu'un pour s'occuper des bêtes, faut un homme à la ferme, le temps que t'ailles caser ta famille. Je crois que t'as confiance en moi, Etienne. On ne sait pas ce qui va se passer au juste, mais je ferai de mon mieux.

— Merci, Jules, répondit Etienne, je n'aurais pas osé te le demander…

— Si jamais il y a du grabuge par ici et que tu ne retrouves pas les choses comme tu les auras quittées, ça ne sera pas de notre faute. Et le p'tiot, ajouta-t-il en désignant Bébert qu'il n'appelait jamais autrement malgré son mètre quatre-vingts, on fera attention à lui aussi. Et à Léonie.

Le sort de tous venait d'être décidé. Ceux qui partaient, ceux qui restaient, celui qui reviendrait vite. Sauf Agathe. On ne l'oubliait pas, les yeux de Léonie, d'Etienne, de Jules et d'Olga, de Lili aussi étaient tournés vers elle. Les siens étaient baissés. Elle savait qu'elle ne déciderait pas elle-même. Elle attendait.

— Tu n'as pas deux enfants, Etienne, tu en as trois, dit alors Léonie. Dans des situations comme celle-ci, faut t'en souvenir. Imagine qu'il se passe des horreurs ici, je ne sais quoi, des bombardements, ou pire, et que tu ne retrouves plus personne en rentrant. Ou imagine seulement que je disparaisse, moi, pendant que tu seras parti. Si tu veux mettre tes deux petits à l'abri, la grande y a droit aussi.

Etienne ne regarda personne, il leva les yeux vers le plafond pour dire d'une voix assurée :

— Tu as raison, mère. On l'emmène.

Puis en se levant :

— Puisque tout est décidé, inutile de perdre du temps.

Léonie se leva elle aussi.

— Viens, petite, dit-elle à Agathe en lui entourant les épaules de son bras, on va faire ton balluchon, toutes les deux.

Jules et Olga quittèrent à leur tour la pièce, et aussitôt Lili se mit à crier.

— Trois enfants ! Tu me vois toute seule avec trois enfants dans un pays que je ne connaîtrai pas ? C'était pas prévu ! Tu ne respectes pas ta parole, Etienne, tu m'avais dit que je pourrais te demander tout ce que je voulais. Alors je te demande de ne pas me forcer à emmener l'enfant de l'... enfin Agathe. Y a qu'à l'envoyer dans la famille de l'... enfin de sa mère.

— A Sedan ? Tu sais comme moi que les Boches y sont déjà. Ne discute pas, Lili. Je t'aime mais c'est comme ça. Prépare les affaires. Pas trop. Ce que la Traction peut contenir. On verra sur place.

Etienne s'en alla faire le tour du village pour savoir ce qui avait été décidé dans les autres familles. Les paysans étaient partagés. Chez certains on avait choisi l'exode, la mort dans l'âme, chez d'autres on ne pouvait s'y résoudre, tout en craignant de faire le mauvais choix. La décision, souvent, venait des femmes, que la perspective de faits de guerre effrayait et qui voulaient en préserver leurs enfants. Il apprit que le menuisier était parti la veille, emmenant dans sa camionnette, en plus de sa propre famille, sa vieille voisine veuve. Alors que chez les Martinet, les voisins les plus proches, décidés à partir, on se disputait faute de pouvoir se mettre d'accord sur la nécessité d'emmener le grand-père.

On entassait des provisions, des matelas, ce qu'on possédait de plus précieux sur des chariots. A l'arrière on attachait une vache ou deux, les enfants auraient du lait. On laissait le bétail qu'on ne pouvait pas emmener dans les pâtures. On se demandait comment les vaches seraient traites.

— On n'ira peut-être pas loin. On sera peut-être de retour pour la fenaison, ou la moisson.

Paroles d'espoir, de réconfort, pour se donner le courage de se mettre en route.

— Et toi, Etienne, que fais-tu ?

Il exposait son projet.

— T'as facile, avec une voiture, et Jules et Olga pour veiller sur ta ferme.

Il passa chez les Cornaille pour leur assurer que Jules prendrait garde à leur Bébert.

Quand il rejoignit Lili, elle était en train de se lamenter dans la perspective de ce départ qu'elle avait pourtant exigé. Que prendre ? Que laisser ? Elle hésitait, se décidait, changeait d'avis, tournait en rond sans avancer dans ses préparatifs. Alain voulait emporter ses jouets, son tambour, son cheval de bois. Il allait les mettre dans la voiture, elle les en retirait, il criait, trépignait. Etienne dut s'en mêler, faire preuve d'autorité.

— Et l'argent, Etienne, on emporte le coffre, n'est-ce pas ?

Les Jacquin, comme tous les paysans de cette époque, traitaient leurs affaires – vente et achat de bétail, de céréales et autres produits, de matériel – en liquide, et Etienne, comme ses parents avant lui, avait commencé à se constituer un pécule en lingots d'or, une valeur sûre. Quand il avait amassé une somme suffisante, il allait à la banque en acheter un. A cause des dépenses dues aux exigences de Lili, il n'y en avait encore que deux dans le petit coffre vert, au fond de l'armoire de leur chambre.

— Non, Lili, on ne prend pas tout. On ne sait pas qui risque le plus, de nous qui partons ou de ceux qui restent ici. On va laisser le coffre en vue, vide et ouvert. On emporte la moitié de son contenu, je confie l'autre moitié à ma mère.

— Et moi alors, je vivrai de quoi ? Avec trois enfants ?

— Avec ce que nous emportons tu auras de quoi voir venir.

— En tout cas mes bijoux je les prends !

Pour la naissance des enfants et à d'autres occasions, parfois de simples caprices, elle s'était fait offrir quelques bijoux « qui n'étaient pas de la pacotille. »

— Ils sont à toi, Lili, prends-les.

Au milieu de l'après-midi, une fois la Traction lourdement chargée, le coffre plein, la galerie lestée de ballots de couvertures et de linge, et des bricoles encore à l'intérieur, il ne restait plus qu'à dire au revoir et à embarquer Agathe.

Elle arrivait, un gros sac dans chaque main.

— Encore deux sacs ! s'écria Lili. T'as besoin de tout ça ? Mais où on va les mettre ?

Comme il n'y avait plus de place ailleurs, elle dut en garder un sur les genoux et l'autre à ses pieds à l'arrière de la voiture.

Poignées de mains, étreintes, baisers. Personne ne pleura. Seule Olga dut se retourner pour cacher quelques larmes. Jules semblait avoir déjà endossé son costume de gardien du temple.

Agathe avait dit au revoir à Léonie avant de rejoindre les autres.

— J'aurais mieux aimé rester ici avec toi, mamé.

— Il y a du danger, je te l'ai dit. C'est à ton père de te protéger, ta place est auprès de lui. Vous reviendrez.

— Prends bien soin de toi, mamé, s'il te plaît, attends-moi...

— J'essaierai, petite. Allez, va, maintenant, ne les fais pas attendre.

Léonie avait serré longuement contre elle Agathe qui retenait ses sanglots.

Etienne n'avait pas une idée précise de la région où il emmenait sa famille. Il voulait dépasser les zones sensibles du Nord-Est sans toutefois s'éloigner trop. Il avait consulté une carte et décidé de descendre vers le sud, au moins jusqu'à Chaumont, il pensait ensuite obliquer légèrement vers Dijon, la Côte-d'Or. Il décida d'éviter l'axe principal, la route Sedan - Verdun - Bar-le-Duc qu'il devinait encombrée, du moins tant qu'on serait en Meuse. Il choisit d'emprunter les petites routes de campagne, par Varennes, Clermont, Triaucourt, où la progression s'avéra cependant difficile. Peu de voitures, mais de nombreux attelages, des chariots, des charrettes, des haquets surchargés et des piétons, qui ne voulaient pas imposer aux chevaux une trop grande fatigue en ajoutant leur poids à celui du chargement. Des vélos, des motos, auxquels étaient parfois attachées des remorques contenant des bagages, des enfants, un matelas. Tout ce flot déferlait des villages alentour pour converger vers la même direction.

Il était bien difficile de doubler vu l'étroitesse des routes. Il fallait suivre à vitesse réduite, attendre un endroit favorable.

— Klaxonne donc ! s'impatientait Lili, ils peuvent bien se garer pour nous laisser passer !

Etienne ne répondait pas, haussait les épaules. Aurait-elle eu le courage, comme ces pauvres gens, de fuir dans un tel équipage ?

Il fallait bien s'arrêter de temps en temps, pour un besoin urgent ou parce que l'avance parfois devenait impossible. On retrouvait des connaissances, qui venaient de villages voisins. On en profitait pour se saluer, s'interroger.

— Où allez-vous, vous ?

Les uns savaient, ils avaient de la famille en Bourgogne, ou plus loin, en Vendée, dans le Midi. Faudrait-il, pourrait-on aller jusque-là ? La même interrogation revenait souvent : « Avons-nous bien fait de partir ? »

Trois enfants à l'arrière de la Traction, plus les sacs… Calée à sa place, Agathe s'efforçait d'occuper le moins d'espace possible, mais elle était la plus grande, donc la plus volumineuse.

Elle s'était rarement trouvée aussi proche de ses demi-frère et sœur, et jamais aussi longtemps, du fait qu'elle vivait avec Léonie, dont les rapports avec sa bru s'étaient rapidement aigris. Lili soupçonnait l'influence de sa belle-mère chaque fois qu'Etienne essayait de tempérer ses envies dépensières. Elle était venue le lui signifier un jour ouvertement, la traitant de « vieille bouseuse avare ». Ce à quoi Léonie avait répondu calmement, mais fermement, que son fils était assez grand pour savoir ce qu'il avait à faire.

« Mais crois-moi, avait-elle ajouté, si tu continues comme ça, tu ne vas pas tarder à lui faire regretter "l'autre", comme tu dis... »

Etienne n'avait pas eu vent de cette prise de bec, les deux femmes avaient préféré le ménager, pour des raisons différentes.

Il souffrait de cette hostilité latente qui l'éloignait davantage d'Agathe. Il n'avait pas bonne conscience. Mais il aimait Lili, qui savait si bien se faire pardonner ses humeurs et ses caprices...

La personnalité vite affirmée du petit Alain n'avait pas arrangé les relations. Depuis qu'il marchait, tout de suite intrépide et débrouillard, il survenait de temps en temps dans le territoire de Léonie. Des visites qu'elle n'appréciait guère ; le gamin, très précoce pour parler et déjà culotté, ne les lui rendait que pour la faire marronner.

« T'es vieille, mémère, t'es pas gentille. »

Agathe n'était pas mieux traitée.

« T'es pas belle. T'as des gros yeux. Ma maman, c'est pas ta maman. T'as pas de maman, toi. »

Léonie finissait par se fâcher :

« Fiche le camp, petit mal élevé ! »

Et là, dans la Traction, Agathe les avait tout près d'elle. Elise, que le bercement de la voiture endormait vite, se laissait aller contre elle, et elle s'efforçait de ne pas bouger, malgré l'inconfort de sa position, un peu émue de sentir le poids de la fillette. Elle avait envie de la caresser ; petite poupée blonde et bouclée, Elise était mignonne et paraissait gentille. Mais elle n'osait pas, à cause des coups d'œil de Lili dans le rétroviseur.

Alain, qui supportait difficilement l'immobilité, ne tarda pas à manifester son impatience, s'agitant, remuant bras et jambes jusqu'à réveiller Elise.

— J'ai pas assez de place… je suis pas bien… j'ai sommeil… je veux m'allonger…

Lili prit alors Elise sur ses genoux et Alain s'étendit sur la banquette, les pieds contre Agathe qu'il ne cessait de marteler, sournoisement, fort de sa supériorité sur elle en cas d'incident.

— Faim… soif… pipi…

— Si ça doit durer des jours comme ça, je ne pourrai pas, se lamentait Lili.

Ils passèrent la première nuit un peu au-delà de Triaucourt, à moins de quarante kilomètres de leur point de départ ! Lili fut hébergée avec les enfants chez un couple de retraités, des gens compatissants et généreux. Faute de place pour la famille entière, Etienne dormit dans une grange, sur le foin, avec nombre d'autres « réfugiés » comme ils se nommaient déjà, loin de l'être encore.

Une nuit et un jour plus tard ils étaient en Haute-Marne, près de Joinville. Sur la place du village où Etienne stoppa la Traction se trouvaient plusieurs attelages autour desquels s'organisait le bivouac. Courageuses et astucieuses, les femmes étaient déjà au travail. Certaines avaient installé un foyer de fortune avec du bois ramassé par les enfants, et allumé du feu pour préparer des repas chauds avec les provisions apportées. Des odeurs commençaient à s'élever, de lard frit, de pommes de terre sautées et même de viande rissolée. Les hommes dételaient les chevaux, les conduisaient à l'abreuvoir du village, puis se mettaient à la recherche d'une pâture inoccupée où les parquer pour la nuit. L'énervement, la fatigue et même l'incertitude du lendemain s'oubliaient un peu. On entendait des plaisanteries, des rires.

Lili était de mauvaise humeur, excédée par ce voyage qui n'en finissait pas. Elle ne voulut pas se mêler aux gens, à qui elle commençait à trouver des airs de romanichels. Elle chargea donc Etienne de se mettre à la recherche d'un logement pour la nuit et pendant ce temps-là elle tenta de remettre de l'ordre dans sa tenue, sa coiffure et son maquillage. Elise dormait.

— Surveille Alain, toi, lança-t-elle à Agathe, puisque c'est ton demi-frère, au lieu de rester plantée là comme une gourde à attendre je ne sais quoi.

Il fallait en effet avoir constamment le gamin à l'œil, parce qu'il était toujours à l'affût d'un tour à jouer. Plusieurs fois déjà depuis qu'ils étaient en route il avait fait des siennes, au moment des arrêts. Un coup il avait ouvert la cage ficelée sous un chariot dans laquelle une mère de famille précautionneuse avait emporté deux lapins, et il s'était ensuivi une chasse qui dans d'autres circonstances aurait pu être comique. Le matin même, Etienne l'avait surpris en train de taquiner avec une branche de noisetier des chevaux attelés à un chariot, au risque de les énerver et de provoquer un accident. Colère, menace de fessée, intervention de Lili, qui le défendait toujours quand ce n'était pas à elle qu'il s'en prenait.

« Mais surveille-le donc, Lili ! » avait crié Etienne hors de lui.

Elle n'avait pas répondu. Ils avaient l'un comme l'autre en mémoire les circonstances de l'accident de 1939, avec la scie circulaire. Son maniement était extrêmement dangereux, il fallait une attention sans faille et une coordination parfaite entre le scieur et celui qui passait les rondins, en l'occurrence Jules. Etienne avait demandé à Lili de tenir Alain à la maison. Mais le gamin avait réussi à filer et Jules était trop occupé à surveiller ses propres gestes pour le voir arriver en trottinant, passer sous le banc de la scie et se jeter brusquement contre les jambes de son père qui, surpris, avait perdu le contrôle de ses mains.

« Je t'avais pourtant dit de bien le surveiller ! » avait-il crié à Lili accourue, et il secouait une main ensanglantée à laquelle manquaient deux morceaux de doigts.

La perte de ses doigts avait permis à Etienne d'échapper à la mobilisation, mais le sujet était resté extrêmement sensible et le mot pratiquement tabou entre eux.

Etienne ne tarda pas à revenir bredouille. Il avait trouvé quelques maisons fermées, leurs habitants partis comme eux sur les routes. Là où il y avait quelqu'un, ou bien on était trop petitement logé, ou bien on l'avait éconduit sans raison. Les « fuyards », avait-il senti, suscitaient de la méfiance chez certains. Curieuse et triste époque, où personne ne comprenait vraiment la situation, où personne ne pouvait se prétendre du bon côté, où même entre Français on commençait à se regarder de travers.

Il fallait donc se résoudre à bivouaquer comme les autres. A la demande de Lili, Etienne déplaça la Traction pour l'éloigner un peu de la place et trouva un emplacement convenable, un verger entre deux granges dont l'une, entrouverte, les accueillerait pour la nuit.

La journée du lendemain commença dans un climat de tension qui ne présageait rien de bon. La petite Elise, si facile et sage jusque-là, avait pleuré à plusieurs reprises au cours de la nuit, sans doute dérangée par la manière irrégulière dont elle était nourrie depuis le départ. Les provisions emportées dans le coffre de la voiture s'épuisaient, on trouvait difficilement à se ravitailler en route et le moment du repas, si on pouvait encore le nommer ainsi, était de plus en plus pénible. Alain s'y était mis aussi, piquant une colère parce qu'il ne retrouvait plus dans le foin le seul jouet qu'il avait pu emporter, son nounours.

Au petit matin, les deux enfants enfin rendormis contre leur mère, Etienne sortit de la grange pour se détendre en marchant un peu. Il trouva, assis au bord d'un ruisseau, quelques hommes qui, comme lui, ne pouvaient plus dormir et discutaient à mi-voix. Il s'arrêta près d'eux. C'étaient des paysans, eux aussi, et de plus des Meusiens, du canton de Spincourt, qui parlaient de leur bien le plus précieux laissé « là-haut », leurs bêtes, vaches, chevaux, certains entièrement livrés à eux-mêmes, dont ils s'inquiétaient.

L'un des hommes affirmait que les Allemands avaient besoin de chevaux et se servaient. Il tenait cette information de source sûre, d'un « caïd » de son village, le notaire, qui avait doublé la veille le convoi de réfugiés et qui, le reconnaissant, s'était arrêté près de lui pour lui donner des nouvelles, pas très réjouissantes, du pays. Il lui avait parlé aussi de l'aide apportée à l'avance allemande par l'aviation, qui n'hésitait pas à mitrailler les civils.

Des chevaux volés... Etienne revint vers sa famille, assombri par cette pensée qui plus que toute autre le préoccupait. Lili, qui n'avait pu faire sa toilette et tentait en vain de calmer Elise qui s'était remise à pleurer, n'était pas d'humeur à partager ses inquiétudes.

— Tes chevaux ! Mais il y a Jules, à la ferme, pour s'en occuper ! Et moi alors ? Et nous, ici, comme des vagabonds ?

Elle éclata en sanglots nerveux.

Etienne chercha des yeux Agathe. Il la vit qui revenait du village en tenant précautionneusement une casserole.

— C'est du lait pour Elise, dit-elle en la lui tendant, il est encore chaud.

Elle était allée quémander un peu de douceur pour la fillette dont les pleurs l'attristaient auprès de ces femmes qu'elle avait vues la veille autour de leurs feux. En la voyant, l'air gauche dans sa jupe trop longue à laquelle s'accrochaient encore quelques brins de paille, celles-ci, tout de suite compatissantes, s'étaient demandé si elle ne s'était pas égarée dans le grand désordre de l'exode.

« Que veux-tu, petite ? Tu es seule ? Tu as faim ? »

Elle avait dit que non, qu'elle était avec sa famille, mais que sa petite sœur semblait malade et qu'un peu de lait chaud...

On lui en avait faire boire un bol, à elle aussi, avant de lui donner ce qui restait.

— Il faudra reporter la casserole vide à la dame, dit-elle simplement en la tendant à Etienne.

Il la lui prit des mains et s'approcha de Lili, qui avait cessé de pleurer mais était encore secouée de hoquets. L'arrivée brutale d'Alain, qui faillit lui faire renverser la précieuse casserole, la dispensa de remercier Agathe.

L'après-midi du même jour, ils roulaient lentement, la densité des véhicules de toutes sortes s'étant encore intensifiée, sans se parler pour éviter de ranimer la tension. Soudain un bruit inquiétant, en l'air, vrombissement et sifflement à la fois, fit stopper l'ensemble du convoi.

Des avions, trois, descendaient en piqué sur la colonne de réfugiés ! L'homme avait dit vrai tout à l'heure.

Ce fut très rapide. Les avions passèrent en rase-mottes au-dessus du convoi, puis reprirent de la hauteur aussi vite et s'éloignèrent dans le ciel.

Les gens se hâtaient de descendre des voitures, des chariots, les chevaux affolés hennissaient, des femmes criaient, des enfants pleuraient.

— Ils vont revenir ! Il faut se sauver, il faut se cacher ! Les revoilà !

Ils revenaient en effet, tout droit, les oiseaux de malheur. Déjà des femmes s'aplatissaient dans les fossés, des hommes couraient vers les bosquets voisins.

Lili, Elise dans les bras, était appuyée contre la Traction, paralysée de peur, incapable de fuir.

— Abritez-vous sous la voiture, vite ! cria Etienne.

Lili se baissa et disparut sous la Traction. Avant de s'y glisser aussi, il regarda autour de lui. Mais où donc étaient Alain et Agathe ?

Il les vit, une trentaine de mètres plus loin, la grande sœur ceinturant de ses bras le gamin qui se débattait et le forçant à la suivre pour revenir vers eux. Dans la confusion générale, l'intrépide Alain s'était échappé, comme ceux qui couraient devant lui et sautaient dans les fossés, et Agathe s'était précipitée pour le rattraper.

— Agathe ! Alain ! cria Etienne.

Il ne put s'élancer. Un vacarme retentit, bruit des avions, tirs, éclatements, cris, hurlements... Plusieurs bombes avaient explosé, dont l'une tout près de l'endroit où Agathe avait réussi à stopper la course d'Alain. Un nuage de fumée, de terre et de buissons pulvérisés empêcha de voir quoi que ce soit pendant quelques secondes, aussi longues que des minutes. Tout le monde demeura figé, puis ce fut un indescriptible brouhaha.

Etienne vit alors Agathe et Alain qui couraient vers lui. Mais ce fut Lili qui se précipita à leur rencontre ; au même moment il dut se porter au secours d'un homme qui ne pouvait maîtriser tout seul son attelage affolé. Les deux chevaux se cabraient, ruaient, les naseaux écumants, et se seraient emballés, emportant le malheureux qui tentait de les retenir, si Etienne, en saisissant fermement le mors de l'un, ne lui avait pas permis de concentrer ses forces sur l'autre. A eux deux ils réussirent à les calmer. L'homme pleurait en remerciant Etienne, qui rejoignit les siens. Lili, assise à l'avant de la Traction, était en proie à une véritable crise de nerfs. Elle se tordait les mains, puis se labourait le visage en criant :

— J'en ai assez, assez, je ne peux plus en supporter davantage...

Les deux petits, à l'arrière, la regardaient sans rien dire. Agathe s'avança vers Etienne qui la prit contre lui. Elle mit ses bras autour de la taille de son père et posa sa tête contre sa poitrine.

— Ma fille, murmura-t-il en lui caressant les cheveux, ma petite fille, merci.

Le bilan de l'attaque sur le convoi de réfugiés aurait pu être terrible, si les projectiles l'avaient atteint de plein fouet. Mais, maladresse des tireurs ou volonté de leur part de procéder à une simple intimidation, ils étaient tous tombés derrière ou à côté. Il y eut cependant des blessés, une dizaine, atteints par des éclats, parmi ceux qui s'étaient éloignés de leur véhicule. Ils furent soignés avec les moyens du bord, en attendant de pouvoir rencontrer un médecin ou de recevoir des soins dans un hôpital ou un dispensaire, un peu plus loin. Ceux qui avaient pris la précaution d'emporter une trousse de secours s'improvisaient infirmiers, on déchirait du linge pour faire des pansements. Un brave homme qui avait emporté une bonbonne de mirabelle circulait et en offrait à qui avait besoin d'un remontant. Mais le moral, pour tous, en avait pris un fameux coup. A l'amertume d'avoir quitté son pays pour se lancer sur les routes s'ajoutait la menace du danger.

Les quelques voitures, dont celle des Jacquin, se remirent en route les premières, et derrière elles le convoi suivit, un peu plus fragile, un peu plus désemparé.

« Ma fille… »

Etienne ne dit rien de plus dans l'immédiat, Agathe s'en contenta. Mais ils avaient compris l'essentiel, qu'il y avait de l'amour entre eux et qu'un jour ils sauraient se le dire.

Tout en conduisant, attentif au moindre signe d'alarme, il réfléchissait.

Que serait-il advenu d'Alain si Agathe ne l'avait pas rattrapé ? Il courait à découvert, petit bonhomme de trois ans inconscient du danger. Il était convaincu qu'elle lui avait sauvé la vie.

Dans l'affolement général et l'état de panique où elle se trouvait, Lili s'était-elle rendu compte de ce qui s'était réellement passé ? Qu'avait-elle dit aux deux enfants quand ils l'avaient rejointe ? Le coup des chevaux emballés avait empêché Etienne d'assister à la scène.

Quand elle s'était calmée et qu'il avait redémarré, elle avait seulement répété en prenant place dans la voiture :

— J'en ai marre ! Je n'en peux plus !

Ensuite le silence. Elise dormait sur ses genoux. Alain, sans doute choqué par ce qu'il venait de vivre, même s'il n'avait pas tout compris, se tenait tranquille à l'arrière, à côté d'Agathe.

Comment interpréter le mutisme de Lili ? se demandait Etienne. Peut-être croyait-elle qu'Agathe avait été à l'origine de l'éloignement des enfants, en s'enfuyant elle-même, Alain courant derrière elle. C'était peu probable, parce que dans ce cas elle n'aurait pas manqué de le lui reprocher, sinon ouvertement, du moins par des allusions ou des regards éloquents comme elle le faisait de plus en plus nettement au fur et à mesure du voyage. Non, elle avait compris la situation, mais elle ne voulait pas le reconnaître, ni faire amende honorable devant Agathe, qui ne revendiquerait rien.

« Je suis un lâche, pensait Etienne. Je devrais rendre justice à ma fille et je ne le fais pas. »

Il chercha son regard dans le rétroviseur, le trouva. Elle lui sourit.

4

Le même jour, en début d'après-midi, ils virent passer des Allemands qui allaient dans le même sens qu'eux. Des camions, des motos, plusieurs dizaines de véhicules militaires. Les réfugiés étaient rattrapés et dépassés, ce qui allait amener Etienne, comme beaucoup d'autres, à changer de stratégie.

Il leur restait une quinzaine de kilomètres à parcourir pour atteindre Chaumont. Ils venaient de doubler un convoi, un de plus, hétéroclite comme ils l'étaient tous. Charrettes, bicyclettes, piétons et même, en fin de peloton, un couple étrange, tristement pittoresque, deux vieillards, l'homme poussant une brouette, la femme un antique landau.

Etienne entendit d'abord le bruit des engins motorisés, puis, les découvrant avec stupeur dans le rétroviseur, il donna un coup de volant brusque pour garer la Traction au bord de la route. Lili et les deux petits se mirent à crier de surprise et de peur.

Les camions et les motos roulaient vite, certains frôlèrent la Traction. Ça y était, ils étaient passés.

— Les Boches, murmura Lili, tremblante.

— Les pauvres gens derrière nous, dit Etienne, auront-ils eu le temps de se garer ?

Quelques-uns, oui, mais pas tous. Des scènes de panique, encore, chevaux affolés, charrettes renversées, chargements dispersés.

Un regroupement des réfugiés s'effectua à l'entrée du village suivant. Et là ils virent passer encore plusieurs détachements de soldats allemands motorisés qui ne prêtèrent pas attention à eux. C'était la confusion totale. A quoi bon fuir si ceux qu'on fuyait passaient devant ? Que faire ? Continuer ? Ceux qui avaient un point de chute parlaient de le rallier quand même. Attendre sur place ? Certains l'envisageaient. Faire demi-tour et rentrer chez soi ?

Etienne opta pour cette solution.

Mais ce ne fut pas possible. Des Allemands avançaient et gagnaient du terrain, d'autres s'installaient au fur et à mesure et prenaient les commandes. Plus question d'agir comme on le voulait.

Ordre fut donné aux maires des communes dans lesquelles se trouvaient des réfugiés de les répartir et de les loger en attendant les instructions des autorités.

Etienne et sa famille se retrouvèrent ainsi dans le presbytère d'un village d'une centaine d'habitants, qu'ils partagèrent avec un autre couple qui avait deux enfants en bas âge, le curé ayant accepté de se replier dans une pièce unique. Une installation sommaire, quelques meubles, quelques ustensiles de cuisine prêtés par de bonnes âmes.

Combien de temps allait-il falloir attendre ? Personne ne pouvait le prévoir.

Etienne était dévoré d'inquiétude à l'idée de ce qui avait pu se passer « là-haut », chez eux. Léonie, Jules, Olga et Bébert, une vieille femme, un couple de domestiques eux aussi âgés, un simple d'esprit... Il avait certes confiance en eux, mais avaient-ils su, avaient-ils pu faire face ? Il lui était impossible d'entrer en contact avec eux. Et sa ferme, ses bêtes, ses chevaux... « Ils » volaient des chevaux, cette idée le poursuivait.

Lili, quant à elle, s'épuisait en plaintes et récriminations de toutes sortes, qui finissaient souvent en crise de larmes. Elle refusait de suivre l'exemple de sa voisine de circonstance qui s'efforçait de faire contre mauvaise fortune bon cœur et qu'on entendait rire et chanter avec ses enfants.

— Il ne faut pas laisser croire que le malheur est le plus fort, disait-elle à Lili, il faut vivre pour nos petits !

Elle n'écoutait pas davantage les exhortations du curé.

Elle ne put cependant pas empêcher Alain de se joindre aux petits voisins, dans le jardin du presbytère transformé en terrain d'aventures et de jeux.

Agathe fut inscrite à l'école du village, avec quelques autres enfants de réfugiés. Les épreuves qu'ils avaient traversées, les difficultés matérielles dans lesquelles ils vivaient, la curiosité méfiante dont ils se sentaient l'objet, les moqueries provoquées par leur accent légèrement traînant de l'Est les rendaient tous un peu farouches. L'institutrice elle-même ne leur témoigna guère de chaleur et les plaça au fond de la classe.

Entre Etienne, Lili et Agathe, l'atmosphère avait changé. Les sentiments et les ressentiments s'exprimaient davantage par des silences que par des paroles. Mais, se sentant souvent accusée, Lili faisait ce qu'il fallait, elle l'embobinait, comme aurait dit Léonie, la nuit, au lit, croyant ainsi effacer l'ardoise de chaque jour. Mais elle sentait bien, malgré tout, qu'entre Agathe et elle la force avait commencé à changer de camp.

Le 22 juin 1940, l'armistice signé entre la France et l'Allemagne marqua la fin des combats. Les réfugiés, alors, pensèrent pouvoir rentrer au plus vite chez eux. Mais la chose ne fut pas si simple pour tous : si ce n'était plus vraiment la guerre, on était entré dans l'occupation et les Allemands venaient d'instituer une « zone interdite » qui englobait tous les départements du Nord et de l'Est. Les réfugiés se trouvant au sud de cette ligne n'avaient donc plus le droit de rentrer chez eux. Quant à ceux qui, comme Etienne et sa famille, s'étaient arrêtés tout juste du bon côté de la ligne, ils reçurent, le 28, l'autorisation de reprendre la route.

Ils mirent trois jours pour remonter. Les arrêts pour des contrôles étaient fréquents. *« Halt ! Papieren ! »* Il fallait montrer la précieuse autorisation, la faire tamponner.

Ils trouvèrent à se ravitailler et à se loger assez facilement.

Etienne essayait de deviner ce qu'ils allaient retrouver d'après l'aspect des villages traversés. Si la plupart étaient ou du moins paraissaient intacts, d'autres laissaient apparaître des blessures, vitres brisées, pans de murs calcinés. Plus ils progressaient vers le nord, repassant de Haute-Marne en Meuse, plus nombreuses étaient ces traces inquiétantes.

Etienne interrogea au passage des paysans qui n'avaient pas évacué. Ils lui parurent fermés, comme méfiants. Ils dirent toutefois n'avoir pas subi de dommages, mais s'interroger sur l'avenir, avec les « doryphores » qu'on allait avoir sur le dos...

Beaucoup de maisons vides, ajoutèrent-ils, avaient été visitées, pour ne pas dire pillées, et pas seulement par les Allemands, des réfugiés s'étaient servis aussi.

— Les chevaux ? leur demanda Etienne, est-ce qu'ils vous ont pris des chevaux ?

— Non, pas ici, mais il paraît que plus haut, oui, beaucoup ont été emmenés pour les régions où ça se battait encore, dans la Marne et dans l'Aisne.

Lili, comme si elle avait oublié qu'elle avait voulu partir, disait tout haut son impatience et sa joie de retrouver bientôt sa maison. Dormir à nouveau dans son lit, revoir ses meubles, son Frigidaire, ses affaires qu'elle n'avait pas pu emmener.

— Et mes jouets ! renchérissait Alain, là-bas on n'avait rien pour jouer !

Pas un mot pour Léonie, ni pour les autres, Olga, Jules, Bébert, les fidèles. Etienne, lui, était rongé d'inquiétude pour eux. Son visage, ses mains crispées sur le volant, sa vitesse réduite comme s'il voulait retarder le moment de l'arrivée, tout traduisait ses craintes.

Agathe aussi pensait à eux, à mamé surtout, dont la présence constante, à défaut d'être tendre, lui avait tellement manqué. Elle comptait et recomptait les jours de leur séparation, pas si nombreux après tout, mais tellement longs et difficiles.

A une dizaine de kilomètres de chez eux, un peu après Varennes, il y avait une ferme champêtre dont le propriétaire faisait le commerce de chevaux. Les pâtures étaient vides, les portes des écuries ouvertes, la cour déserte. Etienne n'osa pas s'arrêter pour voir s'il y avait quelqu'un dans la maison.

— J'ai comme un pressentiment, dit-il quand apparut au bout de la route le clocher de Bantheville.

La Traction s'immobilisa dans la cour de la ferme. Ils en descendirent, Alain le premier, qui se mit à gambader, puis Lili avec Elise, puis Agathe, et enfin Etienne.

Un court temps d'arrêt. L'émotion, l'étonnement, la légère déception de ne surprendre personne, l'atmosphère bizarre. Une impression de vide.

Puis le cri d'Alain :

— Maman ! Papa ! Regardez les volets ; ils sont cassés !

Au même moment, sortant de sa petite maison, apparaissait enfin Léonie, changée en trois semaines, les cheveux plus blancs, le visage plus marqué. Agathe se précipita vers elle, l'étreignit.

— Mamé ! Oh, mamé.

Elle qui l'avait quittée sans pleurs, qui n'avait pas

versé de larmes tout le temps de l'exode, éclata en sanglots.

Etienne s'approcha lui aussi, se pencha vers Léonie, l'embrassa, la regarda, incrédule.

— Mère, qu'est-ce que tu as ? Es-tu malade ? Il s'est passé quelque chose ici ?

Elle dut s'asseoir sur les marches de sa maison.

Lili les rejoignait, hors d'elle, elle en oubliait de saluer sa belle-mère.

— On a cassé nos volets ! On a voulu nous dévaliser !

Elle remarqua la mine défaite de Léonie.

— On nous a tout volé dans la maison ? C'est ça ?

— Non, Lili, articula péniblement Léonie, on ne vous a rien volé dedans. C'est autre chose. C'est Jules, les chevaux...

Là-dessus arrivait Olga, qui avait entendu et reconnu le bruit de la voiture.

— Vous voilà tous revenus ? Oh Etienne ! Mon pauvre Jules, il a essayé... il n'a pas pu... ils l'ont battu...

Ce fut long pour tout expliquer. Les phrases sortaient par saccades de Léonie et d'Olga, les mêmes mots revenaient sans arrêt : « Ils ont pris les chevaux... ils l'ont frappé... »

Elles réussirent tout de même à dominer leur émotion pour dérouler le film des événements qui s'étaient produits ici, le surlendemain du départ d'Etienne, de Lili et des enfants.

Léonie commença :

— Ça s'est passé en fin d'après-midi, Olga et

Jules étaient aux vaches, ils trayaient. On savait que les Allemands étaient là, tout près, on les attendait.

— On en a passé du temps à traire, interrompit Olga, en plus des nôtres, je veux dire des vôtres, Etienne, on a trait aussi celles qui avaient été laissées dans les pâtures. Du lait, on en a donné à des réfugiés, des gens qui partaient comme vous et qui passaient par ici.

— Quand ils se sont amenés dans la cour, reprit Léonie, il y en avait quatre, avec leurs casques, leurs bottes, leurs fusils et des cordes, j'ai compris qu'ils cherchaient quelque chose. Ils regardaient partout autour d'eux. Et tout d'un coup ils sont partis vers le parc des chevaux, qui étaient tous dedans. Jules est sorti de l'étable à ce moment-là, il a couru derrière eux. Tes pauvres chevaux ne se sont pas méfiés, Etienne, ils les ont laissés s'approcher. On a voulu voir aussi ce qui se passait, nous deux Olga. Quand on est arrivées près d'eux ils avaient déjà attrapé le Gamin, la Rosa et la Margot. Il y avait les poulains autour. Et Jules qui essayait de leur faire comprendre qu'il ne fallait pas, qu'il n'était pas le patron.

— Ils se fichaient de lui, ils rigolaient, reprit Olga, parce qu'il essayait de leur parler allemand, vous savez bien, Etienne, comme il faisait des fois, mais cette fois-là c'était pas pour rire.

Eh oui, Jules avait connu 1914 et même avant, cette période où une partie de la Lorraine avait cessé d'être française. La Meuse n'en était pas, mais tout le monde connaissait quelques mots d'allemand, prononcés par plaisanterie, par dérision, sans les comprendre parfois, en les écorchant presque toujours. C'est ainsi que Léonie, certains jours, disait éplucher ses *Kartoffel* et criait à Etienne *Raousse !* quand elle le fichait dehors.

Etienne imaginait la scène, le pauvre Jules qui croyait encore au bon droit, à la raison, se démenant parmi les soldats hilares.

« *Nix ! Nix !* Pas prendre les chevaux ! Moi pas patron, pas patrône ! Patrône parti, *wek !* Prendre chevaux *ferboten !* »

Et les Allemands riaient en rassemblant les chevaux qui restaient, l'Empereur, la Sophie.

La raison ? Ce fut celle des plus forts.

— Ils ont fini par se fâcher, reprit Léonie, Jules les gênait en tournant autour d'eux. Alors il s'est mis en colère, lui aussi, et il a fait le geste de trop. Il a reculé, pris son élan, et il a flanqué un grand coup de pied dans le derrière d'un des Allemands. Qu'est-ce qu'il n'avait pas fait là, le malheureux !

— Y en a deux qui ont rassemblé les cordes pour tenir tous les chevaux, les cinq, et les deux autres se sont occupés de mon pauvre Jules, continua Olga. Des coups de pied, des coups de poing et, quand il a été par terre, des coups de crosse.

Olga pleurait, Léonie passait et repassait sa main devant ses yeux comme pour chasser ces terribles images.

— Il a crié votre nom, Etienne, dit Olga, et puis autre chose aussi, que j'ai bien entendu. *Hitler Kaput !*

— Ils ont emmené les chevaux, continua Léonie,

les deux poulains suivaient, alors pour les empêcher...

— Ils les ont... murmura Etienne.

— Oui. Deux coups de fusil. Après ça on a entendu des cris, des bruits de camions, des appels. Faut croire qu'ils étaient pressés, ils sont partis. Mais en retraversant la cour les deux salopards qui avaient frappé Jules ont pris le temps de défoncer vos volets, à coups de crosse, et après ils ont couru pour rattraper les autres.

Etienne était pétrifié.

— Jules, où est-il ? demanda-t-il d'une voix cassée.

— Chez nous. A part qu'il boite encore un peu et qu'il a mal dans le dos, il n'y paraît plus guère. Le sang, les bosses, les plaies, ça ne se voit pour ainsi dire plus. Mais c'est en dedans qu'il a toujours mal. Il n'admet pas. Il rumine. Il dit qu'il se vengera. Ben tiens, le v'là.

Jules s'approchait en effet, appuyé sur une canne.

— Les femmes t'ont raconté ?

Etienne l'étreignit longuement.

— Tes pauvres chevaux ! Je les revois sans arrêt, le Gamin, l'Empereur, les juments, des bêtes magnifiques, courageuses et gentilles. Et les poulains, ils promettaient, ces deux-là. C'est gravé là, tu sais, dit-il en touchant son front. Ils me le payeront !

— Et vous, de vot' côté, ça s'est passé comment ? demanda Léonie.

Etienne raconta leur périple, la descente, l'arrêt, l'attente, le retour. Quand il évoqua l'épisode de l'attaque aérienne, il sentit la nervosité de Lili. Il passa sous silence l'escapade d'Alain et le rôle d'Agathe, avec qui il échangea un long regard profond.

Elle avait cessé de pleurer, mais ne s'était pas détachée de Léonie, qui devinait des secrets dans l'intensité de ce contact.

« J'en parlerai plus tard, se disait Etienne, il faudra que tous le sachent, que cette enfant, ma fille, a sauvé la vie de son frère. »

Il y avait dans l'immédiat tellement à faire, à voir, à comprendre, à entreprendre.

Pendant que Lili reprenait possession de sa maison, intérieurement intacte, et qu'Agathe se réinstallait chez Léonie, Etienne parcourut le village pour savoir ce qui s'y était passé. Accueilli avec étonnement d'abord, puis avec satisfaction.

— Etienne ! Te v'là donc revenu ! Et ta petite famille ?

— Ah ! Tu les as ramenés aussi !

— Tu sais pour tes chevaux et pour Jules ?

Les Jacquin étaient les premiers, parmi ceux qui avaient choisi d'évacuer, à revenir. On pouvait donc espérer le retour des autres. Il eut lieu en effet au cours des jours suivants, à l'exception du menuisier qui était allé trop loin.

De ceux qui n'avaient pas bougé, dont le maire, il apprit que les Allemands qui étaient passés là et dans les alentours étaient pressés à cause de la tentative de contre-offensive française dans l'Aisne. C'est pour ça qu'il leur fallait des chevaux, pour tirer leurs engins, pour remplacer les leurs, épuisés.

— T'as pas de chance, Etienne, y a que chez toi qu'ils se sont servis, et même si j'étais intervenu ça n'aurait rien changé, sinon que j'aurais pu me faire amocher moi aussi.

— Paraît-il, lui dit un cultivateur, qu'ils en ont laissé sur place, après, que ceux qui ont perdu les leurs pourront en toucher d'autres.

L'affaire des chevaux emmenés de force consternait tout le monde. Ils étaient les premiers travailleurs de la terre, les compagnons indispensables. Une ferme, une campagne sans chevaux, ça n'avait pas de sens. Y toucher équivalait à un crime.

Tout le monde avait en tête les images atroces de la guerre de 1914, les pauvres bêtes partageant le sort des hommes sur les champs de bataille, épuisées, affolées, enlisées, éventrées, massacrées. Cette guerre-ci n'était plus la même, mais Etienne en pleurait, d'imaginer ses chevaux attelés à des pièces d'artillerie, lancés au galop sous le fouet, effrayés de la brutalité qu'ils découvraient.

Une chose était certaine, lui assura le maire, on n'était plus les maîtres chez soi. Les fermes dont les propriétaires n'étaient pas revenus – il y en avait quelques-unes dans le canton – allaient être réquisitionnées et gérées par les occupants, qui auraient aussi un droit de regard sur les autres.

— J'ai bien peur, dit-il, d'avoir à jouer un drôle de rôle entre les autorités et la population. Je n'ai pas fini de faire de la paperasse.

Etienne se rendit ensuite chez les Cornaille,

provoquant la joie de Bébert. La seule vue des Allemands l'avait terrorisé, expliqua sa mère, et quand il avait su ce qui était arrivé à Jules, il n'avait plus osé remettre les pieds à la ferme. C'est à peine s'il risquait le nez dehors depuis cette affaire-là.

— Mais maintenant que vous êtes là, m'sieu Etienne, je vais revenir travailler avec vous, promit-il.

De retour à la ferme, il vit la brave Olga qui apportait un panier rempli de victuailles : des légumes, des œufs, une volaille rapidement tuée et plumée. Lili était dans la chambre, devant ses armoires ouvertes, palpant ses robes, essayant ses chapeaux qu'elle retrouvait avec plaisir, pendant qu'Alain et Elise redécouvraient leurs jouets à grands cris. Il alla la prévenir.

— Olga est là, dans la cuisine.

— Qu'est-ce qu'elle veut, déjà ?

— Elle ne veut rien, Lili, elle nous apporte de quoi manger, ce premier soir.

Puis ce fut Léonie qui s'empressait de rapporter ce que son fils lui avait confié, l'argent, l'or.

— Il ne manque rien, tu pourras recompter, dit-elle à l'intention de Lili, avant d'ajouter pour Etienne : Si seulement ça pouvait te servir pour remplacer tes chevaux, mon pauvre garçon.

L'avenir, c'était évident, s'annonçait difficile.

5

Après le choc douloureux du retour de l'exode, Etienne n'eut pas d'autre choix que de se remettre au travail. Ce qu'il fit, courageusement, lucidement, en fonction des moyens dont il disposait.

Juillet commençait, il y avait urgence à attaquer la fenaison, avant la moisson. Il avait touché, comme on le lui avait laissé entendre, deux bêtes de réforme, un cheval et une mule efflanqués et de taille inégale, ce qui ne facilitait pas leur attelage. Il avait cependant réussi à leur faire tirer la faucheuse, puis la moissonneuse, loin d'obtenir le rendement de ses chevaux perdus.

Cette fenaison et cette moisson de 1940 donnèrent l'impression d'un retour en arrière. Comme il n'y avait plus qu'un seul attelage, et que le temps pressait, il fallut faucher une partie de la récolte à la main, Jules retrouvant, malgré l'état de son dos, les gestes anciens, à défaut de la cadence. Il n'était plus le même homme. Moins alerte, moins résistant dans le travail, mais surtout amer, humilié de n'avoir pas pu se montrer à la hauteur de la confiance qu'Etienne avait placée en lui. Les femmes, Olga, Léonie, avec Bébert, vite revenu, et même Agathe, déjà forte et habile, fanaient comme autrefois, au râteau. Léonie repensait aux fenaisons du temps de sa jeunesse, où les difficultés du travail, le foin qui volait au vent, les chardons qui piquaient les mollets provoquaient les rires des équipes joyeuses. Alors que maintenant plus personne n'avait le cœur à plaisanter, le travail se faisait en silence. C'était le monde à l'envers, l'exploitation stoppée dans son élan, les idées de modernisation qui trottaient dans la tête d'Etienne remises à plus tard. A quand ? On ne pouvait, hélas, que se poser la question...

Jules se rendait souvent à la lisière du bois où il avait enterré les deux poulains « fusillés », comme il l'aurait fait pour des hommes. Il leur parlait, leur promettait de les venger. Quant à Etienne, aussi fou que cela pouvait paraître, il ne perdait pas l'espoir de retrouver ses bons chevaux, peut-être pas les cinq, mais deux, ou même seulement un. On citait des cas de bêtes devenues inutiles après l'armistice, rendues à la liberté, abandonnées, regroupées, des propriétaires auraient ainsi réussi à remettre la main sur une partie de leur bien. Il apprit un matin que se tenait le lendemain à Grandpré, dans les Ardennes, une sorte de foire où devaient se négocier de tels chevaux de « récupération ». Il s'y rendit, à vélo, avec un fol espoir, et... il reconnut la Sophie, qui le reconnut aussi. Elle avait l'encolure basse, le poil terne et un reste d'effroi au fond des yeux, mais c'était elle. Il dut la racheter, ce qu'il fit de bon cœur, et il ramena aussi un jeune mâle qui, malgré son allure piteuse, lui sembla prometteur. Il laissa son vélo et revint à pied, entre les deux bêtes, la Sophie frottant sa tête contre son épaule, et lui flattant l'encolure de l'autre pour lui donner confiance.

La joie de Jules en revoyant la Sophie ! Sa peine aussi au souvenir des autres... Et cette litanie qui finissait par inquiéter Olga, et même Etienne : « Ils me le payeront ! »

— Celui-là, dit-il en prenant la longe du nouveau venu pour l'emmener à l'écurie, appelle-le donc Moïse, il revient de loin aussi...

Les modalités de l'occupation furent rapidement définies et mises en place. Etienne dut, comme tous les paysans, fournir une déclaration précise de son cheptel et de sa production, dont il ne pouvait pas disposer entièrement à son gré ; une partie en était réquisitionnée au profit des occupants. Tout trafic, fausse déclaration, vente illicite, marché noir constituait une infraction, passible au mieux d'une amende. Au pire ? Mieux valait ne pas s'y risquer.

Ce que partout les gens s'efforçaient de faire, c'était de continuer à vivre le moins mal possible en cette période difficile, à maintenir l'espoir, à lutter, chacun à sa façon, au quotidien ou pour l'avenir, au vu de tous ou en cachette.

Seule Lili ne luttait pas, n'espérait pas. Elle s'ennuyait. Elle se lamentait. Elle rouspétait. Elle se sentait en pénitence. En prison !

— Tu n'as pourtant pas à te plaindre, à côté de certaines, lui répétait Etienne.

Certaines... Il n'était pas besoin de chercher loin. Deux jeunes femmes du village, qui avaient été ses copines avant son départ pour la ville, Françoise Mangin et Jeannine Renard, ne savaient pas quand elles reverraient leurs maris, ni même si elles les reverraient un jour. Ils étaient prisonniers en Allemagne et se plaignaient dans leurs lettres de leurs conditions de vie difficiles, du froid, de la faim. L'une avait deux enfants, l'autre trois, et elles ne survivaient que grâce à l'aide de leurs parents et voisins compatissants. Dans les villes aussi, des femmes devaient réaliser des prodiges pour nourrir leur famille.

— Pense à celles qui n'ont pas la chance d'avoir un paysan pour mari, comme toi ! Au moins, dans une ferme, on a toujours de quoi manger !

C'est ce que Léonie avait vertement lancé à sa bru, l'entendant un jour se plaindre de son sort.

« La chance d'avoir un paysan pour mari » ! Des mots que Lili ne supportait plus, qui l'irritaient au plus haut point. Parce que si elle avait une chance indéniable, oui, celle de manger à sa faim, le paysan auquel elle avait fait la faveur de l'épouser, elle, la belle Lili, redevenait à ses yeux un bouseux, et de plus près de ses sous, comme les autres, comme sa mère.

Près de ses sous ? Mais qu'aurait-il pu lui offrir, avec ses sous, puisque tout ce qu'elle convoitait était devenu introuvable ? Jusqu'à l'essence, qui manquait, et la Traction restait clouée dans le coin de grange qui lui servait de garage, l'apprentissage de la conduite repoussé à la saint-glinglin, ce qui achevait de la mettre en rage.

Oui, à la campagne, dans une ferme, on mangeait,

on avait l'essentiel. Les légumes du jardin, les fruits du verger, les pommes de terre, les œufs, la volaille, la viande du cochon qu'on était autorisé à tuer. Ce qui manquait, c'étaient les produits extérieurs, dont la consommation fut rapidement réglementée par le système des tickets : le café, le sucre, le chocolat, le savon, les textiles.

Tourmenté par les difficultés qu'il rencontrait dans son travail et les récriminations incessantes de Lili, dont les éclats parvenaient parfois jusqu'aux fenêtres de Léonie, Etienne délaissait Agathe, comme avant l'exode. Mais elle sentait, à ses regards, aux quelques mots qu'il lui adressait à l'occasion, que l'étincelle allumée le jour des avions était toujours là.

A l'automne 1940, après des vacances exceptionnellement longues en raison des événements, elle avait retrouvé l'école sans déplaisir. Au-dessus du tableau figurait maintenant la nouvelle devise du pays : travail, famille, patrie.

Un lundi matin de mai 1941, madame Loriette expliqua à ses élèves que la semaine qui commençait était, sur décision du chef de la France, le maréchal Pétain, au visage de grand-père encadré lui aussi au mur de la classe, celle de toutes les mères, auxquelles il fallait rendre hommage. Chaque enfant devait donc, c'était obligatoire, rédiger une lettre à sa maman, en guise de devoir. Les plus petits, qui ne savaient pas encore bien écrire, pourraient faire un dessin, à la place.

Agathe... Madame Loriette la regardait de côté, la

sentant gênée par cette obligation à laquelle elle ne pouvait pas échapper.

Agathe avait sa feuille devant elle, son porte-plume à la main. Elle n'écrivait pas.

— T'as qu'à faire comme si la Lili, c'était ta mère, lui souffla sa voisine de pupitre, bonne fille.

Un doigt se leva un peu plus tard :

— M'dame, s'inquiéta un gamin, Agathe Jacquin, elle peut pas faire la lettre, elle a pas...

Madame Loriette lui coupa la parole.

— Silence !

Elle se leva et alla se pencher vers Agathe qui s'était mise à écrire. Elle lut ses premiers mots : « Moi je vais parler de mamé ».

— C'est bien, murmura l'institutrice.

Les mois passaient, qui devinrent des années. 1941. 1942. La guerre continuait ailleurs. A Londres se trouvait le général qui appelait à la résistance. On apprenait qu'ici ou là des gens avaient été inquiétés et même condamnés par les autorités d'occupation, pour port illégal d'arme, pour propos offensants envers l'armée allemande, pour fraude ou falsification de documents, mais c'était surtout dans les villes. La campagne était ou du moins semblait plus résignée, ou plus patiente.

Les restrictions devenaient de plus en plus sévères. Les quantités correspondant aux différents tickets fondaient à vue d'œil, parfois jusqu'à disparaître totalement. Le père Mouton, dont la camionnette fonctionnait désormais avec un gazogène, faute d'essence, enrageait de ne pouvoir servir sa clientèle, et cachait sa révolte derrière ses plaisanteries. C'est sur le flanc de cette camionnette qu'Agathe découvrit le premier V de la victoire, tracé à la craie, dont Léonie lui expliqua le sens. Comme d'autres enfants l'avaient vu aussi, il fleurit dès le lendemain sur les murs de l'école et sur le sol du préau, ce qui donna l'occasion à madame Loriette d'une leçon de civisme et de prudence.

Début 1943 Agathe allait avoir onze ans, mais elle était déjà sortie de l'enfance. En avait-elle seulement connu une ? Depuis plusieurs années elle ne dormait plus dans la chambre de Léonie, qui lui avait installé un lit et une commode dans une petite pièce contiguë à la cuisine et qui avait servi de débarras. Elle était ce qu'on appelle à la campagne une gamine forte, c'est-à-dire grande et bien charpentée pour son âge.

Son corps se transformait et c'est cet été-là, déjà, qu'elle devait connaître pour la première fois le sang qui faisait d'elle une jeune fille. Quand elle en fit part à Léonie, celle-ci, prise de court, ne sut pas lui dire autre chose que ce qu'elle avait dit à sa fille Jacqueline vingt ans plus tôt, à savoir que c'était la nature des femmes et qu'elle devait désormais se méfier des garçons et des hommes et ne plus montrer « ses genoux et ce qu'il y avait plus haut », même en sautant à la corde pour jouer…

Jouer ? Même plus petite, Agathe n'avait pas joué beaucoup, sinon à des jeux qui ressemblaient aux travaux de mamé : piocher la terre quand celle-ci jardinait, parler aux animaux quand elle soignait ses bêtes, assembler des bouts de chiffon quand elle cousait. Elle y trouvait plus de plaisir qu'aux jeux partagés dans la cour de l'école, qui s'accompagnaient trop souvent de courses et de cris. Pendant les récréations, elle préférait se porter volontaire pour les quelques tâches que la maîtresse confiait aux élèves : laver le tableau, entretenir le feu dans le poêle, sarcler les plates-bandes et le jardinet qui entouraient l'école. C'est dire si la perspective de ne plus sauter à la corde devant les garçons ne la contraria guère.

La nécessité de remplacer les denrées désormais introuvables contraignait les femmes à des pratiques ressorties de l'oubli, auxquelles Léonie et Olga excellaient. Agathe aimait les regarder faire et s'initier à leurs travaux d'ersatz.

Elle trouva donc plus drôle et plus plaisant qu'un jeu le fait de tourner la manivelle du grilloir, petit cylindre métallique monté sur pattes sous lequel on faisait du feu et qu'on remplissait d'orge, qui dégageait bientôt une agréable odeur chaude rappelant vaguement celle du café. Léonie et Olga n'hésitaient d'ailleurs pas à baptiser « café » la décoction d'orge grillé qui remplaçait le vrai, et ce seul mot réussissait à leur en faire oublier l'amertume.

Agathe s'appliquait à couper en menus morceaux les betteraves soigneusement choisies par Léonie, les plus petites, à peine teintées de rose, puis elle touillait longuement dans la casserole, sur la cuisinière, ce qui devenait une pâte verdâtre d'abord, puis qui roussissait avec une odeur de caramel, qu'il ne fallait pas laisser brûler, jusqu'à obtenir la mélasse qui donnait au lait chaud du matin le goût du sucre.

Olga avait une belle-sœur italienne, Giovanna Ottogalli, une belle matrone qui habitait un village tout proche et savait fabriquer les pâtes, un talent qu'elle acceptait volontiers de mettre au service d'autrui. Sur la table de la cuisine, chez Léonie, elle étalait et roulait longuement une pâte faite de farine et d'eau, à laquelle elle ajoutait quelques œufs, et Agathe était chargée de détailler avec un couteau de longs rubans étroits, bien droits et réguliers, qu'elle mettait ensuite à sécher sur le dos des chaises.

La difficulté qu'il y avait à se procurer de la laine et du tissu, alors que la plupart des vêtements, surtout ceux des enfants, étaient encore confectionnés à la maison, obligeait à démonter de vieux chandails, à retailler des robes, des jupes et des manteaux usagés. Agathe aimait bien détricoter, parce que l'empreinte des mailles faisait friser la laine, qu'elle devait ensuite rouler en pelotes bien serrées pour la défriser.

Elle ne souffrait pas des quelques imperfections résultant des bricolages de Léonie, des tricots commencés d'une couleur et achevés d'une autre, des tabliers noirs rallongés d'une bande verte ou bleue, des chaussettes qui grattaient parce que la laine avait perdu toute sa souplesse au fil des nombreux lavages. Elle commençait, en imitant mamé qu'elle sentait de plus en plus attentive et aimante, à se débrouiller elle-même convenablement dans les travaux de couture et de tricot

L'attachement de Léonie pour sa petite-fille

devenait en effet de plus en plus réel et fort, et le souvenir d'Odette n'y était pas pour rien. Agathe lui ressemblait beaucoup, surtout depuis qu'elle fixait ses lourdes tresses châtaines en couronne autour de sa tête. Elle avait son teint, ses yeux et même certaines attitudes, une manière calme et réfléchie d'aborder ses tâches, une économie dans les gestes qui pouvait passer pour de la lenteur, mais qui aboutissait toujours au résultat le plus efficace. Et ainsi, petit à petit, les qualités transmises par Odette à sa fille la lavaient de la culpabilité tacite du drame de sa naissance.

Léonie en arrivait à lui parler de sentiments.

— Tu me fais penser à ta mère, lui disait-elle, je l'estimais beaucoup, tu sais, je l'aimais bien. C'était une bonne personne, discrète, travailleuse. Tu marches sur ses traces, c'est bien, ça me réconforte. Je suis contente de t'avoir près de moi.

— Moi aussi, mamé, répondait Agathe, qui espérait des confidences, des révélations plus intimes.

Elles vinrent.

— C'est moi qui ai conseillé à ton père de regarder du côté d'Odette quand il a été en âge de se marier, à cause de toutes ses qualités. Lui n'y pensait pas. Faut dire qu'elle était discrète. Il était amoureux d'une autre, Etienne, fou amoureux comme on dit. Et on a raison, parce que cet amour-là empêche de voir le dedans et ça fait faire des bêtises. L'amour, le vrai, petite, c'est celui qu'on construit ensemble au long des années, dans la paix et le travail. Ils y étaient arrivés, tes parents, à s'aimer. Il a perdu gros, ton père, quand elle est partie.

Agathe était touchée par ces révélations et le silence qui suivait disait son émotion, mêlée à celle de Léonie. L'autre, pensait-elle, celle de l'amour fou, c'était peut-être déjà...

— L'autre, poursuivit en effet Léonie un peu plus tard, c'était la Lili. Elle le voulait parce qu'elle le croyait riche. Elle essayait de le rendre fou pour l'avoir, mais il ne s'est pas laissé faire. Alors, quand ta pauvre mère a disparu, elle est revenue et cette fois elle a réussi. A l'embobiner, comme j'ai dit. C'est une embobineuse, la Lili. C'est elle qui empêche ton père de t'aimer, par jalousie envers ta mère, qui l'a eu avant elle. Sans elle, il aurait fini par t'aimer.

— Il m'aime, mon père, dit calmement Agathe. Je le sais. Je l'ai compris un jour.

— Quel jour ? demanda Léonie quand elle se décida à revenir sur ce chapitre.

Pas tout de suite, parce que la certitude d'Agathe l'avait ébranlée, et il lui avait fallu un peu de temps pour faire le rapprochement avec la longue étreinte et les larmes versées au retour de l'exode.

Elle avait remarqué aussi la profondeur des regards qu'échangeaient Agathe et Etienne quand il venait chez elle. Pas d'effusions, des préoccupations uniquement matérielles, mais une confiance, un respect, comme s'ils partageaient un secret.

— Il s'est passé quelque chose pendant que vous étiez sur les routes, en 1940, entre ton père et toi ? C'était par rapport à la Lili ? Elle t'a maltraitée et il a pris ta défense ? C'est comme ça que tu as compris qu'il t'aimait ? Tu ne veux pas me le dire ?

— Oui, mamé, il y a eu quelque chose, mais c'est un secret entre papa et moi, et ce n'est pas la peine d'en parler. Puisque Lili est sa femme, il ne faut rien faire pour les fâcher plus, ce serait encore pire.

Saisie par tant de sagesse, ou de résignation, Léonie n'osa pas insister. Mais au fond d'elle-même, en vieille paysanne rancunière et tenace, en mère possessive et vengeresse, elle rêvait de connaître un jour la vérité, qu'elle ne tairait pas, elle, et plus encore de voir la Lili et ses grands airs disparaître de la vie de son fils.

Mais qu'adviendrait-il alors des deux petits, Alain et Elise ? Les « enfants de l'autre », eux aussi. A chacun les siens, après tout.

Lili, peut-être pour éviter que se nouent entre eux et Agathe des liens résultant de l'exode, les confiait souvent à ses parents, chez qui ils se mêlaient à quelques cousins et cousines au milieu desquels Alain, à cinq ans, jouait déjà le chef de bande. Mais de temps en temps, désœuvrés, ils apparaissaient dans le domaine de Léonie.

Alain s'était remis du choc du bombardement. mais instinctivement il en avait gardé une attitude réservée à l'égard d'Agathe. Devant sa mère, il continuait à la dire moche, méchante, bête, mais face à elle il jouait la prudence, comme s'il lui reconnaissait une espèce de pouvoir sur lui. Il hésitait même à tracasser Léonie en sa présence, quitte à se rattraper en lui jouant des tours par-derrière. Il arrachait ses fleurs, caillassait son chat, pissait dans l'auge de ses chèvres.

Elise, petite poupée blonde et rose, déjà consciente de son charme, révélait avec la maladresse de ses trois ans les préventions et les mises en garde de sa mère.

— Maman, elle a dit que... maman, elle veut pas que...

— Eh bien retourne la voir, ta mère ! finissait par lâcher Léonie, moins patiente, moins indulgente qu'Agathe, qui retenait la petite.

— T'es gentille, toi, t'es belle, j't'aime bien, roucoulait Elise.

— Celle-ci, plus tard, ça sera une embobineuse comme sa mère, concluait Léonie en haussant les épaules, les chiens ne font pas des chats. Ne te laisse pas faire.

Lili, de plus en plus ouvertement, s'ennuyait. Elle refusait de considérer ce qu'elle avait, plus que tant d'autres, se butant sur ce qui lui manquait. Des robes neuves, des bas de soie, du parfum, du savon, du vrai café ! Des promenades en Traction !

Elle s'en serait prise à la terre entière. Mais, comble d'irritation, son entourage n'était pas la cause de ses malheurs et disposait d'arguments de nature à la faire taire.

Léonie ne se laissait pas impressionner et répondait du tac au tac. Mieux valait ne pas se mesurer à elle.

Cette sainte-nitouche d'Agathe avait mis son père

dans sa poche, le jour des avions. Depuis trois ans personne n'avait rien dit, mais chacun savait que les deux autres savaient et que la vérité éclaterait un jour.

Olga ? Jules et elle ne faisaient qu'un. S'en prendre à Olga, c'eût été s'en prendre aussi à lui, dont le courage face aux Allemands et les sévices qu'il avait subis avaient quasiment fait un héros. Olga se montrait moins assidue au service de Lili, qu'elle faisait passer après Léonie (« Vot' pauvre belle-mère, elle est âgée, elle, et fatiguée ! ») et les travaux de la ferme (« C'est quand même pas Jules qui peut traire, avec son dos ! »).

Restait Etienne. Elle en était arrivée à rêver de l'abandonner à son sort de bouseux, sans en avoir, hélas, la possibilité. Elle retrouvait l'état d'esprit de sa jeunesse, l'envie de la ville et de ses prétendus plaisirs, des idées de luxe, d'élégance, de vie facile, comme si elle avait oublié les déceptions d'alors.

Mais elle ne partirait pas sans rien cette fois. Le contrat de mariage ne portait que sur les terres qui venaient d'Odette, mais de tout le reste elle pourrait prétendre à sa part. Cependant, comment obtenir d'Etienne la séparation et la disposition de ses biens ? Et où aller ensuite ?

Et puis il y avait Alain et Elise. Ces deux-là étaient les siens. Elle ne les laisserait pas. Mais quel homme accepterait deux enfants dont il ne serait pas le père ? Lili se sentait irrémédiablement coincée et elle enrageait.

Elle ne pouvait pas donner le change et se

contenir sans cesse avec Etienne. Il lui fallait des prétextes pour exprimer sa mauvaise humeur.

Il lui en fournit un. Il était généreux. Il tenait cette qualité de ses parents, de leur âme de terriens que l'amour des hectares et le souci de l'économie n'empêchent pas de partager l'indispensable, c'est-à-dire la nourriture, le pain quotidien, avec ceux qui ne l'ont pas, ou plus.

En plus d'Olga et de Jules, que leur qualité de domestiques dévoués autorisait à profiter des produits de la ferme, il aidait les Cornaille, des gens démunis, payant Bébert en nature plus largement que ne le méritait son travail. Par Olga et de temps en temps aussi par Agathe, il faisait porter du lait, des pommes de terre, des œufs aux deux malheureuses épouses de prisonniers. Ceux-ci n'avaient pas eu la chance, relative mais chance tout de même, de bénéficier d'une libération anticipée au titre de la relève. Quand il s'agissait d'elles, bien sûr, Lili ne pouvait rien trouver à redire. Mais le jour où, toutes précautions prises, les issues du local occultées et assourdies par des ballots de paille, Etienne abattit clandestinement un jeune bœuf qu'il avait omis de déclarer, et où il procéda discrètement à une distribution de viande, sans tickets et largement taillée, elle ne put se retenir. Elle vit le manège des femmes qui traversaient la cour, un panier au bras, avant de s'engouffrer dans la grange où le découpage avait lieu. Le soir elle s'en prit à Etienne. Après l'avoir accusé d'être près de ses sous, elle lui reprocha de rater une occasion d'en gagner.

— J'espère que tu les fais payer, et un bon prix ! Leurs maris ne sont pas prisonniers, à celles-là !

— Ce serait du marché noir, Lili, c'est défendu.

— Il y en a sûrement qui trouveraient bien le moyen d'en profiter à ta place !

Il y en eut, en effet, et nombreux, chez qui l'appât du gain fut plus fort que la peur du risque et surtout que la générosité ou même la pitié...

— Je te dis ça parce qu'il faudra de l'argent, quand la guerre finira, pour recommencer à vivre comme on en aura envie. Pour tes machines, pour tes chevaux, ajouta-t-elle, perfide, les yeux à demi fermés sur ses pensées secrètes.

6

Quand elle se trouva face à face avec l'homme campé devant elle, Lili poussa un petit cri de surprise. Mais elle n'eut pas peur. D'ailleurs il ne semblait pas menaçant, il souriait en la regardant.

Elle se promenait en bordure du village, le long de l'Andon, sur un petit chemin ponctué de touffes d'arbustes. Alain et Elise couraient devant elle et, comme ce jour-là elle n'était pas de mauvaise humeur et qu'il faisait chaud, elle portait une robe légère, courte et fleurie, une robe d'avant-guerre qu'elle avait raccourcie au-dessus du genou. C'était au moins un avantage des restrictions de tissu, cette mode courte, pour celles qui pouvaient se permettre de montrer leurs genoux.

L'homme l'avait aperçue en arrivant à proximité du village et, intéressé par cette silhouette plaisante qui apparaissait et disparaissait entre les buissons, il avait arrêté sa moto et attendu que la demoiselle, ou la dame, arrive à sa hauteur pour faire irruption devant elle sur le chemin. C'était une dame, encore jeune et plutôt jolie, avec ses deux bambins.

Un bel homme, pensa Lili, vite émue, légèrement rougissante, ce qu'il remarqua. Il était brun, avec des yeux sombres, et tout habillé de noir, chemise et pantalon.

— Bonjour, jolie madame. Beau temps pour se promener. Ah ! voilà une petite demoiselle qui ressemble fort à sa maman ! dit-il en se penchant vers Elise qui s'approchait, curieuse.

Puis, regardant Lili droit dans les yeux :

— Vous n'êtes pas d'ici, vous !

— Si, pourquoi ?

— Parce que vous n'avez pas l'air d'une campagnarde, du moins de celles qu'on rencontre habituellement. Vous êtes l'institutrice du village ? Ou la postière ?

— Mon mari a une ferme, je suis la femme d'un paysan.

Le ton qu'elle mit dans ces derniers mots ne put échapper à l'homme qui se sentit encouragé à poursuivre.

— La femme d'un paysan, mais pas une paysanne ! Franchement, vous imaginer derrière les vaches, je ne le pourrais pas. Il faut que ce soit quelqu'un de bien, votre paysan de mari, pour avoir choisi une femme telle que vous et plus encore pour que vous l'ayez accepté !

Elle eut un petit geste de dépit, un haussement d'épaules, accompagné d'un soupir.

— Mais je le connais peut-être, cet heureux mari, parce que je suis de pas loin d'ici, moi, et même si je me suis éloigné longtemps du pays, j'en ai gardé des souvenirs.

— Il s'appelle Etienne Jacquin.

L'homme se rappela ou fit semblant :

— Jacquin... Oui, ça me dit quelque chose, ce nom-là...

Il s'en moquait, du mari. Elle seule l'intéressait. Il la devinait insatisfaite de sa condition, flattée par les compliments. Il la sentait troublée sous son regard appuyé qu'elle fuyait pour y revenir aussitôt.

Alain s'était également approché. L'homme sortit de sa poche une poignée de friandises qu'il tendit aux deux enfants.

— Ils veulent des bonbons, les mignons ?

Des bonbons ! Quelle merveille ! Quand ils avaient été sages, leur grand-mère maternelle, mémère Meunier, leur en donnait un, pris dans sa maigre réserve, en vrac dans une boîte en fer dont ils gardaient le goût. Quant à mémère Léonie, elle baptisait « bonbons » des pâtes de fruits à la saccharine qu'elle fabriquait elle-même et qui collaient aux dents. Ceux-là en étaient de vrais, entourés de jolis papiers de couleur.

Il leur en donna deux à chacun.

— Pas tout le même jour, dit-il, il faut en garder pour la prochaine fois.

Lili jetait autour d'elle des coups d'œil inquiets, comme si elle craignait de voir arriver quelqu'un.

— Vous avez peur qu'on vous voie en ma compagnie ? demanda l'homme. Vous avez sans doute raison ; je risque de ne pas plaire aux gens d'ici, surtout aux paysans, comme votre mari. Vous entendrez sûrement bientôt parler de moi. Je m'appelle Marcel Aubriet. Je vous laisse maintenant. Au plaisir de vous revoir, murmura-t-il à l'oreille de Lili, qu'il frôla avant de retourner à sa moto.

Les deux enfants décortiquaient leurs bonbons, découvraient leur couleur, leur saveur. Ils riaient de plaisir.

— Ecoutez-moi bien, mes chéris, dit Lili en les attirant pour s'asseoir un moment dans l'herbe avec eux, il ne faudra pas parler du monsieur à papa, il ne faudra pas dire qu'il vous a donné des bonbons. Il vous gronderait, on n'a pas le droit de recevoir des bonbons d'un monsieur qu'on ne connaît pas.

Ne pas le dire à papa... Ils avaient l'habitude, les deux petits, ils étaient suffisamment rodés pour mériter la confiance de Lili.

Souvent, devant eux, elle lâchait des mots qui les faisaient rire, mais qui auraient à coup sûr provoqué la colère d'Etienne s'ils lui avaient été répétés. Elle disait « la vieille bique » pour Léonie, « le grand couillon » pour Bébert, « la grosse dinde » pour Olga, « la sainte-nitouche » ou bien « la nunuche » pour Agathe. C'était comme un secret, comme un jeu. Ils répétaient en scandant les syllabes : « On n'a pas le droit-e ! Y faut pas le dire-e ! »

Ce qu'ils firent en reprenant le chemin de la ferme.

— Il nous en donnera encore, des bonbons, le monsieur ? demanda Elise quand ils arrivèrent dans la cour.

— Faudrait d'abord qu'on le revoie, p't-être qu'il est parti loin avec sa moto, ajouta Alain.

Marcel Aubriet n'était pas un inconnu dans la région. Un revenant en quelque sorte. Il avait passé toute son enfance et son adolescence à Varennes, où ses parents tenaient une boulangerie. Pas bête, beau gosse aux yeux de velours, il leur avait causé bien des soucis par son caractère difficile, son instabilité et sa grande précocité à courir les filles.

Lili aurait pu avoir affaire à lui, pour danser ou davantage, s'il ne s'était pas engagé dans l'armée à dix-huit ans, l'année où elle, qui en avait seize, commençait à fréquenter les bals.

Le départ du fils Aubriet, qui de plus fut envoyé aux colonies, au Maroc d'abord, puis en Indochine, soulagea bon nombre de parents, dont les siens. Il ne revint que très rarement, entre deux affectations, tout juste le temps d'« en mettre plein la vue » aux péquenots collés à leur terroir. En 1940, de retour en France, il fut pris dans la grande débandade alors qu'il rêvait d'en découdre avec l'ennemi. Aussi fortement dégoûté de l'armée française qu'il avait été fier d'en être, à la démobilisation il arracha ses modestes galons et tourna casaque, il devint un admirateur des vainqueurs, qui représentaient à ses yeux l'ordre, la puissance et l'efficacité. Puisqu'ils étaient les plus forts le choix était simple : marcher main dans la main avec eux pour réapprendre à vivre aux Français, qui ne récoltaient que ce qu'ils avaient cherché et mérité.

Il vivota trois ans à Paris, où par manque d'envergure et d'audace il ne réussit pas à trouver sa place, et c'est ainsi qu'il finit par réapparaître, en août 1943, et à s'imposer chez ses parents qui avaient entre-temps cédé leur fonds et vivaient petitement de leurs rentes. Il savait que bon nombre de paysans trichaient sur leurs déclarations et pratiquaient le marché noir, et même s'aventuraient à ravitailler en douce les maquis qui commençaient à s'organiser dans les forêts de la Woëvre et de l'Argonne. Il lui serait plus facile, pensait-il, de jouer au redresseur de torts ici, dans ce petit coin de campagne, qu'à Paris.

Il n'eut guère de mal à s'introduire auprès des autorités allemandes, qui reconnurent en lui un fier-à-bras, un hâbleur, un déçu en mal de puissance, autant de défauts que la situation transformait en qualités. On le vit sortir de certains bureaux à Clermont où se tenait une antenne de la kommandantur... Ainsi donc le fils Aubriet était passé du côté des Boches. Il allait falloir se méfier de lui. On plaignit ses parents, de braves gens, qui ne méritaient pas ça, certes non. Ce retour fut une honte pour eux, contraints de l'héberger, de l'entretenir et d'accepter de lui des faveurs dont ils auraient préféré se passer.

On ne tarda pas à le surnommer VDG, c'est-à-dire vert-de-gris, comme l'uniforme des Allemands, qu'il aimait bien. Lui n'en portait pas, d'uniforme, mais s'habillait de noir. Il ne lui manquait que le béret avec l'insigne pour ressembler à un milicien. S'il n'était pas engagé dans la milice, ce qu'il avait proposé de faire s'y apparentait. Il allait servir d'indic, rôder dans la campagne à la recherche du moindre acte de résistance, si anodin soit-il, en espérant tomber un jour sur un gibier d'importance.

Depuis son retour au pays, il n'avait encore fait que parcourir le secteur placé sous sa vigilance, provoquant l'étonnement chez ceux qui le reconnaissaient, puis la méfiance.

Mais tout cela Lili l'ignorait. Elle ne rêvait que de le revoir.

Elle le revit.

L'envie de plaire, de séduire, de rêver, de recommencer une histoire fut la plus forte. Plus forte que le risque et que la raison qui auraient dû lui inspirer la prudence, car elle avait appris qui il était, ce qu'il faisait.

Elle s'ennuyait trop. Et puis elle n'aimait plus Etienne. Elle reconnaissait au fond d'elle-même qu'elle ne l'avait voulu que par dépit. Dépit d'avoir raté ses expériences à la ville et d'être revenue au village, seule, avec ses illusions perdues. Et lui, qui se prétendait fou d'elle, l'aimait-il encore ? Plus comme au début, en tout cas. Avant qu'Agathe, « la fille de l'autre », ait commencé à exister pour lui.

Elle se jeta donc au cou de Marcel un peu pour la même raison qu'elle s'était jetée au cou d'Etienne. Mais lui, au moins, était libre. Et si beau...

Elle ne doutait pas de réussir. Elle savait qu'à leur première et pourtant brève rencontre elle l'avait intéressé.

Elle ne fut pas déçue.

— Tu ne sais pas ce que mère m'a appris tout à l'heure, qu'elle tient du boulanger ? lui avait dit Etienne, un soir, au lit. Il y a un gars qui rôde dans le coin, en moto, un salopard qui cherche des contrevenants aux lois des Boches pour les dénoncer ! Il a de l'essence, lui ! Un gars de par ici, en plus, du même âge que moi, je l'ai un peu connu quand on était jeunes. Après il est parti, engagé dans l'armée. Marcel Aubriet, qu'il s'appelle. Toi, tu es trop jeune pour l'avoir croisé, mais tu en as peut-être entendu parler par tes parents. Un Français contre les Français ! Un ancien de l'armée, en plus ! Tu ne dis rien, Lili ? Toi qui voudrais que je fasse du marché noir.

— Mais puisque tu n'en fais pas, tu ne risques rien.

— Y a pas que le marché noir.

— Y a quoi aussi ?

— Oh rien, j'ai dit ça comme ça.

Ils s'étaient tus. Elle n'avait rien dit de sa rencontre, ni lui de ce que cachaient ses vagues allusions. Il avait cependant ajouté, avant d'éteindre la lumière :

— Si jamais tu le vois, quand tu te promènes avec les gosses, un bon conseil, évite-le.

Elle était sortie tous les jours avec les enfants.

— Au moins ça me fait passer le temps, disait-elle, et la promenade leur fait du bien.

Toujours sur des chemins visibles de la route, au cas où... Elle guettait les bruits, espérait celui de la moto.

— Il va revenir, le monsieur, pour nous donner

encore des bonbons ? demandait Elise. On l'a pas dit à papa !

A papa, non, puisque c'était la règle du jeu. Mais à Léonie et à Agathe pour les faire enrager, pourquoi pas ?

« J'en veux pas, c'est pas bon ! avait lancé sèchement Alain à sa grand-mère qui lui tendait une de ses fameuses friandises. Elle a qu'à les manger, elle !

— Ceux du monsieur, ils sont meilleurs, avec du beau papier autour ! avait ajouté Elise, plus naïve.

— Ceux du monsieur ! Quel monsieur ?

— Le monsieur, c'est tout !

— On n'est pas obligés de tout te raconter ! » avait conclu Alain en entraînant sa sœur.

« Quel monsieur ? s'interrogea longtemps après la pauvre Léonie. C'est sûrement quelqu'un chez les Meunier, ils y sont toujours fourrés. »

Lili était seule quand soudain Marcel déboula d'un buisson. Les deux petits, lassés des promenades pour rien, avaient préféré ce jour-là la compagnie de mémère Meunier.

— Ah, te voilà ! dit-il en l'attirant dans l'ombre.

Et il l'embrassa directement sur la bouche.

Ce tutoiement, ce baiser. Elle en avait les jambes en coton.

— J'ai caché ma moto, je préfère qu'on ne me repère pas trop. Il y a des gens là-bas, dans les chènevières, qui pourraient nous voir ensemble. Mais demain viens me rejoindre là-haut, à la croix.

Il désignait du doigt l'endroit, que Lili connaissait, en bordure de la forêt.

— A quatre heures. Moi j'arriverai de l'autre côté, par le bois. On trouvera un coin tranquille. Tu viendras ?

Pour toute réponse elle se colla à lui et lui tendit ses lèvres.

— Comment t'appelles-tu, en dehors de madame Jacquin ? Je ne connais même pas ton prénom.

— Lili. Je m'appelle Liliane, on dit Lili.

— Alors à demain Lili. T'es belle, toi, tu sais. Attends, reprit-il alors qu'elle s'éloignait déjà, tiens, tu donneras ça à tes deux mignons.

Il lui tendait quelques bonbons.

— Et ça, c'est pour toi, Lili.

Elle prit le petit paquet enveloppé d'un papier transparent.

C'étaient des bas ! Une paire de bas de soie comme elle n'en avait pas touché depuis longtemps. Les derniers qu'elle avait pu trouver, sa mère les lui avait prolongés le plus longtemps possible en les remmaillant avec le petit crochet spécial.

Des bas fins, doux au toucher... Elle s'en caressa la joue, les embrassa, et elle embrassait Marcel en même temps.

Elle les cacha dans son armoire, avec les bonbons. Elle les donnerait plus tard aux enfants. Une maladresse, sait-on jamais, elle ne voulait pas risquer de compromettre le rendez-vous du lendemain.

Etienne rentrait des champs, conduisant deux chevaux qui tiraient un chariot de regain, derrière lequel marchaient Bébert et Jules, leur râteau sur l'épaule. Au même moment déboulait dans la cour le troupeau de vaches poussé par Agathe, qui avait pris l'habitude de cette tâche après l'école.

— Etienne, demanda Lili après avoir servi de l'eau fraîche aux trois hommes, je voudrais que tu me répares mon vélo. J'ai envie de m'en servir à nouveau.

— Maintenant ? Mais tu vois bien que je n'ai pas le temps ! Il y a le regain à décharger, les chevaux à soigner, les...

— Je m'ennuie, Etienne !

— Tu es bien la seule ici, Lili !

— Ça veut dire quoi ?

— Ça veut dire que tu trouverais facilement à t'occuper si tu voulais, l'ouvrage ne manque pas !

— Etienne, je t'avais prévenu, tu le savais, la ferme, ce n'est pas mon affaire. Je t'ai donné autre chose. C'était ce que tu voulais, non, à t'entendre ? Tu en as largement profité, même si maintenant ça semble moins t'intéresser.

— Lili, crois-tu que ce soit le moment de nous déchirer ?

Elle lavait les verres à l'évier, le dos tourné.

— Pour ton vélo, demande à Bébert, dit Etienne en quittant la pièce.

Elle était allée rechercher les enfants chez sa mère. Mais, leurs petits cousins étant arrivés, ils avaient exigé de rester « en vacances » pour deux jours chez mémère Meunier. Tant mieux, ainsi elle serait libre le lendemain. Elle avait donc retrouvé sa bonne humeur quand elle se rendit auprès de Bébert, qui remettait son vélo en état. C'était peu de chose, la selle à redresser, une roue à regonfler.

Bébert se sentait mal à l'aise, sous les yeux de Lili assise sur le muret. Elle était souvent moqueuse et même méchante envers lui, mais plus encore elle était belle et il avait envie de regarder ce que dévoilait la robe relevée sur ses cuisses.

— Voilà, patronne, j'ai fini.

Elle sauta du muret et atterrit tout près de lui.

— Merci, Bébert. Dis-moi, me trouves-tu jolie ?

Elle s'approcha tout près de lui et lui effleura la joue de la main. Il recula, rouge de confusion.

— T'oses pas me le dire ? Ça ne fait rien, va, il y en a un autre qui me trouve jolie, il vaut mieux que ce soit lui que toi !

Tout à sa joie dans la perspective du lendemain, ce soir-là elle fit un effort. Elle récolta les œufs, nourrit la volaille, distribua aux lapins le foin que Bébert avait apporté à proximité des clapiers. Quand Olga se présenta, elle la trouva affairée, en robe et sandales. Elle ne manifesta son étonnement que par un haussement d'épaules, et Lili sut s'abstenir de la provoquer.

Le soir, à table, en tête-à-tête avec Etienne, elle se montra aimable, enjouée. Mais lui paraissait las, préoccupé. Alors elle vint se blottir contre lui.

— Il faut me comprendre, Etienne, je ne suis pas faite pour le travail de la terre, moi. Je me suis un peu énervée tout à l'heure.

— Ne parlons plus de ça, Lili. Fais-toi belle,

promène-toi. Si c'est plus important pour toi que tout le reste...

Le lendemain, un peu avant quatre heures, elle pédalait sur le chemin qui montait à la croix.

Elle riait à la pensée de retrouver Marcel, se souvenant aussi y être venue en pèlerinage, quand elle était gamine. Un long cortège derrière le curé, avec les enfants de chœur, les enfants de Marie, dont elle faisait partie, et les fidèles, plus de femmes que d'hommes, dont les chants s'essoufflaient peu à peu dans la côte. Elle regardait déjà du côté des garçons, la petite Lili en robe et socquettes blanches, et se faisait rappeler à l'ordre par le curé : « Tiens-toi bien, Lili ! »

Elle rectifiait la position en pouffant et recommençait aussitôt.

La croix, depuis ce temps-là, en avait vu bien d'autres. Des amateurs de muguet, de champignons, ou d'un lit de mousse dans l'ombre complice pour abriter des amours naissantes ou coupables.

Naissantes et coupables, comme les siennes, justement.

Quelques femmes qui travaillaient dans les chènevières, à la récolte des pommes de terre et des légumes, la virent passer, pimpante et légère, sur son vélo.

— Tiens, c'est la Lili ! En v'là une qui ne se fait guère de mouron !

— Comment peut-elle avoir le cœur à se promener, par les temps qui courent !

— Elle se fiche de tout, la Lili, de la guerre, du

travail, p't-être bien même de son homme et de ses gosses !

— Manquerait plus qu'elle aille retrouver un galant ! Pauvre Etienne...

Elle posa son vélo contre la croix, fit quelques pas sur le chemin qui pénétrait dans la forêt. On l'appelait « la forêt des trois collines », parce qu'elle s'étendait sur le territoire de plusieurs communes, Bantheville, Romagne et Remonville.

Comme il n'était pas tout à fait quatre heures, elle guettait le bruit de la moto de Marcel. Mais il était arrivé le premier et l'attendait à l'abri d'un fourré d'où il sortit en la voyant.

Ils ne se dirent pas un mot avant de s'être enlacés, embrassés, caressés, découverts, fondus dans une jouissance intense.

Et ils se parlèrent à peine ensuite. Seulement pour se dire leur plaisir. Etendue sur la mousse, à demi rhabillée, les yeux mi-clos, elle le regardait, éblouie, heureuse. Et lui, penché sur elle, l'agaçait d'une brindille pour la faire rire.

Tout d'un coup elle regarda sa montre et se leva précipitamment.

— Je dois partir.

— La bonne petite épouse qui rentre sagement à la maison pour préparer le souper de son mari...

— Ne te moque pas de moi, Marcel.

— Non, ma Lili. Je t'aime.

Elle se jeta dans ses bras.

— A bientôt ! Quand ? Demain ?

Ainsi débuta l'amour entre Lili et Marcel, entre la petite campagnarde à l'âme de midinette, et pourtant épouse et mère, et le beau collabo aux yeux de velours.

Ce n'était pas bien joli. Mais, par-delà les ruses, les calculs, les mensonges, les traîtrises, les noirceurs, les hypocrisies qui font toujours, plus ou moins, le lit des amours illégitimes, cet amour eut aussi sa part de beauté. Dans sa profondeur et sa sincérité. Marcel et Lili devinrent très amoureux l'un de l'autre.

Ils convinrent, dès le début, de jouer la prudence. Ne pas se voir trop souvent pour limiter les risques. Se rencontrer aussi, parfois, comme par hasard. L'activité de Marcel, dit VDG, était désormais connue de tous et il n'était pas rare de le voir visiter le village et ses environs sur sa moto, ni même de devoir échanger quelques paroles avec lui. Il n'était ni de la milice, ni de la Gestapo, il n'avait donc aucune autorité assurée pour perquisitionner ou exiger de voir des papiers, des autorisations. Mais on connaissait son rôle de rapporteur et le mot d'ordre était de ne pas le rabrouer, encore moins le provoquer, sans toutefois lui fournir le moindre renseignement. Il s'arrêtait auprès des paysans dans leur champ. Il entrait au lavoir, surprenant les femmes penchées sur le linge qu'elles frottaient. Il interrompait les enfants dans leurs jeux ou leurs occupations de fin de vacances, la cueillette des noisettes, le ramassage des prunelles pour la goutte au long des chemins. Il cherchait à se renseigner sur les quantités produites, sur les activités clandestines, sur la composition des familles, sur les visites reçues, sur les liens de parenté qui pouvaient masquer des manquements aux lois. Il fallait souvent se retenir pour ne pas l'envoyer promener. Les langues ensuite se déliaient dans son dos et l'on se défoulait par des injures et des grossièretés à son égard, et des rires pour conjurer l'indignation et les angoisses.

Un après-midi de fin septembre, il arrêta sa moto à proximité d'un champ où travaillaient un homme et deux femmes. Il s'approcha, vint flatter de la main l'encolure du cheval qui attendait paisiblement, attelé à un tombereau.

Les deux femmes, qui ramassaient des pommes de terre qu'elles lançaient dans des paniers, se redressèrent. L'une était plutôt âgée et boulotte, l'autre très jeune, grande et un peu massive. L'homme, qui liait avec de la ficelle les sacs pleins, se tourna vers lui.

Marcel n'avait pas assez connu Etienne dans sa jeunesse pour le reconnaître. Celui-ci, en revanche, ne pouvait pas ignorer en face de qui il se trouvait.

— Fameuse récolte ! Qu'est-ce que vous allez faire de toutes ces patates ? Les vendre ?

— Au marché noir ? Non, monsieur, si c'est ce que vous sous-entendez. Je nourris ma famille et ceux qui travaillent pour moi. Je fournis ce que je dois fournir à qui vous savez. Ce qui me fait penser qu'il y en a un peu aussi pour mes cochons.

Cette remarque fit rire Olga. Marcel lui lança un regard froid. La fille, à côté d'elle, la grosse fille pas très gracieuse, ne riait pas. Marcel la regarda intensément. Puis Etienne. Celui-ci, sans plus se préoccuper de lui, soulevait le premier sac de pommes de terre, le faisait basculer d'un coup de reins sur son épaule et allait s'appuyer à l'arrière du tombereau pour l'y déposer.

Marcel n'ajouta rien, il s'éloigna.

Léonie, Jules, Lili et les enfants étaient dans la cour quand rentrèrent les ramasseurs de pommes de terre.

— On a eu de la visite au champ ! annonça Etienne. VDG ! Le fameux Marcel !

Lili eut un petit sursaut que personne ne remarqua, se reprit aussitôt.

— Etienne lui a cloué le bec, hein Agathe ? dit Olga. Du coup, il est parti sans demander son reste.

— Sans même me demander mon nom, pour un agent de renseignement c'est pas fort ! ajouta Etienne.

— Si j'avais été avec vous, je lui aurais craché à la figure, dit Jules, j'aurais pas pu me retenir. Salopard ! Du côté des Boches !

— Tu crois que je n'en ai pas eu envie, moi aussi ? Mais il faut être prudent, surtout en ce moment, tu le sais bien, Jules.

Lili s'était approchée.

— Moi aussi je l'ai vu, quand je suis allée faire un tour avec les enfants. Il leur a donné des bonbons.

— Oui ! Des beaux bonbons avec du beau papier doré autour ! ajouta Elise, qui ne manquait jamais une occasion de chercher à se mettre en valeur. Tiens, des comme ça !

Elle en sortit un de sa poche et l'exhiba avec fierté.

Jules s'approcha vivement, le lui arracha d'un geste sec et le lança au loin.

— Faut pas manger ça, les p'tiots ! Des bonbons de faux jeton, de vendu aux Boches ! C'est pire que du poison !

— C'est pas vrai ! s'écria Alain, c'est pas du poison, sinon on serait déjà morts !

Elise s'était mise à pleurer bruyamment. Léonie s'approcha à son tour, elle tentait de capter le regard de Lili qui fuyait le sien. Les bonbons, le monsieur, elle comprenait, ça ne venait pas de chez les Meunier. Ainsi donc elle avait déjà rencontré VDG avant. Pourquoi ne l'avait-elle pas dit alors ?

Lili s'en prit à Etienne.

— Tu l'as bien vu, toi, Marcel Aubriet, et tu lui as parlé. Alors pourquoi pas moi ? Je n'ai pas le droit de parler aux gens ? Même pas de répondre à ceux qui me saluent ? Et pourquoi mêler les enfants à vos histoires ?

— Nos histoires ? s'indigna Léonie. La guerre, c'est l'histoire de tout le monde, il me semble !

— La guerre, je m'en fous ! La guerre, j'en ai marre ! Je veux vivre, vivre ! Etre heureuse !

— Tu le serais, heureuse, si tu savais t'y prendre, et avec un peu de bonne volonté ! répliqua Léonie.

— Laisse, mère ! interrompit Etienne. Et allez tous à votre ouvrage, maintenant.

Ils s'éloignèrent, Léonie à contrecœur. Etienne prit Elise dans ses bras et la déposa dans ceux de Lili.

— Je ne peux pas te faire la vie dont tu rêves, Lili, ni maintenant ni même peut-être plus tard, après la guerre. Je ne serai jamais autre chose qu'un paysan. La guerre, c'est sérieux et c'est dangereux. Tu ne veux pas t'en mêler, je ne peux pas t'y obliger. C'est sans doute mieux comme ça. Mais en attendant que ça finisse, sois patiente, Lili, et sois prudente.

Elle lui tourna le dos et entraîna les enfants vers la maison.

Elle avait vu Marcel, ce jour-là, et il ne s'était rien passé d'autre entre eux qu'une brève rencontre dont les enfants, ravis de le revoir, avaient été les seuls bénéficiaires. Et pour eux elle avait décrété que le jeu du secret avait assez duré et qu'on allait pouvoir le dire à papa ; tout le monde maintenant connaissait le monsieur.

Mais elle l'avait vu aussi la veille, beaucoup plus longuement, seule à seul, dans les fourrés derrière la croix.

Après l'amour, elle avait éprouvé le besoin de lui raconter sa vie. Son environnement. Le mari paysan, cela, il le savait déjà, mais aussi Léonie, Jules et Olga, et dans son insistance à les charger de tous les défauts elle avait oublié ce grand dadais de Bébert. Et pour finir, Agathe, « l'enfant de l'autre », de la perle défunte, de la paysanne dans toute sa splendeur. Agathe, qui la détestait et qui, avait-elle prétendu, menait son père par le bout du nez. Elle n'avait que ses deux enfants pour elle. Et ses parents. Mais elle ne se sentait pas seulement mère, elle voulait être femme encore, aimer, être aimée, comprise, rire, profiter de la vie, de sa jeunesse.

« Il n'y a que quand je pense à toi que je suis heureuse », avait-elle conclu.

Il avait alors eu l'idée de suggérer cette rencontre anodine, comme par hasard.

« Tu te sentiras plus libre, plus franche, quand tu auras prononcé mon nom devant eux. Et tu pourras les entendre parler de moi, s'ils en parlent, sans te troubler. »

7

La fin de l'été et l'automne, le bel automne de 1943, comme si la nature voulait mettre un peu de baume au cœur des hommes en leur prodiguant ses beautés et ses bienfaits, furent des périodes de travail intense, en particulier pour la famille Jacquin. Lili excepté.

Dans tous les jardins et les vergers, les légumes et les fruits étaient superbes et abondants. Des carottes, des navets, des petits pois, des haricots par pleins paniers. Et des prunes, mirabelles et quetsches, des pommes, des poires. Il s'agissait non seulement de récolter tout cela, mais de faire des conserves. Léonie et Olga s'y activaient, aidées par Agathe jusqu'à la rentrée et aussi par Bébert, quand Etienne n'avait pas besoin de lui.

C'étaient de longues séances d'épluchage, d'écossage. Les femmes s'installaient sur des chaises basses, un vaste tablier étalé sur leurs genoux écartés. Bébert charriait les paniers, entassait les résidus pour les lapins, lavait à grande eau les bocaux et les bouteilles qui seraient ensuite remplis.

Par mesure d'économie, en effet, et aussi par tradition, on réutilisait pour les conserves les bouteilles qui avaient contenu du vin, de la goutte ou d'autres liquides. Pour y faire entrer les petits pois, les femmes formaient avec leurs doigts réunis un entonnoir au-dessus du goulot. Et plus tard, au moment de la consommation, c'est à l'aide d'une aiguille à tricoter recourbée en crochet qu'elles les en extrairaient. Les fruits étaient soigneusement épluchés, coupés en quartiers ou fendus en deux, épépinés ou dénoyautés. Avant de passer à la stérilisation, dans la lessiveuse, la même que pour le linge, Léonie bouchait les bouteilles, fermait les bocaux, avec la rondelle de caoutchouc et le crochet enclenché sur les couvercles, et les entourait de chiffons, chaussettes, pans de chemise, serviettes hors d'usage, pour qu'ils ne risquent pas de s'entrechoquer et de se casser à l'ébullition.

Par manque de sucre, hélas, il était impossible de faire des confitures.

— C'est plus moi qui devrais faire tout ça, à mon âge, se lamentait Léonie, qui pourtant prenait du plaisir à ces travaux. Mais c'est le monde à l'envers, chez nous, c'est la vieille qui doit faire la part de la jeune.

La jeune, la Lili, qui n'avait jamais manifesté beaucoup d'ardeur à ce genre de tâches, s'en désintéressait désormais totalement, et sans scrupules. Comme s'il allait de soi que tout ce dont elle avait besoin pour faire tourner sa maison lui soit fourni par le travail des autres.

— Bon, grognait Léonie en vérifiant les quantités

de bocaux sortis de la lessiveuse, encore tout chauds, faut faire le partage, maintenant.

Tant pour elle et Agathe, tant pour Olga et Jules, la part de Bébert quand il avait aidé, la part qu'elle disait de réserve, plus importante que d'habitude, et « le reste », c'est-à-dire la plus grande partie, qu'Olga irait déposer dans la cuisine de Lili, qui lui dirait à peine merci.

— Si c'était pas pour mon fils et les p'tiots... concluait invariablement Léonie.

Etienne et Jules, de leur côté, préparaient déjà les récoltes de l'année suivante. C'était le temps des labours, puis des semailles des céréales dites d'hiver. Ensuite viendrait le moment du battage, les journées où l'on n'entendrait plus que le ronronnement de la batteuse. Puis avec l'hiver les hommes attaqueraient le bois, les arbres à abattre à la hache, dans les parcelles allouées à tous les foyers par la commune, puis à débiter, à charrier vers la ferme et à entasser, avant de le scier et de le fendre au fur et à mesure des besoins de la maison.

Il y eut aussi, en plus de tous ces travaux annuels, quelques activités particulières, et discrètes.

La remise en état du moulin, par exemple.

Le grand-père d'Etienne avait exercé avant la guerre, la première, celle de 1914, le métier de meunier, en plus de celui de paysan. Son moulin fonctionnait grâce à une roue entraînée par le courant du ruisseau. Il travaillait uniquement pour les personnes du village et des environs proches qui fabriquaient encore eux-mêmes leur pain. Ce moulin et cette roue, inactifs depuis plus de trente ans, n'avaient jamais été démontés ; ils ne gênaient pas.

Etienne, aidé par Jules et par quelques voisins, tenta de les remettre en route et finit par y réussir. C'était une infraction ; aucune activité, à plus forte raison en rapport avec le ravitaillement, ne devait échapper au contrôle des occupants.

Il leur fallut d'abord dégager la grosse roue, envahie par la végétation, et remplacer quelques-unes de ses pales. Puis curer le ruisseau, en amont, pour lui redonner l'énergie nécessaire au rôle qu'on attendait de lui. Vérifier pour finir l'état des meules et des engrenages paralysés par la rouille. Ils travaillaient la nuit, faiblement éclairés par des lanternes, soucieux de faire le moins de bruit possible. Ils furent payés de leurs efforts. La grosse roue et les meules, enfin, acceptèrent de se réveiller, après quelques sursauts et grincements inquiétants. Une nuit de novembre, les hommes fêtèrent l'événement autour d'une bouteille de mirabelle de derrière les fagots.

C'est de nuit aussi, toujours, après avoir vérifié qu'il n'y avait aucune présence suspecte aux abords, qu'Etienne fit fonctionner le moulin. Pour lui et quelques familles qui, trichant sur les quantités déclarées, avaient réussi à subtiliser un peu de blé pour fabriquer du pain. Celui qui était proposé à la consommation par le boulanger, lui-même strictement soumis à la loi, n'était vendu que contre des tickets de rationnement, donc en quantité insuffisante. De plus il était de mauvaise qualité, fabriqué avec un mélange de céréales qui lui donnait une couleur grisâtre fort peu appétissante.

Léonie, bien sûr, fut la première à cuire du bon pain blanc, du vrai, dans le four de sa cuisinière. Quelques belles miches à la croûte dorée qui, comme les conserves, firent l'objet d'un partage. Une opération qu'elle recommença chaque fois que le moulin d'Etienne lui fournit de quoi. Et chaque fois animée de la même indignation : devoir se cacher pour faire du pain ! et même pour le manger !

Cet automne-là fut marqué aussi par l'entrée à l'école d'Alain. Comme tous les enfants du village étaient regroupés en une seule classe, il s'y trouva avec Agathe. Il leur arrivait rarement de faire ensemble le court chemin qui séparait la ferme de l'école ; Agathe, comme tous les grands, s'y rendait en avance pour allumer le feu, distribuer les cahiers, inscrire la date au tableau, remplir les encriers... Alain eut vite fait de se faire remarquer pour la vivacité de son esprit – il apprit très vite à lire – mais aussi pour son caractère.

— Tu ne ressembles guère à ta grande sœur ! lui dit un jour l'institutrice, elle est beaucoup plus calme et gentille que toi, tu devrais prendre exemple sur elle !

— C'est pas ma sœur ! répliqua-t-il, ma maman c'est pas sa maman !

— Je le sais, continua la maîtresse, mais vous avez le même papa et le même nom, alors elle est ta sœur et tu dois bien te conduire avec elle. Tu m'entends ?

Alain jouait au plus fort quand on opposait à ses

caprices, comme le faisait Lili, des cris et des menaces. Mais la fermeté de madame Loriette lui en imposait. Il n'y eut plus d'incident avec lui au sujet d'Agathe et, quand c'était elle que la maîtresse désignait pour faire répéter aux petits leur leçon de lecture, il s'abstenait prudemment de toute provocation.

— J'étais chez mémère Léonie, y avait deux dames ! annonça un jour Elise à sa mère. Une qui s'appelle Huguette, et l'autre... je sais plus ! Même qu'elle pleurait, celle-là. Mémère Léonie a voulu que je les embrasse, c'est des cousines à moi et à ton papa, qu'elle a dit.

Quand Etienne rentra, un peu plus tard, Lili l'interrogea.

— Tu sais que tes cousines sont chez ta mère, aujourd'hui ?

— Quelles cousines ?

— Une certaine Huguette et une autre.

— Eh bien, ce sont des parentes éloignées, du côté de ma mère, elles habitent à Charleville, je crois. On ne se voyait plus depuis longtemps, je ne sais plus pourquoi, des vieilles histoires de famille, sûrement... Oh, et puis ce n'est pas vrai, Lili. Je n'aime pas mentir. Ce ne sont pas des cousines. Ce sont des femmes qui viennent chercher du ravitaillement ; en ville, avec les tickets, ce n'est pas possible de nourrir une famille. Elles ont des enfants, toutes les deux. Alors elles prennent des risques. Si elles se font coincer en repartant, ça peut être grave pour elles. Elles sont déjà venues une fois, il y a quinze jours, tu ne l'as pas su. Puisque tu dis que tout ce qui touche à la guerre ne t'intéresse pas, je ne t'en ai pas parlé.

— Elles viennent comment ?

— Par le train depuis Charleville, puis à pied, sept kilomètres, depuis la gare de Dun.

— Et ta mère leur vend des choses ?

— Qu'est-ce que tu dis, Lili ? Leur vendre ? Elle leur donne ce qu'elle peut, la mère, elle leur donne ! Des légumes de son jardin, des œufs de ses poules, un lapin, un bout de lard. Et rien que ça, c'est prendre un risque aussi : c'est défendu, d'aider les gens qui crèvent de faim, dans notre pays, à cause des Boches et de leurs amis ! C'est pour ça qu'il faut faire tout en douce. Tu t'imagines, toi, faire cinquante kilomètres en train et le reste à pied avec la peur aux tripes pour pouvoir nourrir tes gosses ? Tu dis que tu ne comprends rien à la guerre et que tu t'en fous, tu as de la chance, Lili, tu as de la chance.

Alors qu'ils s'apprêtaient à passer à table, Léonie arriva, avec sa tête des mauvais jours. Comme si elle ne voyait pas Lili, elle s'adressa à son fils.

— Etienne, je viens te prévenir ; les petites n'ont pas pu repartir. Ce matin, à la sortie de la gare, elles ont été suivies un moment par un type en moto, un brun, plutôt jeune. C'est sûrement l'Aubriet, ce salopard de VDG. Il ne leur a pas parlé, mais elles ont eu peur. Elles sont parties quand même avec leurs sacs pleins. Mais à peine sorties du village elles ont fait demi-tour et elles sont revenues. Elles avaient aperçu une moto, au loin. C'est VDG, j'en suis sûre, il rôde par ici. Il voulait les prendre sur le fait. Tu ne l'as pas vu dans les parages ?

— Non.

Elle se tourna vers Lili, et lâcha froidement :

— Et toi ?

— Je ne suis pas sortie de la maison aujourd'hui.

— Je vais les garder un jour ou deux. Agathe leur donnera son lit, elle couchera avec moi. Elles seront un peu à l'étroit mais tant pis, mieux vaut ça que de risquer le pire. Si quelqu'un vient nous demander quelque chose, ce sont des cousines en visite chez nous. Si tu pouvais trouver un peu d'essence, Etienne, tu les reconduirais demain ou après-demain, au moins jusqu'à la gare.

C'était bien VDG qui avait effrayé les soi-disant cousines, Huguette et Hélène, qui passèrent deux jours chez Léonie sans sortir et qu'Etienne réussit à reconduire jusqu'à Charleville grâce à un bidon d'essence fourni par un « ami » du bourg – il ne précisa pas lequel. Le voyage eut lieu de nuit, après étude d'un itinéraire d'axes secondaires, petites routes et même chemins à travers champs et bois.

VDG les aurait volontiers inscrites à son palmarès d'indic, il rôdait parfois à Bantheville et aux alentours, comme dans tout son secteur, mais il s'abstenait d'y exercer une surveillance trop pointilleuse. Que se serait-il passé si, entêté à confondre les contrevenantes, il les avait débusquées chez des voisins des Jacquin ? Ou peut-être même chez eux ? Chez la belle-mère, par exemple, que la pauvre Lili disait tellement redouter et qui n'avait de bontés que pour « l'enfant de l'autre » ?

Il ne voulait pas compromettre leur amour. Il épargna Bantheville, ferma les yeux sur le trafic des deux filles du train et sur d'autres qu'il flaira, pour préserver Lili.

Il se rattrapait ailleurs. Ses exploits alimentaient les conversations, dans les champs et les jardins, au lavoir, ainsi que dans les quelques magasins de Dun et de Montfaucon. On les apprenait par le père Mouton, qui prétendait faire un bras d'honneur à l'odieux personnage quand il le croisait sur sa moto, et promettait de l'envoyer un jour au fossé d'une embardée.

De pauvres exploits, vraiment. A Charpentry la découverte du sacrifice, sans autorisation, d'un porc élevé clandestinement qui n'avait jamais vu le jour du fond de son réduit et qui gueula trop fort au moment fatal. VDG, qui passait par là sur sa moto, entendit le raffut et surgit comme un diable sorti de sa boîte. Le porc fut saisi par les autorités alertées et le contrevenant écopa d'une amende sévère. A Brieulles ce fut une affaire de tickets trop généreusement octroyés par un secrétaire de mairie au grand cœur, des tickets de pain, de lait, de viande, pour une famille nombreuse. VDG avait fait ouvrir le porte-monnaie de la malheureuse mère terrorisée et constaté sa richesse indue. L'affaire s'était heureusement arrangée grâce au maire, qui avait su la minimiser. Ailleurs encore d'aussi misérables agissements, de pauvres exploits, vraiment, pour qui rêvait d'une belle place au soleil.

Un morceau de bravoure, tout de même : à Montfaucon il avait réussi à faire capturer un jeune réfractaire du STO qui avait commis une erreur, celle de revenir un soir embrasser sa grand-mère avant de se lancer dans une clandestinité incertaine.

Lili ne pouvait pas ignorer les méfaits de son amant, même si Etienne évitait de commenter avec elle tout ce qui concernait la guerre et les désordres qu'elle provoquait. C'est avec sa mère qu'il s'en entretenait, chez elle, avec Jules et Olga, souvent en présence d'Agathe, qui écoutait attentivement, grave et silencieuse.

Lili avait pris le parti d'ignorer la guerre, de n'y rien comprendre, et s'y tenait. VDG ? Il n'existait pas pour elle. Elle ne connaissait que Marcel, l'homme, l'amant. Ils s'étaient installés dans leur liaison, aidés par les précautions qu'ils avaient su prendre et par l'indifférence qui gagna ceux et surtout celles qui s'étaient interrogés sur le goût soudain de Lili pour le vélo. La femme de ce pauvre Etienne était décidément une fainéante doublée d'une inconsciente.

Non loin de la croix, dans les fourrés, se trouvait une ancienne cabane de charbonniers que Marcel avait rouverte d'un coup d'épaule, sommairement nettoyée et garnie de fougères séchées. Ils y cachaient vélo et moto, le temps de leurs ébats. Par chance pour eux, aussi, les affouages cette année-là se situaient dans un autre secteur de la forêt. Les chasseurs, enfin, avaient dû renoncer à leurs battues en raison de la réglementation sur les armes. Les amants pouvaient donc s'y sentir à l'abri. Une fois par semaine au moins, Alain à l'école, Elise chez mémère Meunier, Lili, malgré les premiers froids qui se faisaient sentir, déclarait qu'elle allait se « dégourdir les jambes ».

Marcel ne révélait rien de ses activités à Lili, qui ne l'interrogeait pas sur ce sujet. Non. Ce qui la préoccupait, ce qu'elle voulait savoir, c'était ce qu'il avait vécu de l'amour avant elle. Un homme si beau, si charmeur, qui avait vu du pays, qui connaissait Paris.

Des histoires d'amour, oui, il en avait connu. Beaucoup sans importance, durant sa jeunesse. D'autres plus marquantes. Avec des femmes de ces pays lointains, exotiques. Des moukères d'Afrique du Nord, à la peau brune, des Indochinoises, il disait en riant des « Chinetoques », petites femmes soumises et vicieuses à la fois, selon lui. « Et des Parisiennes ? » demandait Lili, qui semblait les jalouser davantage, sans doute parce qu'elles étaient plus proches, doublement, dans l'espace et dans le temps. Des Parisiennes aussi, forcément.

— Toutes ces femmes-là, ma Lili, dire que je les ai oubliées serait te mentir. Mais plus aucune ne compte pour moi, affirmait-il, depuis que je te connais et que je t'aime. Tu es la femme de ma vie.

Elle lui parla de sa situation. Non seulement familiale, elle l'avait fait dès le début, mais matérielle. Elle lui expliqua que le contrat signé lors de son mariage avec Etienne ne concernait que les biens qu'il tenait de « l'autre », qu'il voulait transmettre intégralement à sa fille. Qu'elle pourrait donc prétendre, en cas de séparation, à une part des biens de la famille Jacquin, ce qui représenterait un assez bel avoir.

Elle l'intéressa fortement. Car dans son esprit l'heure était au doute. Ses activités ne lui apportaient pas tout à fait la considération qu'il escomptait de la part de ceux pour qui il s'était engagé. Il se sentait utilisé et finalement plus méprisé qu'apprécié. Il n'avait pas l'étoffe souhaitée. Bien sûr il bénéficiait pour ses modestes services de quelques privilèges et facilités matérielles que bien peu connaissaient. Mais de là à espérer, en cas de mainmise définitive de l'Allemagne sur la France, un poste important... D'autre part, des faits, lointains certes, en Russie, en Afrique du Nord, en Italie, pouvaient donner à penser que la victoire de l'Allemagne était incertaine. Et pour finir, sa conscience commençait à s'éveiller.

— Ton mari, ma Lili, le quitterais-tu pour moi ?

Pour toute réponse elle se jeta dans ses bras.

— Prépare-le, ma chérie, sans lui parler de moi, bien sûr. S'il est comme tu le dis, s'il ne s'intéresse plus à toi, n'en a que pour sa mère et la « fille de l'autre », s'il ne pense qu'à ses chevaux et à ses vaches, il te laissera partir. Avec tes gosses : les deux mignons, moi je les prends aussi. Nous partirons ensemble. Je t'emmènerai loin d'ici, ma Lili, loin de ce trou, de cette cambrousse. On n'est pas faits pour ça, tous les deux.

— Quand, mon amour ?

— Je ne peux pas te le dire, mais un jour, ma Lili, un jour je t'emmènerai, je te le jure !

Elle rentra ce jour-là avec un flacon de parfum,

Soir de Paris, qu'elle cacha soigneusement, et du chocolat qu'elle donna aux enfants en cachette.

— C'est du monsieur à la moto, leur dit-elle, je l'ai vu aujourd'hui. Mais il faut reprendre le jeu, le secret, on n'en parle plus, parce que ce monsieur-là, votre papa ne l'aime pas du tout.

— Pourquoi il ne l'aime pas, papa, le monsieur, demanda Elise, et pourquoi on ne va plus le voir avec toi ?

— Tu le verras bientôt.

Elle commença à harceler Etienne. Plus seulement avec ses arguments habituels :

— Je m'ennuie, j'en ai marre, je serai jamais une paysanne, jamais.

Elle entama un autre chapitre :

— Tu ne m'aimes plus, Etienne, je le vois bien. Tu fais semblant, maintenant, tu te forces. On n'aurait pas dû se marier, tous les deux. Je me demande même si tu aimes tes enfants, ceux qu'on a eus ensemble.

Elle ne doutait pas d'arriver à ses fins.

Un jeudi de décembre, elle craignit d'être privée de son rendez-vous d'amour. Tout semblait se liguer contre elle ce jour-là pour l'empêcher de rejoindre son amant.

Sa mère, d'abord. Elle alla en début d'après-midi lui confier les enfants. Mémère Meunier les accueillait toujours volontiers, et pas seulement parce que sa fille la fournissait largement en produits de la ferme. Mais ce jeudi-là, elle demanda au grand-père de les amuser un moment et elle entraîna Lili dans sa chambre pour une conversation sérieuse, entre femmes.

— Je vois bien qu'avec ton mari ça ne va plus, Lili, dis-moi ce qui se passe. Ces balades à vélo par tous les temps, ça rime à quoi ? T'as quelqu'un, Lili ? Tu vas retrouver un homme quelque part ?

— Fiche-moi la paix, maman, je fais ce que je veux, ça ne regarde personne.

— Mais ton mari, là-dedans ? Il doit bien se douter de quelque chose. Si tu te fais prendre, ça fera du vilain. Tu n'agis pas bien, Lili. Si vous ne vous aimez plus, ce qui ne m'étonne guère, franchement vous n'étiez pas faits l'un pour l'autre, séparez-vous, mais proprement au moins.

Lili partit en claquant la porte au nez de sa mère.

De retour à la ferme, elle entendit le ronflement de la batteuse. Tant mieux. Ainsi Etienne ne la verrait pas partir sur son vélo. Il ne s'en étonnait plus, ne le lui reprochait pas, mais elle n'aimait ni son silence ni son regard dans ces moments-là. Alors qu'elle finissait de se préparer, de s'habiller chaudement car le temps était froid et sec, Etienne entra dans la cuisine, suivi de Bébert dont la main droite saignait.

— Tiens, Lili, occupe-toi de lui, il s'est cru capable d'engréner à la place de Jules, et il s'est coupé.

Engréner, à la batteuse, c'était couper les ficelles qui liaient les gerbes avant de les engager sur le tablier de la machine.

— Ça ne paraît pas grave, heureusement. Moi, j'y retourne, Jules a repris sa place.

Il était deux heures trois quarts déjà, Marcel lui avait dit : trois heures précises. Nettoyer la plaie, superficielle en effet, et faire un pansement sommaire à Bébert lui prit plus de dix minutes ; elle s'énervait, ne trouvait pas les choses, puis accusait Bébert de bouger, ne serrait pas assez le bandage, qui cédait aussitôt, et tout était à recommencer.

Enfin, pour comble de malchance, elle trouva un pneu de son vélo dégonflé et dut y remédier elle-même.

Elle regarda l'heure au moment de s'élancer sur le chemin de la croix : trois heures dix. Qu'allait penser Marcel de son retard ? Allait-il craindre un incident ? Ou pire ? L'attendrait-il ? Elle était si énervée qu'elle avait les jambes molles et l'impression de ne pas avancer.

Il l'attendait. Elle en fut si soulagée et si contente qu'elle oublia toute prudence. Elle jeta son vélo au pied de la croix et se précipita dans ses bras.

— Attention, souffla Marcel, il y a quelqu'un.

Elle s'écarta de lui trop tard. Il y avait quelqu'un sur le chemin, en effet, quelqu'un qui venait du bois et les avait vus.

Lili se figea.

— C'est toi, dit-elle d'une voix blanche, découvrant la personne qui n'était qu'à quelques pas d'eux.

Marcel la reconnaissait aussi. C'était la gamine qu'il avait vue occupée à ramasser des pommes de terre avec cette femme et cet homme, son père sans doute, qui s'étaient fichus de lui.

Lili, soudain électrisée par la stupéfaction, l'incompréhension, la peur, se mit à crier en direction d'Agathe qui n'avançait plus :

— Qu'est-ce que tu fiches ici ? Qui t'a envoyée ? Tu m'espionnes ? Tu vas me dénoncer ?

Elle la prenait aux épaules, la secouait. Puis revenant vers Marcel :

— C'est la fille d'Etienne ! C'est elle ! Regarde-la, cette sainte-nitouche, avec ses gros yeux. Regarde l'allure qu'elle a, comme elle est fagotée ! Elle me déteste, elle ne cherche qu'à me faire du mal ! Fais-lui peur, Marcel, pour qu'elle la ferme !

Agathe ne bougeait pas. Fagotée, oui, elle l'était. Chaussée de galoches, vêtue d'un manteau noir retaillé dans un ancien de Léonie, la tête couverte d'un fichu, noir aussi. Elle avait un panier à la main.

Marcel s'approcha d'elle.

— Qu'est-ce qu'il y a dans ton panier ?

Elle le lui tendit, il le prit et y regarda, fouilla dedans. Quelques poignées de fougères sèches et des châtaignes. Il dispersa le tout au sol et jeta le panier.

— C'est plus la saison des châtaignes, elles sont à moitié gelées. D'où viens-tu ?

Elle soutenait son regard, sans répondre.

— Elle est comme ça, dit Lili, elle te regarde et elle te répond pas. Je la connais, une tête de bourrique. Elle fait ses coups par-derrière. Fais-lui peur, Marcel, une bonne fois, qu'elle la boucle !

Il sortit un couteau de sa poche, en déplia la lame,

fit mine d'en éprouver le tranchant de son pouce. Puis il le passa et le repassa plusieurs fois à quelques centimètres du visage d'Agathe, qui ne baissa pas les yeux.

— Ecoute bien ce que je te dis. Tu ne m'as pas vu. Tu n'as pas vu Lili. Si jamais tu parles, je le saurai. Et alors...

Il passa une dernière fois le couteau, tout doucement, plus bas.

— Alors couic ! Maintenant tu peux t'en aller.

Agathe ramassa son panier. Quand elle passa devant sa belle-mère, celle-ci remarqua qu'elle avait les yeux pleins de larmes.

— Elle pleure, Marcel, tu lui as fait peur, elle ne dira rien ! dit Lili qui cherchait surtout à se rassurer.

Marcel avait refermé et rangé son couteau. Il regardait le chemin sur lequel Agathe était apparue, qui n'était pas celui par où lui-même était arrivé. A partir de la croix, en effet, plusieurs sentiers s'ouvraient dans le bois dans différentes directions. Il semblait préoccupé. Que pouvait bien faire ici cette gamine, seule, à cette saison ? Lili prétendait qu'elle la guettait, lui n'en était pas certain.

Les amants ne se dirigèrent pas vers la cabane ce jour-là. Ils ne craignaient pas de voir revenir Agathe, ni personne d'autre, mais l'envie leur en était passée. La surprise, l'inquiétude, la gêne, la honte aussi peut-être.

Lili reprit son vélo. Elle semblait hésitante, apeurée.

— Ne crains rien, lui dit Marcel, elle ne parlera pas. Nous n'allons pas nous voir pendant quelque temps, par précaution. Mais jure-moi, ma Lili, de tenir ta promesse et de me suivre, quoi qu'il arrive.

— Je te le jure, Marcel, je t'aime.

Ils s'embrassèrent longuement, et Marcel la regarda enfourcher son vélo, s'engager sur le chemin et amorcer la descente vers le village avant de récupérer sa moto et de s'enfoncer dans la forêt pour en ressortir dans la direction opposée.

Lili s'étonna de ne pas voir Agathe sur le chemin, alors qu'elle se préparait à l'idée de la dépasser, en se demandant si la diabolique « fille de l'autre » n'allait pas lui barrer le chemin ou lui jeter des cailloux, au risque de la faire tomber, maintenant que son défenseur n'était plus là pour la protéger. Mais elle se rassura en constatant qu'elle avait coupé à travers les champs, nus à cette période de l'année.

Quand Agathe arriva à la maison, Léonie l'attendait.

— Alors ?

Agathe se jeta contre elle et se mit à pleurer, à sangloter, longtemps, bruyamment.

— Tu n'as pas réussi ? lui demanda Léonie quand enfin elle commença à se calmer.

Agathe répondit par un signe de tête, avant de pouvoir murmurer :

— Si, mamé, je les ai vus.

— Mais tu as eu peur, c'est normal. Allez, pleure, ça te fait du bien, ça efface ta peur. Tu es une bonne fille, Agathe, une fille courageuse. Ton père pourra être fier de toi. Maintenant que te voilà plus tranquille, viens t'asseoir près de la cuisinière, je vais te faire chauffer un bol de lait.

8

Les châtaignes ? Ce n'était pas, bien sûr, la raison de la présence d'Agathe dans le bois. A moitié gelées, avait constaté VDG. Même en période adéquate, elles n'auraient d'ailleurs eu aucun intérêt ; il s'agissait en réalité de marrons non comestibles, les véritables châtaigniers étant rares dans les forêts meusiennes.

L'espionnage de Lili ? Pas davantage. Même si Léonie, le jour de l'incident des bonbons avec Alain et Elise, avait soupçonné une relation entre sa bru et celui pour lequel elle n'avait pas de mots assez méprisants, elle ne pouvait pas imaginer une affaire sérieuse. Elle n'avait guère d'estime pour Lili, certes, mais la jugeait tout de même incapable d'une telle trahison, ne serait-ce que par peur des conséquences. L'aurait-elle crue fautive, enfin, qu'elle se serait refusée à l'espionner, encore moins à charger Agathe de cette surveillance indigne, par respect pour son fils.

Agathe revenait d'une mission. C'est une petite résistante qui avait surpris l'étreinte des amoureux clandestins. Et qui avait tout compris. C'était la nature même d'Agathe que de tout écouter, de tout observer, sans intervenir, ou si peu, et de comprendre l'essentiel à travers les paroles, les attitudes et les regards des adultes.

Elle s'était souvenue, elle aussi, de la rencontre au bout du champ de pommes de terre, de la remarque de son père qui avait provoqué le rire d'Olga, et du regard glacial de celui qu'elle reconnaissait ici.

Ses larmes sous la menace du couteau ? De peur, sans doute. Une enfant de douze ans... Mais de dégoût, surtout, de honte, et de tristesse pour son père.

Elle avait éclaté en sanglots dans les bras de Léonie, comme le jour du retour de l'exode, et trouvé la force, encore, de taire la véritable raison de son chagrin.

Elle savait que son père se rapprochait d'elle, il lui témoignait de l'intérêt, de la confiance. Elle savait aussi qu'il se détachait de Lili. Mais elle se refusait le droit de peser dans cette espèce de balance des sentiments, de chantage à la préférence, elle ou moi.

Un réseau de résistance s'était constitué dans la région autour de quelques « têtes », des personnes apparemment discrètes, mais fortement engagées, qui servaient de relais à des organisations plus importantes. On apprendrait plus tard qui en faisait partie. Le pharmacien de Montfaucon, par exemple, quand un matin la Gestapo surgirait chez lui et l'emmènerait vers une destination inconnue dont il ne reviendrait jamais. Le notaire, qui, lui, aurait la chance de passer entre les mailles du filet et verrait son activité officiellement récompensée après la guerre. D'autres enfin dévoileraient simplement leurs modestes actions sans en tirer ni gloire ni vanité.

L'ancien instituteur de Bantheville, monsieur Caron, promu depuis de nombreuses années au rang de directeur de l'école du bourg, était venu un soir rendre visite à Etienne, avec qui il s'était longuement entretenu en tête-à-tête. Après lui avoir dit l'excellent souvenir qu'il conservait de la famille Jacquin, de sa droiture et de sa discrétion, il avait expliqué à Etienne ce qu'il pensait pouvoir attendre de lui. Il s'agissait de participer au ravitaillement d'un groupe de maquisards, une dizaine, réfractaires du STO pour la plupart, encadrés par des éléments plus politisés, qui venaient de s'installer dans la forêt des trois collines, dans un ancien fortin de 14-18. L'instituteur avait déplié devant Etienne une carte d'état-major pour lui indiquer l'emplacement de ce fortin, qu'il fallait connaître pour le localiser.

« Ces hommes, lui dit-il, auront surtout besoin de nourriture, dans un premier temps. Si on ne les aide pas, s'ils doivent y subvenir eux-mêmes, ils peuvent recourir à des méthodes brutales, des vols, des agressions, de quoi leur attirer l'inimitié de la population et entraîner des conséquences graves. Il y a des endroits où ça s'est produit, déjà. Tu ne seras pas le seul, Etienne, quelques autres paysans, des gens comme toi dignes de confiance, s'engageront aussi. Tu les connais, au moins ceux de Romagne, mais je ne te dis pas leur nom, nous devons tous agir dans la plus grande discrétion. On vous demandera peut-être aussi parfois des services un peu plus… disons risqués, car nos hommes n'ont pas l'intention de rester complètement inactifs. Je t'expliquerai tout ça plus précisément en temps voulu, si tu acceptes de nous aider. Tu n'es pas obligé de me répondre aujourd'hui, Etienne, tu peux prendre le temps de la réflexion, c'est sérieux, ce que je te demande là, je sais que tu as une famille, des enfants. Personne ne te jugera, personne ne t'en voudra si tu ne souhaites pas t'engager. Je chercherai quelqu'un d'autre. »

Etienne n'avait pas eu besoin de réfléchir, il s'était rapidement entendu avec son ancien maître, aussi bien sur le principe que sur les modalités. Qui de mieux qualifié, en effet, que des paysans pour remplir cette mission, eux qui pouvaient le plus naturellement du monde sillonner la campagne et fréquenter les chemins des bois avec leurs attelages, pour leurs travaux habituels ? De plus, et il le dit à l'instituteur, il savait pouvoir compter aussi sur Jules, qui ruminait toujours sa vengeance, et sur les femmes, Olga et Léonie. Il ne mentionna pas Lili, son épouse, ce que monsieur Caron remarqua. Il se permit donc, l'engagement conclu, Etienne ayant sorti la bouteille de mirabelle, d'aborder un sujet plus personnel.

« J'ai appris que tu as perdu ta première femme dans des circonstances tragiques et que ta fille aînée est élevée par ta mère, dont je connais les qualités. On m'a dit aussi pour tes chevaux. La vie, c'est souvent difficile, hélas.

— Oui. Je me suis remarié, vous le savez sans doute aussi, et confiance pour confiance, je peux bien vous le dire, je ne suis pas heureux. D'ailleurs, si je l'étais, ma femme serait ici, à mes côtés, pour entendre notre conversation et donner son avis. Elle ne s'intéresse pas à la ferme, ne veut pas entendre parler de la guerre, elle m'éloigne malgré moi de nos deux enfants. Je crois que nous finirons par nous séparer, c'est d'ailleurs ce qu'elle attend. »

Monsieur Caron, après avoir remercié Etienne, avait eu envie de saluer Léonie. Il se souvenait de sa générosité, au temps de la scolarité d'Etienne, qui lui apportait de sa part tantôt un poulet, tantôt un lapin ou des œufs, et au lendemain du sacrifice du cochon une copieuse « charbonnée », un beau morceau d'échine, quelques côtelettes et une belle longueur de boudin, le tout impeccablement présenté sur un plat entouré d'un torchon bien blanc.

« Je sors de chez Etienne, il vous dira la cause de ma venue ici, dit-il à Léonie surprise de sa visite. Je ne voulais pas m'en aller sans vous avoir saluée, madame Jacquin. Comment allez-vous ?

— Comme ci comme ça, je ne suis plus jeune, et tout ce qui se passe en ce moment ne me plaît guère. »

Quand Agathe était entrée dans la pièce, il s'était intéressé à elle.

« J'ai bien connu ton père quand il avait ton âge, puisque j'étais son instituteur. Il préférait la ferme à l'école, mais faisait tout de même de son mieux. Et toi ? Travailles-tu bien ? Dans quel cours es-tu ?

— Au cours moyen, monsieur. »

Il parut un peu étonné.

« C'est qu'elle n'a pas encore douze ans, précisa Léonie, elle tient sa taille et sa carrure de sa pauvre mère. »

Après ce premier contact avec le réseau de résistance, Etienne n'avait pas tardé à recevoir toutes les instructions nécessaires à sa mission. Les précautions à prendre, en variant les horaires et les itinéraires dans la forêt. Le code, pour être reconnu à son arrivée au fortin. Il s'agissait des premières phrases d'une vieille chanson : « Perrine était servante chez monsieur le curé, digue don da dondaine, chez monsieur le curé, digue don da don dé. » Et puis, le plus important, en cas d'alerte, de mauvaise rencontre par exemple ou, pire, d'interrogatoire, la consigne : motus et bouche cousue, ne balancer personne, ne livrer aucun indice. Si possible.

La première fois qu'il était allé leur porter des vivres, il avait été saisi par la façon dont vivaient ces jeunes hommes dans le vieux fortin, plus que sommairement aménagé, sombre et froid, et il avait admiré leur détermination et leur courage. Des paillasses étaient disposées à même le sol, il y avait dans un coin un réchaud à pétrole et une batterie de cuisine élémentaire, et quelques bidons pour la réserve d'eau, fournie par une source heureusement proche. Pour eux, la liberté méritait bien l'acceptation de ces conditions, même s'il leur était pénible d'être séparés de leur famille, même s'ils se savaient en danger. Dans la pénombre, Etienne avait également distingué des armes, rangées contre une paroi, et des caisses qui contenaient des fils, des câbles, des outils, mais il s'était abstenu de toute question.

Ce jour-là, c'était en septembre, il leur apportait un premier stock de marchandises, dissimulées sous des fougères, dans le tombereau tiré par la Sophie : des pommes de terre, des légumes, un panier de poires, du lait, des œufs, un quartier de lard tiré du saloir, de l'orge grillée, un pot de miel, le tout préparé avec la complicité de Léonie. Elle devait par la suite faire l'impossible pour y ajouter quelques douceurs, ou ces choses auxquelles pensent les femmes, ces petits riens qui touchent, du fil et des aiguilles, un miroir, un flacon d'eau de Cologne, et ses fameuses pâtes de fruits à la saccharine. Et aussi, quand Etienne avait pu faire tourner le moulin, une ou deux miches de vrai pain, et elle imaginait le plaisir de ces hommes à les trancher et à en respirer l'odeur avant d'y mordre à belles dents.

Quand Etienne mit Jules au courant de ce qui se passait dans l'ancien fortin et lui proposa de participer au ravitaillement des maquisards, celui-ci accepta avec enthousiasme. Ces braves gaillards, sûr qu'il aurait été des leurs, s'il en avait eu l'âge et la capacité physique. Ce jour-là, il avoua à Etienne être l'auteur d'un acte de résistance anodin qui avait eu lieu en août à Romagne et sur lequel beaucoup s'étaient interrogés. Il y avait dans ce village une ferme *Ostland*, regroupant les exploitations des paysans qui avaient évacué sans pouvoir rentrer. Un chef de culture allemand dirigeait une équipe d'ouvriers, composée en grande partie de Polonais immigrés de force. Un matin, tous les liens de plus de mille gerbes de blé avaient été découverts coupés au couteau.

« Tiens, c'était avec celui-ci ! » dit-il en sortant de sa poche le couteau qui ne le quittait jamais, celui dont il se servait à table.

Ils en rirent de bon cœur ensemble.

La saison des champignons, cèpes et pieds-de-mouton, servit d'abord d'alibi à Jules. Il montait jusqu'au bois sur le dos de la Sophie, lestée aussi de deux paniers pleins, et quand il avait fait sa livraison et regagné l'orée de la forêt, il l'attachait à un arbre et passait à la cueillette. Si celle-ci n'était pas suffisamment abondante, il bourrait ses paniers de fougères et disposait les champignons sur le dessus pour donner le change en cas de rencontre.

Jules s'attardait plus qu'Etienne auprès des gars, qu'il enviait. Il leur raconta évidemment l'épisode des chevaux qu'il avait voulu sauver et les coups qu'il avait reçus, et dit son désir de vengeance que l'affaire des liens coupés n'avait évidemment pas satisfait. Il sut si bien leur inspirer sympathie et confiance qu'ils sollicitèrent son aide.

Comme l'avait laissé entendre monsieur Caron à Etienne, les maquisards n'étaient pas seulement là pour se cacher, mais aussi pour agir. Leur spécialité : les sabotages, par exemple sur les lignes de chemin de fer qu'empruntaient les nombreux trains convoyant vers l'Allemagne les richesses pillées en France, céréales, bétail, minerais, textiles... Sans parler des convois humains, tous ces malheureux raflés pour diverses raisons et qu'ils emmenaient on ne savait vers quel destin.

Les maquisards recevaient de leurs chefs, qui les tenaient eux-mêmes de cheminots complices, toutes les informations nécessaires sur les horaires des trains, leur contenu, les lieux envisagés pour les déraillements. Il fallait s'y rendre de nuit, et malgré les cartes précises il n'était pas facile de s'orienter dans l'immense forêt pour descendre ensuite vers la vallée de la Meuse. Jules, qui connaissait parfaitement tous les recoins de la région, servit par deux fois de guide aux saboteurs désignés, pas plus de trois à chaque expédition. Il s'inquiéta du sort des conducteurs des trains, des mécaniciens. Il sut qu'ils étaient prévenus de ce qui allait se passer, quand, où, et devaient sauter de la loco à temps. Par deux fois enfin il rentra au petit matin, épuisé de fatigue d'avoir tant marché, mais heureux comme un gosse qui vient de faire une bonne farce, attendu par Olga qui n'avait pas fermé l'œil de la nuit. Elle était soulagée quand elle entendait le verrou de la porte, mais elle le grondait, pour la forme, parce qu'au fond elle se sentait fière de lui. Il y avait sur le coin de la cuisinière une casserole d'où s'échappait une bonne odeur de vin chaud.

« Tiens, mon homme, bois ça, disait-elle, et file au lit, tu ne tiens plus debout. »

Toutes les conversations qui concernaient cette activité, ainsi que les préparatifs des expéditions, avaient lieu chez Léonie, le soir, et toujours en présence d'Agathe, que personne ne cherchait à écarter. Tous, aussi bien Olga et Jules qu'Etienne et Léonie, lui faisaient instinctivement confiance pour garder secret ce qu'elle entendait. Elle écoutait passionnément et approuvait au fond d'elle-même cet engagement qu'elle aurait aimé partager malgré son jeune âge. Les grandes personnes s'asseyaient autour de la table pour discuter, et elle s'en rapprochait peu à peu, jusqu'à venir s'accouder près de son père, de préférence, si près que leurs bras se touchaient. Etienne appréciait ce contact avec sa fille, même s'il ne s'accompagnait pas de paroles. Il y sentait un sérieux, une conscience des choses qui le touchaient profondément.

Un jour de décembre, une jeune femme à vélo était venue du bourg chez Léonie, dans la matinée, et lui avait donné une lettre de la part de monsieur Caron, à remettre en mains propres à son fils Etienne. C'était urgent et important, avait-elle précisé.

Etienne, aussitôt prévenu, avait lu le message et en avait révélé le contenu à Léonie et à Agathe. Il s'agissait de faire savoir aux maquisards qu'ils devaient impérativement renoncer à l'action prévue pour le soir, en raison de circonstances nouvelles, sans plus de précisions.

« Il faut que quelqu'un y aille, mais ça tombe mal, parce que j'avais prévu de battre cet après-midi, pour pouvoir livrer à temps le grain que je dois fournir. »

Agathe s'était avancée.

« Je peux y aller, moi. Tu m'expliqueras bien, j'y arriverai.

— Toi ? »

Elle semblait si résolue qu'il avait regretté son étonnement et compris aussitôt que la plus belle preuve de confiance, donc d'affection, qu'il pouvait lui donner, c'était d'accepter son aide.

« Viens, avait-il dit alors, je vais t'expliquer. Mère, donne-moi un papier et un crayon, que je lui trace son itinéraire pour qu'elle le retienne bien. »

Il avait été décidé qu'Agathe ne prendrait pas le chemin qu'empruntaient les hommes avec la jument et le tombereau, parce que la pluie et le gel y avaient creusé de nombreuses ornières, et que sa présence pourrait étonner si quelqu'un la voyait. Elle monterait donc, en tout début d'après-midi, par le meilleur chemin, celui qui aboutissait à la croix, quitte à faire ensuite un trajet un peu plus long dans la forêt.

« Tu ne peux pas te tromper, lui avait dit Etienne, il y a des points de repère que je vais t'indiquer. Donc, tu arrives à la croix et tu prends tout de suite à gauche. Au bout d'un quart d'heure à peu près... »

Il avait tracé ainsi tout le parcours, approuvé au fur et à mesure par Agathe attentive.

« Et pour revenir, tu refais la même chose en sens inverse. Tu es sûre que ça ira ? »

Elle avait souri en guise de réponse, alors il l'avait attirée contre lui et lui avait caressé les cheveux.

« Ah ! j'allais oublier : quand tu arrives au fortin, tu te places près du soupirail et tu chantes...

— "Perrine", oui, je sais, papa. »

Léonie avait préparé leur repas un peu plus tôt que d'habitude. Puis elle avait recommandé à Agathe de s'habiller chaudement et elle avait un peu décousu l'ourlet de son manteau pour y glisser le fameux message.

« Tu prendras un panier, pour faire semblant, mais je ne vois pas bien ce que tu pourrais mettre dedans à cette saison. Si, tiens, des marrons ! Quand j'étais gamine, on allait en chercher et on les enfilait sur un fil de fer pour en faire des colliers. »

Elle s'était autorisée, enfin, à lui poser la question qu'Etienne avait retenue.

« Tu n'auras pas peur ? »

A deux heures, Agathe était arrivée au fortin. Elle avait entonné la chansonnette, pas trop fort, mais d'une voix nette. Un gars était sorti, auquel elle avait dit : « Je suis la fille d'Etienne Jacquin. » Elle avait alors tiré de l'ourlet de son manteau la lettre qu'elle lui avait tendue. Pendant qu'il la parcourait, elle avait jeté un coup d'œil à l'intérieur du fortin, si sombre qu'elle avait à peine distingué les autres hommes assis en rond. Celui auquel elle avait remis le message l'avait remerciée. Ensuite elle avait fait demi-tour et ramassé sur le chemin quelques marrons qu'elle avait recouverts de fougères séchées, avec l'idée, après tout, de s'en faire un collier. Elle n'avait pas pensé à la peur. Elle n'avait pas eu peur. Jusqu'au moment où, arrivée en vue de la croix, elle avait reconnu sa belle-mère dans les bras de l'homme à la moto...

Noël approchait, Noël 1943. Lili avait prévenu Etienne :

— Ne m'oblige pas à participer comme tous les

ans au rassemblement chez ta mère. C'est au-dessus de mes forces. Je vois trop bien qu'elle me déteste, qu'elle monte contre moi la fille de... enfin ta fille. J'ai l'impression que leurs yeux me fusillent quand elles me voient. Et les deux vieux, Olga et Jules, c'est à peine s'ils me saluent, maintenant.

— Tu te fais des idées, Lili. Mais comme je ne t'ai jamais obligée à faire ce que tu ne voulais pas, je ne vais pas commencer maintenant. Moi j'irai chez ma mère, pour ce qu'elle a toujours fait pour moi et ce qu'elle continue de faire. Je suppose que toi tu iras chez la tienne, avec nos deux petits. Tu peux me reprocher de ne pas savoir les aimer, et pour ça tu n'auras pas tort. De tout cela nous parlerons sérieusement, plus tard, quand la guerre sera finie. Et si tu veux ta liberté totale, eh bien tu l'auras.

Lili alla donc passer la soirée et la nuit de Noël chez ses parents, emportant, en plus des habituelles provisions de bouche, quelques cadeaux inattendus qu'elle devait à la bonté de son amant.

Ils ne s'étaient pas retrouvés depuis la rencontre-surprise avec Agathe. Mais un soir, en revenant de chez sa mère, elle l'avait croisé qui traversait le village sur sa moto, et il avait ralenti à sa hauteur, juste le temps de lui dire :

« Monte à la cabane un de ces jours, si tu peux, j'irai demain y déposer quelque chose pour ton Noël, mon amour. »

Elle y était allée et avait trouvé un paquet qui contenait des bas, encore, plusieurs paires, des savonnettes parfumées comme on n'en trouvait plus depuis longtemps, du chocolat, un paquet de vrai café, des bonbons et une boîte de cigares.

Elle en avait eu les larmes aux yeux d'émotion. Quel homme merveilleux ! Quelle gentillesse ! Il avait pensé à ses enfants, à ses parents.

Le tout, glissé dans la sacoche du vélo puis caché dans son armoire, qu'Etienne n'ouvrait jamais, serait bien apprécié le soir de Noël.

Pour ne pas envenimer les relations avec sa mère, elle lui avait avoué qu'en effet elle avait quelqu'un, sans toutefois lui en révéler l'identité. « Quelqu'un de haut placé », avait-elle seulement précisé.

« Pas un Boche, tout de même ? » avait dit mémère Meunier.

Il n'y eut pas de cadeaux-surprises chez Léonie. Autour de la table, recouverte d'une nappe blanche, était rassemblé « le clan des résistants », y compris Jules et Olga, plus Bébert, jamais oublié les jours de fête. Le repas fut simple, mais copieux et excellent, une dinde, des pommes de terre sautées au saindoux, des fruits en conserve, avec pour seul luxe deux bonnes bouteilles de bordeaux qui dataient du temps du père Abel. Deux bouteilles remontées du fin fond de la cave, couvertes de poussière et de salpêtre.

Ensuite ils se rassemblèrent tous autour de la cuisinière sur laquelle levait le « casement », la pâte à gaufres, et Léonie enleva un rond pour faire chauffer à même le foyer le gaufrier, un vieux gaufrier double de fonte noire, muni d'un long manche pour éviter les brûlures.

Agathe suivait les gestes de sa grand-mère qui ouvrait le gaufrier, le graissait avec un morceau de lard piqué au bout d'une longue fourchette et qui grésillait, y versait une louchée de pâte qu'elle étalait d'un geste du poignet, puis le refermait et le retournait à mi-cuisson pour en sortir enfin deux gaufres bien dorées des deux côtés.

Assis à côté d'elle, le grand Bébert salivait en riant comme un gosse.

Il était le seul à pouvoir rire. Tous étaient graves, songeurs, l'esprit ailleurs, malgré le plaisir d'être ensemble et l'odeur chaude des gaufres.

— Quand je pense, dit Léonie, à tous ces malheureux, en ville, qui n'ont pas de quoi fêter Noël comme nous.

Huguette, Hélène. On ne les avait pas revues, les soi-disant cousines, les courageuses petites femmes de Charleville, sans doute à cause de la menace de VDG.

— Eux là-haut, au moins, ajouta-t-elle, auront eu leur petit quelque chose.

Eux là-haut, les maquisards. Leur petit quelque chose, une oie rôtie, un beau gros pain tout frais, quelques bocaux et une bonne bouteille, qu'elle leur avait fait porter la veille par Jules, censé aller couper des branches de sapin et du gui.

Ils pensaient aussi à l'absente, la Lili, et aux deux petits dont elle avait réussi à faire des étrangers pour eux.

— Bientôt minuit, dit Jules qui commençait à piquer du nez.

La grosse horloge de la cuisine, en effet, sonna les douze coups.

Il n'y avait pas de messe de minuit cette année-là au village. Le curé avait la charge de trois paroisses et célébrait Noël dans chacune d'elles à tour de rôle. Léonie, de toute façon, n'y assistait plus depuis longtemps. Elle n'avait jamais été très portée sur la religion, et les bouleversements dans sa famille, puis dans son pays, avaient fini de la brouiller avec le bon Dieu.

— Mamé, dit Agathe quand elles se retrouvèrent seules dans la cuisine, j'ai fait un vœu, à minuit. Que mon père soit un jour enfin heureux.

9

Marcel Aubriet entretenait de curieux rapports avec le chef de la kommandantur de Clermont, auquel il rendait compte de ses quelques prouesses et qui envoyait alors les autorités compétentes françaises, obligées d'exécuter des ordres qui les révoltaient, quand il s'agissait de marché noir et de trafic de marchandises, alors que les cas plus graves, comme l'arrestation du jeune réfractaire au STO cueilli brutalement chez sa grand-mère, étaient traités par la Gestapo souvent accompagnée de miliciens.

Der Leutnant Schuckraut, un nom qui prêtait facilement à la dérision, éprouvait pour Marcel un mélange de mépris et de sympathie dont il jouait habilement et alternativement.

Il avait rapidement perçu les motivations de son indic, sa médiocrité, le dépit qui l'animait. Il le voyait empressé, presque servile, et s'amusait à le mettre en difficulté.

— *Ach*, Martzel, fous mé dites touchours *Herr*

Leutnant, avec un zalut, mais dans mon dos fous dites comme les autres, Choucroute, n'est-ze pas ?

Ou alors, employant un ton plus sérieux, plus cassant :

— Monsieur Aubriette, fous fous promenez avec la moto ou fous travaillez pour moi ? Che feux des rézultats ! Les, comment fous dites, les « culs-terreux », ils se foutent de nous, il faut les attraper, tous !

— Oui, *Herr Leutnant*, mais ils se méfient, ils sont malins !

— Plus malins que fous, Martzel, n'est-ze pas ?

C'était une forme de mépris, aussi, que de le récompenser, comme un enfant, presque comme un chien, par des bricoles, des friandises, des bas, pour lui dérisoires, mais dont il connaissait le pouvoir lié aux circonstances.

— Prenez, Martzel, petit cadeau pour fous. Pour faire plaissir aux petites femmes !

Les petites femmes... Sceptique, par expérience, quant à son propre pouvoir de séduction, *der Leutnant* Schuckraut devinait en Marcel, bel homme au regard sombre qui de surcroît lui avait dit être allé aux colonies, un amateur et un connaisseur en matière de femmes, et il aimait le lancer sur ce sujet.

— Dites-moi, Martzel, qui est la plus cholie, la moukère ou l'Asiatique ? Laquelle est la meilleure pour l'amour ?

Marcel se laissait aller à des confidences intimes, livrait des détails qui émoustillaient le gros Allemand, et savourait, en guise de revanche, sa supériorité dans ce domaine.

Comme beaucoup d'amoureux médiocres, et en dépit de son penchant pour la gaudriole, en paroles, *der Leutnant* Schuckraut était au fond un romantique qui aimait les belles histoires où dominait le sentiment. Faute de pouvoir en vivre lui-même, il se projetait volontiers dans celles des autres.

Un jour de février 1944, Marcel, bien inspiré, lui parla de son aventure avec Lili. Leur rencontre, due au hasard. La jolie jeune femme qui se promenait avec ses deux enfants. L'attirance immédiate et réciproque. Puis le sort de la malheureuse, le mari, un rustre indifférent, la belle-mère tyrannique, la détestable fille d'un premier mariage, les employés hostiles et méprisants. Leurs rencontres clandestines et l'harmonie de leurs corps. Schuckraut écoutait, visiblement intéressé. Marcel lui confia alors son désir et son projet de sauver la belle pour lui offrir enfin la vie qu'ils méritaient. Fit-il exprès de taire les espérances de Lili en matière d'argent, qui risquaient de rendre sa démarche moins chevaleresque ? En tout cas il se montra si sincère que *der Leutnant* Schuckraut fut touché. Un homme qui a tenu dans ses bras toutes sortes de femmes, y compris des Parisiennes, et qui rencontre après cela l'amour total et désintéressé, voilà ce que pouvait être aussi ce piètre indic, et ce que lui, hélas, avait bien peu de chances de devenir un jour.

Marcel comprit ce qui se passait dans la tête du gros lieutenant et le profit qu'il pourrait en tirer. Il se confia plus intimement à lui. C'est ainsi qu'il lui révéla, alors qu'il n'en avait encore rien dit à Lili, que des traitements consécutifs à des « maladies honteuses » contractées en Indochine lui faisaient craindre la stérilité. Or il se sentait une âme de père et souhaitait avoir des enfants. D'où sa reconnaissance pour sa belle amie qui lui en offrirait deux, tout faits, adorables, que leur véritable père ne retiendrait pas. *Herr Leutnant* lui aussi adorait les enfants.

Marcel, qui n'avait plus le cœur à ses activités et souffrait le martyre de ne plus s'adonner régulièrement aux jeux de l'amour avec sa belle, en arriva à envisager de solliciter ouvertement l'aide du gros Allemand. Il lui demanderait de lui procurer, c'était dans ses possibilités, des faux papiers pour quitter la région avec Lili et les enfants sans être inquiétés. Il s'arrangerait alors pour la rencontrer et convenir d'un rendez-vous avec elle. Elle accepterait de le suivre, elle l'avait promis. Il glisserait dans la sacoche du vélo un petit bidon d'essence pour la fameuse Traction dont il connaissait l'existence et la relégation au fond d'une grange. Son mari ne portait aucune attention à ses faits et gestes, elle pourrait donc préparer son départ en toute tranquillité. Et un jour proche, il osait l'espérer, Lili serait à lui.

Ce qui le retenait, toutefois, et lui donnait le sentiment de ne pas être un salaud absolu, c'était l'éventualité, et la nature, du prix à payer. Car il y avait l'autre face de son interlocuteur, qu'il n'ignorait pas, et sa position dans le système. Si le gros Schuckraut cédait à des moments de sensibilité, il n'en était pas moins un *Herr Leutnant* de l'armée allemande, soumis à une obligation de résultats. Qu'allait-il exiger en échange de cette faveur ?

Il n'eut pas à réfléchir pour savoir comment s'y prendre, ni même à se demander s'il allait oser. Ce fut Choucroute qui vint à lui...

Il apprit un jour qu'il allait changer d'affectation, et on ne lui cacha pas que son remplaçant avait l'intention de se montrer plus ferme et plus efficace que lui dans la lutte contre les insoumis de toutes sortes. Fini le temps des indics à la Marcel Aubriet qui pour un porc tué en douce ou un sac de patates vendu en fraude laissaient se former des réseaux de résistants, des nids de maquisards dans les bois.

Pauvre Marcel, qui l'avait fait rêver avec sa belle histoire d'amour digne d'un roman.

Herr Leutnant Schuckraut eut envie à la fois de lui venir en aide et de réaliser avec son concours un coup d'éclat avant de céder la place.

Plus personne ne pouvait ignorer l'existence et l'activité des maquisards, puisque de temps en temps – de plus en plus souvent – étaient commis des sabotages. Un jour c'était un train qui déraillait entre Clermont et Verdun, un autre une ligne téléphonique sectionnée. Schuckraut venait d'apprendre que la forêt des trois collines, entre Meuse et Argonne, était leur repaire. Une forêt immense, partagée entre les territoires de plusieurs villages qui figuraient parmi ceux que justement Marcel Aubriet, originaire du secteur, était censé surveiller. Il déplia devant lui une carte d'état-major et pointa son doigt sur les villages en question. Bantheville, Romagne.

— Fous connaissez bien, n'est-ze pas, Martzel ?

Après lui avoir exposé la situation telle qu'elle se

présentait donc, il lui mit clairement le marché en main : Marcel se débrouillait pour repérer précisément la planque des maquisards et lui fournissait toutes les indications pour qu'il puisse les cueillir, moyennant quoi lui, *Herr Leutnant* Schuckraut, s'engageait à lui procurer des papiers qui feraient passer Lili et ses enfants pour sa propre famille.

— Che ne me conduis pas comme un zoldatt digne de notre Führer si che fais ça, Martzel, mais que foulez-fous, che suis un grand zentimental. Alors, Martzel ?

— Alors... oui, *Herr Leutnant*, je les trouverai.

— Faites fite, Martzel, il ne nous reste que deux zemaines.

La forêt des trois collines, la cabane, Lili, « la fille de l'autre », qui n'avait pas baissé les yeux devant lui, même sous la menace du couteau... Si Lili avait voulu le persuader qu'elle ne se trouvait là que pour l'espionner, et si elle avait réussi à l'en convaincre, un doute lui revenait soudain. Mais il voulait la femme d'Etienne Jacquin, rien de plus. Il s'efforça de chasser cette idée de son esprit, pour ne pas risquer de rater la chance unique que lui offrait *Herr Leutnant* Schuckraut.

Une activité intense régnait dans la cuisine de Léonie, qui de ce fait paraissait plus petite encore. Une agitation d'arrière-boutique de boucher-charcutier, dans une odeur chaude et presque écœurante de viande, de graisse et de charcutaille.

La veille avait été tué l'un des deux cochons que

la famille était autorisée à engraisser pour sa propre consommation.

Alain, qui partait pour l'école au moment du transport de l'animal de la soue au lieu du sacrifice, voulait absolument assister à la scène, au grand dam de Lili.

« Ah non, avait-elle crié, je ne veux pas que mes enfants entendent les cris de cette pauvre bête, et encore moins qu'ils voient le sang ! Ça ne pouvait pas attendre un quart d'heure ? »

Et furieuse elle les avait emmenés tous les deux, Alain à l'école, Elise chez mémère Meunier, d'où elle-même avait tardé à revenir.

C'est Jules qui avait planté le couteau dans la gorge du malheureux animal, solidement maintenu au sol par Etienne et Bébert ; Olga avait recueilli dans une bassine le sang tout chaud, dans lequel elle agitait la main pour prévenir la formation de caillots. Le cochon avait ensuite été rapidement grillé, pour faire disparaître les soies, puis gratté, et enfin attaché à une sorte de brancard dressé et arrimé à l'aide de cordes contre la porte de la grange. Restait à le vider. D'un coup précis de son couteau parfaitement aiguisé, Jules avait ouvert en deux le corps de l'animal, découvrant sous la peau la blancheur du lard et l'épaisseur de la chair, libérant la masse fumante des intestins.

Enfin le cochon vidé avait été mis à refroidir dans la grange, parce que la chair ne se travaille pas tiède encore.

Du temps d'Odette, comme lorsque Léonie régnait en maîtresse à la ferme, c'est chez elle qu'avaient lieu le découpage du cochon et sa transformation en rôtis, côtelettes, chair à saucisse, boudin, pâtés et charcuteries de toutes sortes ; la cuisine était spacieuse, la table longue et solide, et la grande cuisinière de fonte pourvue d'un vaste four et d'un bassin qui fournissait de l'eau chaude en quantité.

Les choses avaient changé avec Lili.

« Va-t-on pouvoir faire ça dans sa cuisine toute blanche ? » s'était inquiétée Léonie, la première fois qu'un cochon avait été tué depuis le remariage de son fils.

Non. Consultée par Etienne, Lili avait jeté les hauts cris. Elle ne supporterait pas l'odeur, la graisse, le sang, et tout à nettoyer après.

« Alors on fera ça chez moi, avait admis Léonie, on se débrouillera comme on pourra, j'aime encore mieux travailler à l'étroit que d'être regardée de travers. »

Depuis ce temps-là, depuis huit ans donc, « la cochonnade », comme disait Olga pour résumer tout ce travail, se faisait dans la petite cuisine de Léonie, où il fallait bien se connaître et s'entendre pour réussir à travailler sans se gêner.

Léonie dirigeait les opérations. Tôt le matin, avant la traite et les soins aux bêtes, les hommes avaient découpé le cochon, avec une habileté due à l'expérience, puis ils avaient quitté la place pour laisser le champ libre aux deux femmes, aidées par Agathe car c'était un jeudi. Après avoir mis de côté deux jambons et quelques beaux quartiers de viande et de lard destinés au saloir, elles s'attaquaient aux charcutailles. Agathe, un grand tablier de mamé noué autour de la taille, actionnait la manivelle de la « machine à viande », pour les saucisses et les pâtés. Olga finissait de rincer les boyaux qu'elle avait longuement grattés et lavés. Léonie découpait le lard en tout petits dés pour le saindoux.

Au milieu de la matinée, elles eurent la visite des deux petits qui devinaient des activités passionnantes chez mémère Léonie. Ils restèrent bouche bée devant l'énorme tête toute rose qui attendait sur l'évier d'être mise à bouillir. En riant, Olga coupa un morceau d'oreille qu'elle mit à griller directement au feu de la cuisinière, après avoir soulevé un rond, et le leur tendit. Alain y mordit volontiers, mais la petite Elise, plus délicate, refusa sa part. Léonie leur confia les tranches de foie qui, accompagnées d'une purée de pommes de terre, constituaient traditionnellement le repas des jours de « cochonnade » et que Lili daignerait préparer pour toute contribution à cette chaude journée.

Ce repas, plus encore que les fois précédentes, se déroula dans une ambiance tendue, Lili faisant clairement sentir à ses hôtes imposés qu'elle les servait de mauvaise grâce. Tous, même les enfants, mangèrent en silence, au seul bruit des ustensiles entrechoqués et des plats déposés avec rudesse par la maîtresse de maison. Sitôt la dernière bouchée avalée, Jules donna le signal du départ en repliant son couteau et en déclarant :

— J'm'en vas faire mon p'tit somme, moi.

Les femmes le suivirent, et Léonie ne put se retenir de dire à sa bru, avec ce ton à la fois glacial et ironique qu'elle lui réservait :

— On te laisse la vaisselle, Lili, puisque tu n'as que ça à faire de tout l'après-midi !

Avant d'aller s'occuper dans la remise qui lui servait d'atelier, où en hiver, à ses moments perdus, il remettait en état les outils de la ferme, fourches, balais de « boule », brouettes, faux, ainsi que les harnais de ses chevaux, Etienne s'attarda un moment dans la cuisine en buvant un peu de faux café.

Sans préambule Lili l'attaqua.

— Non mais tu les as vus comme moi, Etienne ! leurs regards ! Tu pourrais vivre, toi, au milieu de gens qui te détestent ? Qui te veulent du mal ? Qu'est-ce que je leur ai fait ? Ce n'est tout de même pas moi qui ai fait mourir ta... ta... enfin l'autre.

— Ce n'est pas ma mère non plus, ni Agathe, pauvre enfant, même si j'ai commis l'erreur de le croire et de le lui reprocher. Elle n'a tué personne, au contraire elle a sauvé son petit frère, et tu le sais aussi bien que moi.

Il avait presque crié cette fois. Du sauvetage d'Alain il était clairement question entre eux pour la première fois. Lili ne s'y attendait pas, elle porta sa main à sa bouche comme pour refouler des paroles. Il y eut un échange de regards, mais elle baissa les yeux la première. Puis, comme Etienne ne poursuivait pas son avantage, elle tenta de reprendre la conversation sur un autre registre, de sa voix d'embobineuse comme aurait dit Léonie.

— C'est un tort d'être jolie ? De ne pas savoir traire ? De n'avoir ni la force ni le goût de cultiver la terre ?

Etienne vit alors les deux enfants qui les regardaient. Ils avaient dans les mains des ciseaux et des pages des vieux catalogues qu'ils découpaient dans leur chambre quand ils avaient entendu les éclats de voix. Démuni comme toujours devant eux, il préféra s'en retourner à ses travaux.

Quant à Bébert, désœuvré, il eut l'idée de se joindre aux femmes. Léonie tenta de lui faire éplucher les oignons pour le boudin, il en fallait un demi-panier, mais elle dut y renoncer tant il s'y prenait mal. Elle le mit alors à surveiller les « cretons » dans le chaudron, ce qui restait des petits morceaux de lard qui avaient rendu toute leur graisse, déjà coulée dans des bocaux mis à refroidir. Rissolés à point, presque desséchés, c'était une véritable friandise quand on les servait le soir avec une salade frisée. Alertée par l'odeur de roussi, elle les sauva à temps, ce qui acheva de la mettre de mauvaise humeur. Pour comble de malchance, ça ne tournait pas rond non plus du côté des saucisses, où les boyaux, peut-être un peu trop grattés par Olga, avaient une fâcheuse tendance à éclater.

Lorsque enfin elle surprit le pauvre Bébert en train de goûter en douce, avec ses doigts, la chair à pâté toute crue qu'elle venait d'assaisonner de vin blanc, de poivre, d'échalote et de persil, elle le flanqua à la porte sans ménagement.

— Bébert, tu es là dans nos jambes à nous embêter, va voir ailleurs si j'y suis !

Surpris par ce ton inhabituel et contrarié de devoir quitter la cuisine où il faisait si chaud et où ça sentait maintenant si bon, Bébert prit la mouche et sortit en claquant la porte.

— Vous y êtes peut-être allée un peu fort, Léonie, remarqua Olga, c'est pas un mauvais gars, ce pauvre Bébert.

— Ne vous en faites pas pour lui, il ne tardera sûrement pas à revenir.

Mais déjà Bébert s'éloignait de la ferme, les mains serrées au fond de ses poches, en faisant le gros dos sous le vent.

— Puisque qu'on ne veut pas de moi ici, j'm'en vas aller voir les gars, là-haut, je saurai bien les trouver tout seul.

Quand Bébert avait quelque chose en tête, il n'en démordait pas facilement. Il aurait fallu ce jour-là davantage que le froid, qu'il semblait à peine ressentir, pour lui faire rebrousser chemin. Il montait à grands pas vers la forêt des trois collines, par le chemin qu'empruntaient généralement les attelages. Il savait où se rendre. Etienne l'avait emmené quelques jours plus tôt là-haut, dans le tombereau tiré par la Sophie. Il avait vu le vieux fortin, mais de loin, parce que le patron lui avait donné l'ordre de rester à distance.

— Ils sont là-dedans, les gars, Bébert, mais c'est un secret qu'il ne faut dire à personne. Jules et moi, on est les seuls à avoir le droit de les voir.

Les gars. C'est ainsi qu'entre eux Etienne et Jules désignaient les maquisards qu'ils continuaient de ravitailler en nourriture et maintenant en matériel, notamment des explosifs, déposés de nuit, dans une remise laissée entrouverte à leur intention, par des membres du réseau de monsieur Caron. Ils s'étaient d'abord abstenus d'en parler en présence de Bébert, comme ils l'auraient fait devant un enfant. Puis, un peu moins vigilants ou parce que Bébert les surprenait parfois sans qu'ils s'y attendent, ils avaient lâché quelques paroles devant lui.

Bébert n'était pas très malin, mais pas au point de ne rien comprendre du tout.

« Des gars ? Qui c'est ces gars-là ? Ils sont où ?

— Maintenant qu'il en sait un peu, faut lui en dire plus, avait dit Jules, sinon il risque d'en parler dans le village et ça peut mal tourner. Il t'écoute bien, toi, Etienne, et tu sauras mieux que moi lui expliquer les choses et lui faire tenir sa langue. »

Bébert aimait qu'on lui témoigne de la confiance, qu'on le prenne pour un homme, du moins qu'on sache le lui faire croire, c'est pourquoi Etienne avait choisi de l'emmener jusqu'au fortin, pour obtenir son silence en échange.

Tout en marchant, sur le chemin d'abord, puis dans la forêt, Bébert se répétait les paroles d'Etienne ce jour-là.

« Ils n'aiment pas les Boches, ces gars-là, ils veulent les foutre dehors. Si les Boches les attrapaient, ils les tueraient. Alors ils sont obligés de se cacher dans les bois. Ils n'ont rien à manger, c'est pour ça qu'on leur en porte. Si les Boches le savaient, ils nous feraient du mal, peut-être même qu'ils nous tueraient, nous aussi. T'es un homme, Bébert, qu'il m'a dit Etienne, tu peux comprendre ça. Oui j'ai compris. Compris aussi qu'il ne faut le dire à personne, même pas au père et à la mère Cornaille. Motus et bouche cousue.

Mais pourquoi qu'il a pas voulu que je voie les gars, Etienne ? J'aurais bien voulu les voir, moi. Ils ne connaissent que Jules et moi, qu'il a dit, mais moi je travaille avec eux, alors c'est pareil. Je compte pas comme Jules, moi, alors ? »

Que s'imaginait-il, le pauvre Bébert ? Qu'on ne ressemblait pas à un homme ordinaire quand on voulait foutre les Boches dehors et qu'on était menacé de mort pour ça ? Sans doute aurait-il été déçu, s'il avait pu les voir, avec leurs visages mangés de barbe et leurs accoutrements disparates qui les faisaient ressembler davantage à des bandits qu'à des héros.

« Tu ne parles pas de ça, Bébert, à personne ! lui avait encore dit Etienne en redescendant au village. Promis ? »

Promesse muette, réduite à un seul hochement de tête, mais scellée par une forte poignée de main, entre hommes. Etienne avait cependant omis de prendre une précaution : lui interdire de monter seul vers la forêt. L'idée que Bébert pût être tenté de le faire ne lui avait pas effleuré l'esprit.

Le grand dadais n'avait pas osé revenir sur le sujet des « gars », mais il en avait gardé un sentiment de frustration, brusquement réveillé par la colère de Léonie.

Et maintenant il était là, à quelques dizaines de mètres du fortin.

— Halte-là ! Les mains en l'air !

Un homme était devant lui, avec une arme dont il

le menaçait. Un homme qu'il n'avait pas vu venir, dont il n'avait pas entendu les pas, comme surgi de nulle part. Un homme qu'il ne reconnut pas ; il n'avait fait que l'apercevoir, de loin, sur une moto. Sous l'effet de la surprise et de la peur, il ne pensa pas à celui dont il avait pourtant souvent entendu parler, sous des appellations diverses : le copain des frisés, le traître, ce salopard de VDG.

Marcel, bien décidé à recueillir des indices pour *Herr Leutnant* Schuckraut, ratissait cet après-midi-là la forêt des trois collines. Pas très rassuré, à vrai dire. Il aurait pu demander et obtenir du renfort, mais il avait préféré agir seul, pour cette première investigation, afin de recueillir seul les bénéfices de son éventuelle découverte. Pour conjurer le sort et chasser toute idée d'un rapport avec la famille de Lili, il s'était résolument dirigé du côté opposé à la cabane.

Il n'était pas loin du but. Quelques instants de plus, et il découvrait le fortin. Aurait-il alors flairé le repaire des maquisards, qui se relayaient pour surveiller les alentours par une étroite meurtrière ? Aurait-il tenté de s'en assurer ? Ou bien « les gars », le voyant seul et comprenant, à sa tenue et à son arme, à qui ils avaient affaire, auraient-ils pris l'initiative de l'accueillir à leur manière ? Que serait-il advenu de VDG ? Le gros Choucroute, sans doute, serait parti vers sa nouvelle affectation sans avoir revu son piètre indic. Et les habitants des villages alentour n'auraient pas tardé à se dire : « Tiens ! On ne voit plus le Marcel Aubriet sur sa moto ! Bon débarras ! » Plus tard, par hasard, des bûcherons ou des chasseurs auraient retrouvé ses restes dans un taillis.

Le destin, parfois, tient à peu de chose.

Bref, le pauvre Bébert, qui sentait enfin le froid et claquait des dents, tombait à point pour VDG.

Il l'avait vu venir, la tête baissée, les mains dans les poches de son mince paletot, marchant du pas de quelqu'un qui sait où il va. Ce grand gaillard qu'il avait maintenant devant lui savait quelque chose. On l'utilisait. « On ». C'était là l'important. Ce qu'il fallait obtenir de lui. Les noms de ceux qui lui donnaient des ordres.

Pour achever de l'affoler et lui faire perdre ses faibles moyens, il l'accabla de questions, ponctuées de bourrades et de gifles :

— Comment tu t'appelles ? Où tu vas ? Qu'est-ce que t'as dans les poches ? Qui t'a envoyé ici ? Y a des gars cachés dans le bois ? Tu sais où ? Qui te donne des ordres ? De quel village tu viens ? Donne-moi le nom de ton chef !

Des étoiles dansaient devant les yeux de Bébert. Il parvint à articuler, dans un réflexe de défense :

— Je les connais pas, moi, les gars, je les ai jamais vus. J'ai pas eu le droit. Je veux p'us les voir. Je veux m'en retourner.

— Eh bien va-t'en ! Qu'est-ce que tu attends ? Va-t'en, je te dis !

Bébert se retourna pour rebrousser chemin. Il sentit l'arme dans son dos. Alors il commença à marcher. VDG remit son pistolet à sa ceinture, mais lui emboîta le pas.

Jusqu'à l'orée du bois. Puis sur le chemin.

Bébert se retournait souvent. L'homme l'avait laissé prendre un peu d'avance, mais le suivait toujours. Il se mit à courir. L'homme aussi. Alors il s'arrêta. Mais le pistolet braqué vers lui lui donna l'ordre de poursuivre.

A mi-pente le chemin se divisait en deux, à droite vers Romagne, à gauche vers Bantheville, et là VDG comprit que son otage l'emmenait vers le village où habitait la famille Jacquin.

Il eut un bref instant d'hésitation.

Quitte ou double. Jamais Lili n'avait fait allusion à ce grand benêt dans l'entourage de son mari. Alors double !

Il devait être quatre heures, pas plus, quand l'un derrière l'autre ils arrivèrent au village. Il n'y avait personne dans les rues. Marcel ne savait pas où se trouvait la ferme d'Etienne Jacquin. Il avait préféré l'ignorer. « Ne me dis pas où est ta maison, avait-il demandé à Lili, sinon je serais tenté de m'en approcher trop souvent pour te voir, et nous risquerions des imprudences. »

La mère Cornaille fermait toujours ses volets avant même la tombée de la nuit. Quand elle sortit pour les pousser du dehors, elle se trouva presque nez à nez avec Bébert et ne distingua pas tout de suite celui qui le suivait.

— Qu'est-ce que tu fais à c't' heure-ci dans la rue, au lieu d'aider la Léonie qu'a tellement de travail ? Mais t'en fais une tête !

Elle reconnut alors VDG et rentra précipitamment dans la maison pour appeler le père ; pauvre femme simple elle aussi, elle ne faisait jamais rien, même les choses les plus anodines, sans son avis.

Le temps qu'elle lui explique ce qu'elle venait de voir et qu'il accepte de la croire, quand ils ressortirent, Bébert et VDG, hors de leur vue, entraient dans la cour de la ferme Jacquin.

Ils tombèrent sur Olga. Un grand panier d'osier au bras, elle venait de porter à Lili les bocaux de saindoux et les terrines de pâté qui lui revenaient.

— Te v'là revenu, toi ? lança-t-elle à Bébert. T'as l'air gelé, viens vite te réchauffer chez Léonie, il y a belle lurette qu'elle a oublié sa colère.

Mais quand elle vit VDG, son pistolet à la main, elle en laissa tomber son panier de saisissement et poussa un grand cri de frayeur.

Marcel s'était figé, reconnaissant en elle la femme boulotte qui ramassait des pommes de terre avec « la fille de l'autre », surprise elle aussi à rôder dans la forêt des trois collines. Ainsi donc son premier instinct ne l'avait pas trompé, non seulement le mari de Lili trempait dans cette affaire de maquisards qu'il cherchait à tirer au clair, mais c'est à proximité de chez lui qu'il se trouvait maintenant.

Pensa-t-il alors à fuir ? Si oui, il n'en eut pas le temps ; le cri d'Olga avait alerté Léonie et Agathe, qui avaient laissé la porte ouverte derrière elles et se remettaient un instant, sur le seuil, de la touffeur de la cuisine surchauffée par la cuisson des cochonnailles. Elles accoururent. Ce cri, Etienne aussi l'avait entendu alors qu'il arrivait de la remise, un outil à la main. Et Lili.

Ils étaient tous là, avec dans les yeux le grand vide de la stupeur qui précède les orages.

Il ne manquait que Jules. Non, il arrivait, claudiquant derrière les Cornaille qui l'avaient rameuté au passage.

Tous les yeux soudain animés se tournèrent les uns vers les autres, cherchant des réponses, espérant des démentis à leurs soupçons. N'y tenant plus, Jules rompit le silence devenu insoutenable.

— Fumier ! cria-t-il en se précipitant vers Marcel, fumier de vendu ! Qu'est-ce que tu viens foutre ici ? Nous arrêter ? Qu'est-ce que t'attends ? Du renfort ? Ils arrivent derrière toi, tes amis les chleuhs ? Eh ben oui, on est tous des résistants ici, et pas des salauds comme toi ! Alors, qu'est-ce que t'attends ? Tire, si t'es un homme, j'aime mieux crever que de continuer à voir un salopard de ton espèce !

— Il ne vient pas pour vous, il vient pour moi. Il vient me chercher.

Lili s'avançait vers Marcel, lui tendait la main. Il la prit.

Léonie, Agathe, Olga et Jules, et même les Cornaille, tous se tournèrent alors vers Etienne, pétrifié, le visage blême comme si tout son sang d'un coup s'en était retiré, les poings serrés, les yeux fermés. Il les rouvrit pour voir les deux petits, Alain et Elise, rejoindre leur mère, prendre eux aussi la main de Marcel dont ils avaient reçu des bonbons.

— Je m'en doutais ! J'en étais sûre qu'elle fricotait avec lui ! hurla Léonie en s'approchant des amants, le poing tendu. T'es qu'une putain, Lili !

Etienne, j'en étais sûre, ça dure depuis le début, depuis qu'il est revenu par ici, ce... ce...

Elle s'étranglait dans sa colère.

Marcel laissa tomber son pistolet au sol et prit la petite Elise dans ses bras.

Jules se précipita pour ramasser l'arme.

— J'vas lui faire la peau ! J'vas le tuer ! Le salopard, le traître, le voleur de femme !

Il tenait le pistolet d'une main mal assurée et en même temps reculait pas à pas, impressionné par le silence des autres, surtout celui d'Etienne, toujours immobile, qui avait refermé les yeux et se forçait à de longues respirations régulières.

Léonie tenta une dernière charge.

— Je comprends tout maintenant ! C'était donc ça les promenades à vélo pendant que les autres travaillaient ! Et les bonbons aux gosses, pour les amadouer ! Je le savais bien quand t'es entrée dans not' famille que c'était pour y amener le malheur ! T'as détourné ton mari de sa mère, et de sa fille, tu l'as empêché de l'aimer ! Tu t'es jetée comme une chienne dans les bras d'un voyou, d'un collabo ! Vous ne l'emporterez pas au paradis, tous les deux !

— Assez, mère, assez !

Etienne avait crié. Il s'avançait de quelques pas, toujours très pâle, mais apparemment maître de lui-même.

Il continua d'une voix blanche :

— Allez-vous-en tous. Rentrez chez vous. Repose ça par terre, Jules. Prends les deux petits et va chez ta mère, Lili. Laissez-moi seul avec... avec lui.

Abasourdis par l'intensité d'une telle scène, qui

allait alimenter longtemps leur réflexion pesante, les Cornaille tournèrent aussitôt les talons. Puis Olga, qui tira Jules par la manche.

— Toi aussi, mère, poursuivit Etienne, je sais ce que j'ai à faire, fais-moi confiance. Occupe-toi d'Agathe.

Agathe ? Il la chercha des yeux. Elle avait reculé. Pliée en deux, les mains sur les oreilles pour ne plus rien entendre, elle vomissait.

10

En entendant le bruit du moteur de la Traction, qui démarra environ une demi-heure après qu'Etienne eut donné à tous l'ordre de se disperser, Léonie se tourna vers Agathe. Jusque-là elles étaient restées comme indifférentes l'une à l'autre, la vieille ruminant sourdement sa colère, laissant échapper parfois des injures, la gamine repliée sur le trop-plein d'émotions et de sentiments dont elle avait encore le goût de fiel aux lèvres.

Leurs regards se croisèrent, chargés des mêmes interrogations : qui s'en allait ? les deux ? pour où ? pour quoi ?

Jules et Olga, à l'affût du moindre indice sur la situation, reconnurent aussi le ronflement de la Traction, qui interrompit leur discussion, toute proche de la dispute.

« Fallait le descendre ! n'avait cessé de répéter Jules. Il l'avait belle, Etienne, puisque l'autre salopard avait jeté son revolver ! Ah, si ç'avait été moi ! J'aurais dû le faire, tiens, même si c'était pas mon rôle ! Un traître, qui lui vole sa femme et ses gosses ! Je l'comprends pas, Etienne, je l'comprends pas ! »

Il s'en était pris à Olga qui tentait de le calmer, allant jusqu'à l'accuser de se faire complice du vice quand elle disait qu'il y avait déjà bien assez de malheur sans vouloir en rajouter encore.

« Tuer une ordure, t'appelles ça du malheur ! »

Il ne s'était arrêté de récriminer que pour guetter, par la porte restée entrouverte malgré le froid, le bruit qu'il attendait, qu'il espérait, la détonation qui lui prouverait qu'Etienne s'était enfin décidé à agir en homme d'honneur.

Quand la voiture passa devant chez eux, la pénombre de la nuit tombante leur permit tout juste d'y apercevoir la seule silhouette d'Etienne.

Comme Léonie et Agathe, ils échangèrent alors un regard lourd d'interrogation.

Puis :

— Si on profitait qu'il est parti pour aller aux bêtes ? dit Olga.

Jules avait trop le sens du devoir pour ne pas lui donner raison.

Quant aux Cornaille, portes et fenêtres soigneusement calfeutrées, ils avaient repris le cours de leur train-train quotidien, la soupe du soir préparée par la mère sous l'œil du père, assis, le chat sur les genoux, la provision de bois pour le lendemain entassée près de la cuisinière par Bébert. Le tout sans un mot, comme d'habitude, mais avec des gestes suspendus, des hochements de tête et de lourds soupirs qui trahissaient le bouleversement de leurs esprits.

Quand Etienne revint, il remarqua que l'étable était éclairée et s'y rendit directement. Olga coulait un seau de lait dans le bidon, Jules remplissait les râteliers de foin.

— Laisse ça, lui dit Etienne, faut que tu montes tout de suite là-haut voir les gars. Ce grand couillon de Bébert n'a rien trouvé de mieux que d'y aller tout seul cet après-midi. Tout près du fortin Marcel Aubriet lui est tombé dessus, c'est comme ça qu'il a atterri ici, pour en savoir plus. Il ne dira rien, il ne vendra personne, mais il n'est pas seul sur le coup, les Boches savent qu'il y a des maquisards dans la forêt des trois collines et ils ne vont sûrement pas tarder à s'occuper d'eux. Il faut prévenir les gars de déguerpir rapidement. Je viens de voir monsieur Caron, pour le prévenir lui aussi.

— Il ne dira rien ? T'es sûr, Etienne ?

— Oui.

Jules se méprit et se mit à rire.

— Alors, tu l'as... tu l'as...

Il fit le geste, comme avec un couteau.

— Non. Je l'ai remmené chez lui. Il va quitter le coin. Il ne donnera personne avant de s'en aller. J'ai sa parole. Allez, vas-y, Jules, monte avertir les gars.

Jules, le visage à nouveau fermé, presque hostile, tardait à poser sa fourche.

— T'en fais pas pour le travail, je finirai ça tout à l'heure.

Etienne n'était pas dupe, il savait que ce n'étaient pas les quelques vaches non encore servies qui meuglaient en remuant leurs chaînes qui tracassaient Jules ; mais de ce qui s'était passé entre

Marcel Aubriet et lui, d'homme à homme, les yeux dans les yeux, et de l'incroyable marché qu'ils avaient conclu, il ne se sentait pas prêt à parler. Peut-être même doutait-il déjà de pouvoir y parvenir un jour. Jules le comprit, à défaut de l'admettre.

— Bon, ben puisque c'est comme ça j'vas monter là-haut.

— Tiens, ajouta Etienne en sortant de sa poche le revolver qu'il avait ramassé, tu jetteras ça dans le ruisseau, en passant.

Il se rendit ensuite chez Léonie, prévenant du geste et du regard tout débordement prématuré de sa part. Mais une fois qu'il eut répété à peu près ce qu'il avait expliqué et ordonné à Jules, il ne protesta pas quand elle souleva l'autre aspect du drame. Elle en avait bien le droit.

— Et elle, dans tout ça ?

— Elle ? On le savait, qu'elle n'était pas faite pour notre monde, qu'elle nous quitterait un jour.

— Oui, mais quand même pas comme ça, pas avec un...

Vaincue, elle renonça d'elle-même à une nouvelle colère.

Avant de quitter la pièce, Etienne s'approcha d'Agathe. Elle l'avait écouté passionnément, fière de sa force, de sa sagesse. Il la prit dans ses bras, la serra contre lui.

— Ma grande fille, lui dit-il, très ému, je suis sûr que toi, au moins, tu me comprends.

Marcel disparut du secteur. Personne ne sut où il s'en était allé, même pas ses parents, du moins l'affirmèrent-ils. Connaissaient-ils ses liens avec la femme d'Etienne Jacquin ? Savaient-ils comment le scandale avait éclaté ? Oui, répondirent-ils à ceux qui osèrent le leur demander, mais ils voulaient rester en dehors de cette affaire, qu'ils n'approuvaient pas. C'étaient de braves gens, on les crut, on eut la bonté de ne pas les tracasser davantage.

Quant à Lili, elle se trouvait chez ses parents, affolés par la gravité de la situation, dont ils redoutaient les conséquences à la fois pour elle et pour eux.

Etienne vint s'entretenir avec elle, en leur présence, des conditions de leur séparation.

Elle semblait avoir perdu beaucoup de son agressivité et de son culot. Elle ne manifesta aucune exigence et n'osa pas remercier Etienne lorsqu'il lui dit son intention de lui rendre sa liberté sans histoire, et même de partager les torts pour simplifier la procédure de divorce. Il parla de leur contrat de mariage dont il entendait respecter les clauses.

— Je suppose que la part de la ferme qui te revient ne t'intéresse pas, lui dit-il, tu en auras la compensation en argent.

Les deux petits ne se trouvaient pas dans la pièce, la cuisine de la mère Meunier. Il ne demanda pas où ils étaient. Il les revoyait courant vers Lili et Marcel, dont la main avait lâché son arme pour prendre la fillette dans ses bras. Une image qui l'avait profondément marqué et qui avait pesé son poids, ensuite, dans le déroulement de leur tête-à-tête. Choqué d'abord, et intérieurement blessé par ce désaveu dans sa dignité de père, il y avait vu aussitôt la preuve de sa propre impuissance à savoir se faire aimer de ces deux enfants-là. Et la certitude lui était venue que, dans son rival infâme si justement décrié par tous, subsistait cependant une parcelle d'humanité.

— Je te laisse les enfants, dit-il seulement d'une voix cassée par l'émotion, je te donnerai de quoi t'occuper d'eux.

Lili n'avait fait qu'acquiescer à toutes les propositions d'Etienne. Quant aux parents Meunier, qui avaient ouvert la porte à leur gendre en tremblant parce qu'ils craignaient le scandale, la violence, ils n'avaient prononcé aucune parole.

La mère sortit avec lui et le raccompagna jusqu'à la porte de la courette qui entourait la maison.

— Faut tout de même que je vous dise merci, lui dit-elle, parce qu'on ne s'attendait pas à ce que ça se passe aussi bien. Et puis dites, vous ne croyez pas qu'il vaudrait mieux attendre un peu, voir comment les choses vont tourner, avant de...

S'était-elle mise à espérer soudain, frappée par la maîtrise d'Etienne, la possibilité d'un revirement ?

— Comme elle voudra, répondit-il, mais ça ne changera rien.

— Non, bien sûr, ça ne changera rien, soupira la mère Meunier.

Lili ne resta pas chez ses parents. Tantôt ils affichaient devant elle un silence réprobateur, tantôt ils se répandaient en jérémiades et en interrogations sur son avenir. Une chose était certaine pour eux : elle ne devait pas s'éterniser ici.

Par son père, elle fit savoir à Etienne qu'elle viendrait un soir chercher ses affaires et celles des enfants.

Léonie les vit passer, le père poussant une brouette, la putain, comme elle disait chaque fois que se ravivait sa colère, regardant droit devant elle.

— Elle vient se servir, siffla-t-elle entre ses dents.

Elle eut envie de se rendre chez son fils pour défendre ce territoire, qui avait aussi été le sien et celui d'Odette, contre celle qui y avait perdu tous ses droits. Mais Etienne, elle le savait, lui barrerait la porte, et elle préféra ne pas courir le risque d'une humiliation de plus.

Elle voulait les voir repartir, elle guettait derrière le rideau.

— Tiens, les v'là !

La brouette était comble, Lili chargée de multiples sacs et valises. Elle ne put y tenir. Elle ouvrit la fenêtre.

— Putain ! Voleuse !

Lili ne se retourna pas.

Agathe était chez Olga. Quand elle rentra, Léonie lui raconta la scène.

— Ton père, dit-elle pour conclure, je l'comprends pas.

Lili partit avec les deux enfants chez l'une de ses tantes, une sœur de sa mère, une vieille fille qui tenait à Longuyon un petit commerce, un bazar qui allait de la quincaillerie à la papeterie en passant par la mercerie. La tante fut ravie de la présence d'Elise.

Le caractère d'Alain, confronté à l'école à un instituteur plus sévère encore que madame Loriette et à des gamins plus délurés que lui devant lesquels il lui fallait plier, commença de s'assouplir. Lili fit connaissance avec certaines difficultés de ravitaillement et de chauffage (et encore, Longuyon n'était pas une grande ville...), mais trouva dans le commerce, pourtant peu florissant en raison de l'époque, l'occasion de réhabiliter ses qualités, sa coquetterie, son bagout, qui la faisaient passer au village pour une paresseuse et une dévergondée.

Elle eut bientôt des nouvelles de Marcel, auquel la mère Meunier n'avait pas refusé de donner son adresse. Puisqu'il l'avait voulue, la Lili, c'était bien à lui de s'en arranger.

Au lendemain du scandale, sans avoir revu le gros Choucroute ni aucun de ses acolytes qui gravitaient autour des Allemands, il avait réussi à se rendre à Paris où il disait se faire des plus discrets en attendant de voir comment les choses allaient évoluer. Mais surtout il lui renouvelait ses serments d'amour et ses promesses. « La guerre finie, écrivait-il, nous oublierons ensemble tous ces événements tragiques. »

Elle lui resta fidèle. Elle l'avait dans la peau. Elle avait connu quelques hommes, au temps de sa jeunesse et de ses escapades en ville, mais aucun n'avait su la combler comme lui, avec ce mélange de fougue et de douceur qui la rendait folle. Quant à Etienne... Lui était fou d'elle, au début, alors que, de son côté, elle n'avait jamais fait que jouer avec lui la comédie de l'amour, pour le réduire, le dominer, l'éloigner de son entourage qui la détestait.

Elle éprouva bientôt le besoin de se confier à sa tante, ne serait-ce que pour pouvoir prononcer le prénom de son amant.

— Un collabo, murmura sa tante quand elle lui avoua toute la vérité au sujet de sa présence chez elle.

La mère Meunier n'avait pas tout révélé à sa sœur. Lili avait été coupable d'infidélité, elle n'avait pas dit avec qui, son mari l'avait chassée, il ne lui pardonnerait jamais.

— Un collabo, répéta la tante, ça alors.

La situation était tellement plus forte et romanesque que la version banale de la mère Meunier... Plus dangereuse aussi, et incertaine quant à l'avenir.

— Comment vous ferez, alors, après la guerre ? Vous irez vivre où ? En Allemagne ?

— En Allemagne ? Pourquoi donc ?

Lili réalisa soudain. Collabo. Elle n'avait jamais vraiment réfléchi au sens profond du mot, ni à tout ce qu'il pouvait impliquer. Collabo, elle s'en fichait, comme elle se fichait de tout ce qui concernait la guerre. Les circonstances dans lesquelles leur amour avait éclaté au grand jour l'avaient impressionnée sur le coup. Et maintenant la tante lui faisait entrevoir l'effrayante conséquence de cet engagement de son amant.

Son trouble fut de courte durée.

Une lettre de Marcel arriva le lendemain. Après les habituels serments d'amour, il y avouait ses états d'âme. Il n'avait apporté son aide aux Allemands que par déception, par dépit, et n'y avait jamais trouvé les satisfactions espérées. Il s'était senti intérieurement soulagé quand il avait dit à Etienne de prévenir les maquisards de la traque dont ils étaient l'objet. Il n'était pas le salopard dont les circonstances lui avaient fait donner l'image.

Ce revirement devait en effet se confirmer six mois plus tard, le 25 août, jour de la libération de Paris, quand dans la liesse et la pagaille générales Marcel rallierait les troupes françaises et participerait à leur côté aux combats de rue, retrouvant à ses propres yeux, et à ceux de Lili, sa dignité momentanément égarée.

Le vieux fortin avait été évacué par ses occupants provisoires dès la visite de Jules, qu'ils avaient chaleureusement remercié. Ils ne s'étaient départis ni de leur gaieté ni de leur enthousiasme.

« Bonne chance, les gars », leur avait dit Jules en les quittant, un sanglot dans la voix.

Sanglot d'émotion, à les voir si courageux, et de colère, contre le salopard qui les avait traqués, contre Etienne qui l'avait cru sur parole.

Marcel avait dit vrai. La forêt des trois collines était dans le collimateur des autorités d'occupation. Si les maquisards connus d'Etienne et de Jules réussirent à s'échapper, en revanche un autre groupe qui s'y cachait, sur le versant opposé, fut quelques jours plus tard l'objet d'une attaque allemande. Grenades. Fusillade. Des morts. Des arrestations. Plus celle, le surlendemain, du pharmacien du bourg, livré sous la torture par un jeune gars.

Monsieur Caron vint en avertir Etienne. Puis, sur

les supplications de sa femme, il cessa toute participation active à la résistance, se limitant à l'écoute clandestine de la radio de Londres, à l'attente de nouvelles favorables, à l'espoir de la victoire.

Lorsque Olga pénétra dans le lavoir, les femmes qui s'y trouvaient déjà se turent et se concentrèrent sur leur travail. Sans un mot elle déchargea sa brouette qu'elle poussa dans un coin, contre le mur, puis s'agenouilla dans son coffre à laver, son ballot de linge d'un côté, son seau d'eau chaude de l'autre, son morceau de savon et son battoir sur la planche, devant elle. Elle tira une première pièce de linge, une chemise d'homme, qu'elle trempa dans l'eau chaude, étendit sur la planche et savonna copieusement, sans toutefois obtenir de véritable mousse. Le savon, le vrai, était une denrée introuvable, aussi fallait-il se contenter de celui que vendait le père Mouton, un ersatz à base de graisse animale, grisâtre et sans parfum.

Elle avait entendu caqueter les femmes avant de pousser la porte du lavoir. Elles étaient une bonne demi-douzaine puisque c'était lundi, jour traditionnel de lessive après la grande « rechange » du dimanche, et à leur silence subit elle devina quel genre de conversation elle avait interrompu.

Personne, en dehors de la famille Jacquin, des Perruchot et des Cornaille, qui leur étaient entièrement dévoués et qu'on aurait interrogés en vain, n'avait assisté à la fameuse scène avec VDG. Mais les conséquences, à défaut du déroulement précis, en avaient été rapidement connues de tous, ainsi que le lien avec la présence des maquisards dans la forêt des trois collines. Il avait été facile de constater que Lili était retournée chez ses parents avec ses enfants avant de disparaître du village. D'autre part, la nouvelle de l'affrontement sanglant entre les maquisards et les Allemands, de la disparition soudaine de Marcel Aubriet et de l'arrestation du pharmacien de Montfaucon avait été rapidement colportée par les quelques commerçants qui ravitaillaient les villages concernés. Il faut dire aussi que dans ces coins de campagne où tout le monde se connaissait, se côtoyait dans les activités quotidiennes, où il n'était pas besoin d'épier pour voir, de questionner pour savoir, on n'ignorait rien, ou presque, des autres.

Les faits touchant à la résistance avaient surtout frappé les esprits des hommes et donné à réfléchir à certains. Les idées des uns et des autres quant à l'occupation du pays, leurs sympathies, leurs engagements, voire leurs actions, constituaient une des rares zones d'ombre de leur existence. Au même titre que l'argent. Quand ils concluaient des affaires, ventes de bestiaux, reprises de terres, ils n'aimaient pas en révéler le montant, ou alors le révisaient à la baisse. De la même façon ceux qui tiraient profit de la guerre le faisaient en douce, et ceux qui œuvraient de l'autre côté étaient des plus discrets. La preuve : pour Etienne, on ne savait pas.

Quant aux femmes, confrontées surtout aux conséquences économiques de la guerre, les difficultés d'approvisionnement, le casse-tête des tickets, elles se contentaient le plus souvent d'écouter et d'approuver les hommes quand ils parlaient politique.

En revanche le rôle de Lili dans l'histoire, ses amours clandestines et coupables, l'infortune du malheureux Etienne, qui après avoir perdu une première femme tragiquement avait laissé filer la seconde sans chercher à se venger, tout cela leur avait fourni un sujet de conversation passionnant et inépuisable.

Et quel lieu plus propice, pour parler entre femmes d'une autre femme, que le lavoir, où les hommes n'entraient jamais, sauf parfois – rarement – un mari plus prévenant que les autres qui poussait une brouette trop lourde et se dépêchait de sortir, comme gêné de se trouver dans cet endroit incongru ?

Même sans se parler, au lavoir, rien qu'en y faisant ce qu'on venait y faire, on livrait une belle part de son intimité. La matière du linge et des vêtements, leur état, les raccommodages, les rapiéçages disaient l'aisance, la pauvreté, l'avarice, le goût de paraître. Et puis le sang régulier des femmes, son abondance, ou son absence. Celui des accouchements. Les souillures des draps. Les habitudes des hommes, ceux qui portaient des caleçons, ceux qui n'en portaient pas, qui emballaient leur « bazar » dans les grands panneaux de leur chemise. Sans compter qu'en temps de guerre, un vêtement trop neuf, un morceau de vrai savon livré aux regards pouvaient trahir certains commerces.

Dévoiler ainsi son intimité donne bien le droit de

s'occuper un peu de celle des autres... Les amours de la Lili et de son collabo d'amant étaient donc une fois de plus sur le tapis ce lundi-là au lavoir.

Parmi les laveuses, certaines avaient son âge, étaient allées à l'école, au catéchisme, au bal avec elle. Mises en garde par leurs parents qui redoutaient son exemple, mais admiratives, et un peu jalouses au fond, de ses audaces et de son pouvoir sur les garçons. L'une après l'autre, elles étaient devenues des épouses, des mères « comme il faut », jugées sur leur propreté, leur travail, leur capacité à élever des enfants, à bien servir leur mari, ce dont, heureuses ou pas, elles finissaient par se glorifier elles-mêmes.

Il devait bien leur arriver, même à celles qui n'étaient pas malheureuses, de rêver d'autre chose, d'avoir envie d'envoyer promener le mari tout-puissant, les gosses éreintants, la belle-mère indiscrète. D'exiger l'acquisition d'un Frigidaire plutôt que d'une vache de plus, d'acheter une robe sans en avoir besoin, de se mettre du rouge à lèvres même si ce n'était pas dimanche. D'oser regarder un autre homme, beau de préférence, d'avoir une aventure. Bref de ressembler à la Lili.

Leurs rêves vains, leur labeur quotidien, le vieillissement précoce qui les guettait donnaient de l'énergie à leurs coups de brosse et de battoir, et leur aiguisaient la langue. Selon les jours et la manière dont s'engageait la conversation, elles tapaient sur le dos de Lili et de Marcel, ou critiquaient Etienne et son clan.

Avant l'arrivée d'Olga, elles avaient mis les deux

hommes sur la balance, le mari et l'amant, le paysan modèle et l'aventurier. Leur physique, leur comportement amoureux et leurs performances supposés. En accordant, malgré elles mais il fallait reconnaître ce qui était, l'avantage à Marcel.

Quand la porte du lavoir s'était ouverte, elles commençaient à s'en prendre à Léonie, la vieille, une bonne femme, oui, mais qui avait toujours voulu se mêler de ce qui se passait chez son fils.

Ce qu'Olga lavait, de toute évidence, n'appartenait pas à Jules, mais à Etienne.

Le silence pesait aux laveuses. Quelques remarques furent lancées, sur le ton de la compassion.

— Ce n'est plus de votre âge, Olga, de vous user le dos et les mains de la sorte.

— Ce pauvre Etienne, il a bien de la chance de vous avoir, tout de même.

— Il ne doit pas être gai tous les jours, quand il pense à sa femme et à ses gosses.

Olga comprit ce qu'elles espéraient, la faire parler, lui tirer les vers du nez, obtenir d'elle les détails qui leur manquaient. Ce n'était pas la première fois. Elles en furent pour leurs frais.

— J'suis chez lui pour travailler, moi, dit Olga, le reste c'est pas mes affaires.

Les commères n'insistèrent pas et se rabattirent sur les sujets habituels, les petits bobos et les bêtises de leurs enfants, les échanges de recettes et d'astuces pour améliorer l'ordinaire, le temps plutôt clément qui laissait espérer un printemps précoce.

Olga, même en dehors du lavoir, ne parlait plus

beaucoup. Jules encore moins. Capable d'une grande bonté, il pouvait se révéler farouchement intolérant sur certains points, la malhonnêteté, la trahison sous toutes ses formes. Un traître, pour lui, ne méritait aucune indulgence, dans aucun cas. Une femme infidèle, ça se ramenait à la raison, de gré ou de force. L'homme trop bon y perdait son honneur.

Que de fois avait-il répété : « Etienne, je l'comprends pas ! »

Alors, pour exprimer sa désapprobation, il s'investissait de moins en moins dans les travaux de la ferme. Certes, perclus d'arthrose, il souffrait du dos, des hanches, éprouvait des difficultés à marcher longtemps, à porter des charges un peu lourdes. Mais dans d'autres circonstances il se serait forcé, il aurait fallu batailler pour obtenir de lui qu'il se ménageât.

Il prévenait Etienne sans détour :

— J'peux p'us marcher derrière les chevaux. J'ai p'us la force de tirer les veaux.

Etienne ne disait rien, s'arrangeait comme il pouvait avec Bébert qui, en prenant ainsi du galon, se révélait un peu plus efficace.

Les Cornaille avaient d'abord interdit à leur grand dadais, qu'ils n'hésitaient pas à enfermer chez eux, de continuer à se mettre au service de « celui qui avait failli le faire tuer par les Boches ». Mais privés ainsi du produit de son travail, toujours en nature, ils l'avaient rapidement renvoyé à la ferme.

Et puis ce qu'il ne pouvait plus entreprendre, faute d'une aide valable, Etienne commença à le laisser de côté, et c'était là aussi l'expression de sa souffrance. Certes il avait cessé d'aimer Lili, mais c'est aux enfants qu'il pensait surtout. Les deux petits, qu'il ne ressentait pas siens, et Agathe, envers laquelle il se jugeait coupable et cependant proche, mais incapable encore de le lui témoigner clairement.

Ce printemps-là, il n'ensemença en blé de mars que la moitié de la surface prévue. Alors que ses champs avaient toujours été parfaitement entretenus, il ne passa la binette qu'une seule fois dans ses pommes de terre et ses betteraves. Mais jamais il n'eut la moindre négligence à l'égard de ses bêtes, ses vaches, qu'il trayait lui-même le matin, et ses chers chevaux – la Sophie, si bien remise de ses tristes aventures de 1940 qu'elle avait eu l'année d'après un poulain devenu à son tour une belle jument fringante, et le fameux Moïse, auquel il s'était également attaché.

Olga n'approuvait pas entièrement la rancœur de Jules. Mais elle était habituée depuis longtemps à ravaler ses propres sentiments. Elle ne voyait que très rarement leur fille, connaissait à peine leurs petits-enfants, parce que Jules refusait toujours de pardonner à son gendre qui l'avait mis sur la paille, vingt ans plus tôt.

Il ne pouvait pas l'empêcher, toutefois, d'aider Etienne. Elle cuisinait, lavait, jardinait pour lui, mais elle se sentait vieillir, elle aussi.

— J'vois bien que tu te forces, lui disait-il quand elle rentrait, ça ne pourra pas durer cent sept ans comme ça.

Léonie aussi se renfermait peu à peu dans un

mutisme plus souvent hostile que résigné. Elle savait que toute tentative de se mêler un tant soit peu des affaires d'Etienne se solderait par un refus. Quant à lui être d'une aide quelconque, c'était désormais hors de question. Son impuissance, ses multiples rancœurs, ajoutées aux dérèglements du monde qui la consternaient et la révoltaient intérieurement, l'aigrissaient à la rendre méchante.

La tenue de la petite maison, la cuisine, les soins aux quelques volailles, aux chèvres, incombaient de plus en plus à Agathe, le soir après l'école et le jeudi. Mais même si le savoir-faire de sa petite-fille la touchait, elle y puisait matière à aiguiser ses rancunes.

— Si j'avais pas été là pour lui apprendre tout ça, disait-elle à Olga, la seule devant laquelle elle s'exprimait librement, elle ne saurait rien faire, elle serait devenue une « rien du tout ».

Suivaient ses litanies sur la faiblesse de son fils et les vices de « la putain », qu'Olga connaissait par cœur, et sa crainte, qui tournait à l'obsession, de la voir revenir.

— Vous verrez qu'elle en aura le culot, et lui, l'imbécile, il est capable de la reprendre. Heureusement que je n'en ai plus pour longtemps et que je ne verrai pas ça. La gamine, croyez-moi, elle n'est pas au bout de ses peines.

11

Un soir, Léonie appela Agathe dans sa chambre.

— Viens voir ici, petite, il est temps que je te montre quelque chose.

La grande armoire était ouverte, avec d'un côté les piles de linge bien rangées, les draps, les serviettes, les torchons, et plus bas ce que Léonie appelait « le petit linge », plus intime ; de l'autre côté la penderie, où les affaires d'Agathe côtoyaient celles de sa grand-mère – l'exiguïté de sa chambre n'avait permis l'installation, en plus du lit, que d'une commode de petite taille. Du côté du linge, à mi-hauteur, il y avait un tiroir que Léonie ouvrit.

Agathe, qui avait accès à la grande armoire pour y prendre un vêtement ou y ranger les draps, trop lourds maintenant et trop haut placés pour Léonie, s'était parfois demandé ce que pouvait contenir ce tiroir, mais jamais elle n'avait eu la curiosité de le demander, encore moins l'indiscrétion d'y regarder elle-même.

Léonie en sortit un coffret qu'elle posa sur son lit, puis elle tira une chaise et s'assit.

— Mets-toi là, dit-elle à Agathe en désignant le bord du lit, et regarde un peu ce qu'il y a là-dedans.

Elle lui tendit une petite clé. Agathe s'assit et prit le temps de regarder le coffret, en bois noir, garni de ferrures aux quatre coins, avant d'introduire la clé dans la serrure et de soulever le couvercle.

— Oh ! fit-elle en découvrant ce qu'il contenait.

— Eh bien voilà, dit Léonie, c'est mes bijoux, mes « oreries » comme on dit.

Et elle entreprit de les sortir, un par un, et de les aligner sur le satin de la couverture piquée grenat qui recouvrait le lit. Un collier, une chaîne avec une croix, une autre avec un pendentif, plusieurs bagues, dont une avec une grosse perle sur le dessus, des boucles d'oreilles, deux broches, l'une en forme de fleur, l'autre ronde avec une bordure finement ajourée, et pour finir un petit boîtier tout ciselé qui contenait une montre.

— Rien que de l'or, tout ce qu'il y a de plus vrai.

— Mais...

— Tu n'en reviens pas, parce que tu ne m'imagines pas avec des oreries sur moi. Je ne les ai pas portées souvent, et plus du tout depuis longtemps. La preuve, c'est que tu ne les as jamais vues.

— Alors, pourquoi ?

— Dans toutes les familles c'est comme ça. Les bijoux, c'est la richesse des femmes. Ce n'est pas tellement pour les porter, c'est pour les avoir. C'est des souvenirs. De celles qui les ont eus avant ou des grands moments de la vie. Cette broche-là, par exemple, c'est ton grand-père Abel qui me l'a achetée à la naissance de ta tante Jacqueline, et cette bague-là, quand on a eu not' fils, ton père. Et celle-là c'est mon alliance. Les autres, ils viennent de ma mère, et de sa sœur qui est restée vieille fille, donc qui n'a pas eu d'enfant. Je les mettais dans les grandes occasions, l'un ou l'autre, pas trop d'un coup. Aux noces de ton père avec ta mère, j'ai mis le collier et les boucles d'oreilles, avec la Lili je n'ai rien mis, je ne voulais pas qu'elle les voie. Il y en a pour des sous, tu sais, mais ce n'est pas ça qui compte.

Agathe tendit la main, mais ne fit qu'effleurer le trésor, sauf le petit boîtier, qu'elle prit pour le caresser du bout du doigt.

— Je te les montre aujourd'hui parce que je vais bientôt m'en aller... enfin, mourir.

— Mamé, je t'en prie, ne dis pas ça !

— Si, Agathe. Peut-être pas tout de suite, mais bientôt. Mes affaires sont faites, pour le partage de la ferme et de ce que j'ai de côté, entre mes deux enfants. Les bijoux, c'est autre chose, c'est entre femmes. De mère en fille, ou en bru si elle vaut une fille. Comme ta mère, si elle avait vécu. Alors voilà, c'est simple, dans tout ce que tu vois là, sauf mon alliance qu'il faudra mettre dans mon cercueil avec moi, on va faire deux parts, une pour ta tante Jacqueline, même si elle ne se soucie plus guère de moi, la mâtine, et une pour toi, à la place de ta mère. Comme tu es toujours restée avec moi, tu vas choisir la première. Allez, ma fille, prends ce que tu veux, tu as droit à quatre choses.

Agathe sentait l'importance et la solennité du moment, même si Léonie utilisait les mots simples de tous les jours. Elle devait choisir. Elle allait choisir. Elle avançait la main mais, émue, ne se décidait pas à la poser sur l'un ou l'autre des bijoux.

— Prends la petite montre, j'ai vu qu'elle te plaisait. Quoi d'autre ?

Agathe prit une bague, la chaîne avec le pendentif, la broche à la bordure ajourée.

Léonie se leva, alla chercher dans le tiroir une petite boîte dans laquelle elle plaça la part de Jacqueline.

— Mets ce que tu as choisi dans le coffret, je te le donne aussi, tout ça est à toi maintenant, c'est une bonne chose de faite.

Agathe replaça ses bijoux dans le coffret, lentement. Elle avait une drôle de façon de regarder Léonie, comme si elle hésitait à lui dire quelque chose.

— Eh bien, qu'est-ce qu'il y a ? Tu n'es pas contente ? Qu'as-tu sur le cœur ?

— Mamé... et... et Elise ? C'est ta petite-fille aussi.

Léonie ne fut qu'à moitié surprise, elle connaissait les sentiments d'Agathe pour sa demi-sœur, même s'il n'en était jamais clairement question. Mais de là à la faire revenir sur ses décisions...

— Tu n'as donc pas bien compris ce que je t'ai expliqué tout à l'heure ? dit-elle en reprenant le ton bourru qui était son ordinaire. C'est la part de ta mère que je te donne. Elise, elle aura celle de la sienne, la Lili elle a su s'en faire offrir des bijoux. Mais de moi elle n'aura rien, parce que ça m'empêcherait de dormir tranquille dans ma tombe.

Léonie ne se trompait pas. Pressentiment ou conscience de son état de santé, ou simplement lassitude, il ne lui restait que peu de temps à vivre.

Elle mourut un mois plus tard à peine, un jeudi de mai 1944, à la fin d'un après-midi passé au jardin. Jacqueline lui ayant rendu visite quelques jours plus tôt, elle lui avait remis sa part des bijoux.

Elle avait travaillé tranquillement, laissant à Olga et à Agathe les tâches les plus difficiles, celles où il fallait se baisser. A plusieurs reprises elle s'était assise sur la vieille chaise installée à demeure sous un arbre. Pour souffler. Pour s'éventer avec son mouchoir. Un peu plus souvent, un peu plus longtemps, peut-être, que d'habitude. Agathe la guettait du coin de l'œil, inquiète, puis se rassurait un peu quand elle la voyait se relever. Elle savait qu'il ne fallait rien dire, pour ne pas la contrarier. Mais les mots de Léonie, « Je vais bientôt m'en aller », lui trottaient dans la tête.

De retour à la maison, sur le seuil, alors qu'elle se penchait pour troquer ses sabots de caoutchouc contre des chaussons, Léonie avait porté ses deux mains à sa poitrine et s'était écroulée, la face en avant, sur les deux marches de pierre. Agathe s'était précipitée :

— Mamé ! tu es tombée ?

Elle avait tout de suite compris.

Olga, après avoir rangé les outils de jardin, la trouva là, debout, les deux poings serrés sur la bouche.

— Qu'est-il arrivé ? Elle a trébuché ? Léonie,

vous avez mal ? Répondez-moi, voyons ! Aide-moi, Agathe, il faut l'aider à se relever.

Elle se pencha, posa sa main sur l'épaule de Léonie, comprit elle aussi.

— Elle est morte !

Léonie resta un bon moment étendue sur le seuil, la face contre les marches. Le temps qu'arrivent Etienne et Jules, et derrière eux Bébert.

« Ils ne seront pas trop de deux pour la porter », avait dit Olga en envoyant Agathe à leur recherche pour lui éviter de rester seule près du corps de Léonie.

Ils étaient partis aux vaches à plusieurs parce qu'il y avait des génisses qui ne connaissaient pas encore bien le chemin de la pâture à la ferme. Agathe les rejoignit dans l'étable.

— Venez vite, mamé... mamé...

Ils comprirent, mais durent prendre le temps d'attacher les bêtes.

Jules ôta sa casquette, Etienne serra les dents et les poings, comme quand il s'était retrouvé face à Marcel, mais l'expression de son visage était autre. Quant à Bébert, il n'osa pas s'approcher, et fut ainsi digne et discret malgré lui.

— Allez, faut pas la laisser là, la pauv' femme, dit Jules après un temps de silence, on va la porter sur son lit.

Ils la retournèrent avant de la soulever. Elle avait violemment heurté les marches, son visage portait des traces violacées.

Olga prit dans ses bras Agathe qui alors seulement se mit à pleurer.

— Qu'est-ce qu'elle avait donc, pour mourir comme ça tout d'un coup ? demanda Olga au docteur.

Ils ne l'avaient pas attendu longtemps. Il était justement au village chez des voisins, les Gillet, dont l'un des fils, infirme, avait besoin de soins réguliers. Bébert, pour une fois et malgré le choc de la mort de Léonie, avait eu le réflexe de s'en souvenir.

— L'docteur ? Il est chez les Gillet, j'l'ai vu, je cours le chercher !

Ce n'était plus celui qui avait assisté à la naissance d'Agathe et à la mort d'Odette, qui connaissait toutes les familles du canton et tutoyait la plupart de ses patients. Il avait été remplacé par un jeune pète-sec qui n'avait pas encore eu le temps de se familiariser avec la mentalité paysanne et ne mâchait pas ses mots, au risque de choquer ou de vexer les gens.

— Ce qu'elle avait ? Mais la même chose que toutes ces paysannes, comme vous sans doute, madame, qui sous prétexte qu'elles travaillent dur mangent trop et trop gras, malgré les restrictions, et n'écoutent pas leur corps, auquel elles ne comprennent d'ailleurs rien. Elle avait de l'hypertension, une mauvaise circulation sanguine, les vaisseaux encrassés, le cœur fatigué. Un jour ça monte au cerveau, et ça donne une congestion cérébrale. Au mieux c'est la mort, sans souffrance. Au pire la paralysie, l'hôpital, puis l'hospice, pour ne pas être à la charge des enfants. Drôle d'époque, où des gens meurent sous les bombardements, d'autres sous la torture, d'autres de faim, combien... Il n'y a plus qu'ici, dans ces coins perdus, qu'on meurt encore d'une attaque cérébrale, comme cette pauvre dame.

Bébert fut envoyé aussi à la recherche du curé, qui arriva avec les objets du culte. La tiédeur de la foi de Léonie, qu'il ne pouvait ignorer, la séparation d'Etienne et de Lili, en attendant leur divorce, la communion d'Agathe « oubliée » parmi toutes sortes d'événements chaotiques, tout cela ne le rendait pas très chaleureux à l'égard de la famille Jacquin.

Il prononça toutefois quelques paroles de réconfort, mais s'étonna de n'avoir pas été appelé tout de suite, quand il restait peut-être à Léonie un dernier souffle de vie qui aurait permis de lui donner les derniers sacrements.

— Que Dieu lui pardonne ses péchés, même si elle n'a pas eu le temps de s'en repentir, dit-il en procédant à un simulacre d'extrême-onction.

Jacqueline arriva sitôt prévenue et prit tout en main, aidée par Olga. Celle-ci, avec l'aide de la mère Ambroise, qui n'exerçait plus comme sage-femme mais ne refusait pas ses services aux familles dans la peine, avait procédé à la toilette de la morte. Léonie était étendue sur son lit, tout habillée de noir, le bas du corps couvert d'un drap blanc plié, le visage caché sous un large mouchoir, un chapelet enroulé autour de ses mains jointes. Sur une petite table, nappée de blanc, un rameau de buis trempait dans une soucoupe d'eau bénite qu'Olga était allée chercher à l'église.

Agathe découvrit le deuil, ses rites, ses obligations, sa pesanteur. Ces trois longs jours nécessaires à tout ce qui devait précéder l'inhumation.

Jamais elle n'était entrée dans la maison d'un mort. Jamais elle n'avait assisté à un enterrement. Son père, sa grand-mère, respectant les usages, rendaient visite aux familles du village et des environs qui venaient de perdre un des leurs, participant au moins à l'une des veillées. Ces veillées au cours desquelles parfois, surtout si le défunt était très âgé, ce qui rendait moins cruel le chagrin des siens, les commérages, voire les plaisanteries, l'emportaient sur les propos de circonstance, l'éloge du défunt, le rappel de sa vie, les conditions de sa disparition. Les tasses de café, les verres de grog, la goutte même, en maintenant les gens éveillés, déliaient les langues et finissaient par faire oublier la mort. Mais à chaque arrivée, ainsi qu'à chaque départ de visiteurs, accompagnés des mêmes gestes, la bénédiction du corps, l'instant de recueillement, le silence ramenait ce qu'il fallait de dignité et de respect. Pour inculquer ces valeurs à leurs enfants, sans doute, certains parents les associaient à ces hommages aux morts, heureusement peu fréquents, dans les petits villages. Léonie ne partageait pas cette opinion. « La mort, ce n'est pas de leur âge, disait-elle, ils feront bien assez tôt connaissance. »

Le menuisier vint prendre les mesures pour fabriquer le cercueil. Comme dans d'autres villages, c'était le garde champêtre qui faisait office de fossoyeur. Quand il apprit la mort de Léonie, le père Meunier, de lui-même, alla solliciter son collègue de Romagne, qui vint demander à Etienne les indications pour le creusement de la tombe.

Jacqueline avait apporté de quoi arranger une

tenue de deuil convenable pour sa nièce, profitant des quelques moments de répit entre les visites pour faire les retouches nécessaires.

Les veillées autour de Léonie furent plutôt silencieuses, en raison des circonstances. Les visiteurs vinrent nombreux, certains guidés par la seule compassion, d'autres par le devoir, d'autres encore animés d'une sorte de curiosité malsaine, l'envie de voir ces gens touchés par le deuil après le scandale, et l'espoir d'en savoir un peu plus. La grande réserve des Jacquin et de leurs proches – Olga qui ne livrait rien, Jules qui ruminait tout seul – les rendait un peu étranges, presque suspects. On prend vite, à la campagne, la discrétion pour de la dissimulation, la résignation ou la tolérance pour de la lâcheté.

Ils en furent pour leurs frais.

Jacqueline accueillait les visiteurs, qui l'embrassaient, et rappelait inlassablement les conditions brutales de la mort de Léonie. On s'étonnait, on s'apitoyait avec des propos convenus.

— Quand l'heure est arrivée, que voulez-vous... Mon Dieu...

— Cette malheureuse Léonie, elle qui était si vaillante !

— Au moins elle n'aura pas souffert.

— Elle avait bien le temps de s'en aller.

— On n'est vraiment pas grand-chose sur terre.

Etienne se contentait de remercier d'un mot bref les hommes qui lui serraient longuement la main, les femmes dont quelques-unes l'étreignaient avant d'embrasser aussi Agathe. Que lui dire, à elle ?

Faute de trouver les mots, elles se contentaient de lui tapoter l'épaule ou la joue.

Vers minuit, estimant avoir fait leur devoir, s'ennuyant ferme pour la plupart et bâillant de sommeil, les gens se levaient et quittaient la chambre après avoir tracé encore une fois, avec le rameau de buis, le signe de la croix sur le corps de Léonie. Olga et Jules en profitaient pour s'en aller aussi, emmenant Agathe à qui ils faisaient une petite place chez eux pour ces quelques nuits à demi blanches. Jacqueline et Etienne rangeaient la pièce, tenaient encore un peu, puis laissaient Léonie à la garde de deux longues bougies qui dureraient jusqu'au petit matin, pour aller à leur tour prendre un peu de repos.

Agathe assista à la livraison du cercueil, dans une charrette attelée d'un cheval, puis à la mise en bière de sa grand-mère, effectuée par le menuisier lui-même, assisté d'Etienne et du mari de Jacqueline. Olga l'entraîna hors de la pièce avant la pose du couvercle, puis jusqu'au jardin lorsque retentit le premier coup de marteau. Elle ne savait que lui dire. D'un élan commun elles s'étreignirent. Comme Agathe dominait Olga d'une bonne tête, on aurait pu croire que c'était elle qui cherchait à la consoler.

Léonie fut portée à l'église par quatre paysans, qui durent tenir ferme les mancherons du brancard et régler la cadence de leurs pas. Le cercueil était recouvert d'un drap noir brodé d'argent. Le curé le précédait, accompagné d'un enfant de chœur qui brandissait la croix.

Juste derrière marchait Etienne, un brassard de crêpe à la manche de son costume, entre Jacqueline et Agathe, en grand deuil, le voile de leur chapeau rabattu sur le visage. Ensuite venaient les proches, des cousins, des cousines, des neveux et nièces de Léonie, Olga et Jules, puis « les étrangers », comme on disait pour désigner à l'occasion des noces et des enterrements ceux qui n'appartenaient pas à la parentèle. Parmi eux, la famille d'Odette, sa mère, sa sœur, ses frères, qui avaient redécouvert Agathe avec un mélange d'étonnement et de gêne.

Léonie eut droit à une messe chantée, avec tous les cantiques de rigueur accompagnés à l'harmonium par la seule paroissienne qui savait en jouer, et qui refusait parfois d'exercer ses dons pour celles et ceux qu'elle ne tenait pas dans son estime. Le curé, dans son sermon, rappela qu'elle avait aimé, travaillé, souffert. Souffert… Il répéta le mot, marquant un temps d'arrêt pour en souligner l'importance. Il le faisait pour toutes les femmes, alors que pour les hommes c'est sur le travail qu'il insistait. Comme si la vie des hommes était forcément dominée par le labeur et celle des femmes par la peine.

La mère Meunier, qui s'était faufilée dans l'église alors que l'office était déjà commencé, ne prit pas son tour à l'offrande et sortit avant la fin.

Au cimetière, Agathe, toujours à côté de son père, regarda le cercueil descendre dans la fosse, guidé par les cordes du fossoyeur et de son aide, et entendit le bruit mat des premières pelletées de terre sur le bois avant d'aller, son voile noir rejeté en arrière comme celui de Jacqueline, recevoir les condoléances et les encouragements de toute l'assistance, un long défilé qu'elle subit, fatiguée, la tête ailleurs.

« Elle ne pleure même pas. Elle n'a guère de chagrin. Elle n'avait pourtant que sa grand-mère pour s'occuper d'elle », remarquèrent quelques femmes qui appréciaient les funérailles déchirantes où il fallait soutenir des épouses défaillantes, des enfants hagards, dont on se souvenait longtemps et qu'on citait en exemple.

Du chagrin, bien sûr que si, Agathe en avait, consciente du rôle que Léonie avait joué auprès d'elle, de tout ce qu'elle lui avait appris et transmis. Pendant les longues soirées de veille, elle s'était remémoré tous les enseignements de sa grand-mère, la couture, le tricot, la cuisine, les soins aux bêtes, les conserves. Mais elle n'avait cessé, aussi, de penser à sa mère, de faire un rapprochement entre ces deux disparitions qui, elle en était persuadée, produiraient pour elle des effets inverses. La mort de sa mère l'avait séparée de son père. Celle de sa grand-mère lui redonnait sa place auprès de lui. Et cette certitude adoucissait sa peine.

Aussi ne fut-elle pas étonnée de la réponse que fit Etienne à la grand-mère Morel qui s'inquiétait du sort de sa petite-fille, pourtant si longtemps ignorée.

— Que va-t-elle faire maintenant ? Qui va s'occuper d'elle ?

— Mais moi ! C'est ma fille. Sa place est à mes côtés.

Le soir même, elle s'installa à la ferme pour toujours, dans la chambre du haut.

Ainsi donc Léonie, morte subitement en mai 1944, ne devait pas connaître la suite de la grande histoire, celle de tous les Français, ni des petites histoires qui concernaient les siens.

Elle ne saurait pas la nouvelle du débarquement américain en Normandie, de la libération de Paris, puis de Strasbourg. Ni la sortie de l'ombre des maquisards, ces « gars » qu'elle avait contribué à soutenir, avec ses modestes moyens de femme, en leur cuisant du pain en cachette. Ni la reconnaissance de tant d'actions de résistance, des plus anodines aux plus glorieuses. Elle ne verrait pas les soldats américains acclamés partout, les enfants hissés vers eux, les filles pendues à leur cou.

Elle ne saurait jamais le cauchemar d'Oradour, ni celui des villages martyrs de la Meuse, Robert-Espagne, Couvonges, Beurey-sur-Saulx. Ni le retour de la peur après l'espoir, avec la brutale contre-offensive des Ardennes, dans le froid rigoureux de l'hiver 1944-1945.

Elle ne saurait pas la liesse du 8 mai 1945, au son des cloches de toutes les églises, l'euphorie du soulagement, avant la grande tristesse des règlements de comptes, des hommes froidement abattus, des femmes humiliées. Avant le retour des fantômes rescapés des camps et la découverte d'inimaginables horreurs.

— Ta pauv' mère, disait parfois Jules à Etienne, quand de temps en temps il venait à la ferme et évoquait avec lui les événements tragiques qui le révoltaient et lui gâchaient la joie de la victoire, ta pauv'mère, elle doit se retourner dans sa tombe.

Ce qu'il dit également à Olga, la voix brisée de surprise et d'indignation, ce matin de juin 1945, après avoir reconnu l'homme qu'il avait vu arriver dans la cour de la ferme et attendre le moment propice pour un tête-à-tête avec Etienne.

— Tu ne devineras jamais qui je viens de voir. Marcel Aubriet, le salopard. Il manque pas de toupet, il est revenu. C'est la pauv' Léonie qui doit se retourner dans sa tombe.

Jules ne se trompait pas. Marcel Aubriet, c'était bien lui, avait arrêté sa petite voiture grise à quelque distance de la ferme, en était descendu et s'y était adossé pour épier les allées et venues.

Qui, du premier coup, aurait pu reconnaître dans cet homme en complet gris, le visage en grande partie dissimulé par des lunettes fumées et les larges bords d'un chapeau de feutre, une petite sacoche à la main, l'infâme VDG toujours vêtu de noir qui parcourait la campagne sur sa moto ?

Il vit d'abord sortir de la maison Agathe, son cartable à la main. Il n'en fut pas étonné. Lili et lui avaient appris par les lettres de la mère Meunier que depuis la mort de Léonie elle vivait avec son père et tenait la maison. Elle passa non loin de lui et le salua :

« Bonjour, monsieur. »

Il se garda de répondre, se bornant à un salut esquissé de la main.

Puis Jules, qui venait de soigner les lapins et les volailles à la place d'Olga, un peu souffrante, s'arrêta carrément pour regarder cet inconnu, déduisant de son allure, et de sa sacoche, qu'il s'agissait sans doute d'un homme de loi, un avocat ou un huissier, sûrement quelqu'un en rapport avec le divorce d'Etienne, qui n'était toujours pas prononcé. Intrigué cependant, et curieux de nature, il prit son temps pour s'éloigner et s'arrêta à l'entrée du verger, d'où il pouvait continuer à voir à la fois l'homme et la cour de la ferme. Marcel avait remarqué son manège et reconnu le vieil homme qui l'avait insulté le jour où tout s'était révélé. Mais il ne fit rien qui pût le laisser paraître.

Etienne sortit de l'écurie, tenant Moïse par la bride, et le fit doucement reculer dans le hangar pour l'atteler à la faucheuse. Puis il se dirigea vers la maison pour y prendre la musette qui contenait son casse-croûte.

C'est là que Jules reconnut Marcel, sans l'ombre d'un doute, à son bref regard circulaire avant de s'élancer vers la maison, preuve qu'il voulait surprendre Etienne dans la discrétion, et à son allure de dos, malgré le costume et le chapeau.

« Nom de Dieu, c'est VDG ! Sûr et certain que c'est lui. Habillé comme un monsieur. Quel toupet, le salopard ! Qu'est-ce qu'il peut bien vouloir de plus ? De l'argent ? Etienne... il est capable de se dégonfler ce coup-ci encore. »

Etienne ne fut qu'à moitié surpris de se trouver face à Marcel. S'il ne s'y attendait pas vraiment, il pensait bien avoir un jour ou l'autre des nouvelles de Lili. Olga avait entendu dire au lavoir, d'une commère qui tenait l'information de la mère Meunier, qu'elle vivait à Paris et qu'aussitôt divorcée elle épouserait le beau Marcel dont le revirement et l'engagement courageux au côté des FFI avaient été récompensés par une belle place. Mais elle s'était bien gardée de rapporter à Etienne ces propos, qu'elle avait d'ailleurs pris pour une fanfaronnade de la mère Meunier. La Lili, à Paris ! Le VDG, devenu quasiment un héros ! Allons donc !

Les deux hommes ne se saluèrent pas. Etienne fit glisser sa musette de son épaule, la posa dans un coin, fit signe à son visiteur de s'asseoir, alla fermer la porte et vint prendre place en face de lui, de l'autre côté de la table.

— Je vous écoute, lui dit-il.

Marcel enleva son chapeau, repoussa sa sacoche qu'il avait d'abord mise tout près de lui, toussota deux ou trois fois. Lequel des deux était le plus gêné, le plus ému ? En tout cas l'impassibilité d'Etienne semblait en imposer à l'autre.

Il se mit à parler. Des phrases courtes d'abord, le temps qu'il retrouve un peu d'assurance. Il commença par évoquer Lili. Affirma qu'elle avait changé. Ses diverses expériences de la vie l'avaient mûrie et lui avaient appris à réfléchir, sur elle-même comme sur les autres. Elle reconnaissait s'être trompée en épousant Etienne, parce qu'ils étaient trop différents, incapables de se comprendre. Elle avait conscience de n'avoir pas toujours très bien agi, même si elle y avait été poussée par l'hostilité qu'elle ressentait autour elle. Elle n'avait plus de rancune contre personne, seulement une gêne qui l'avait empêchée de venir jusqu'ici avec lui.

Etienne avait baissé les yeux. Il l'écoutait. Et bien

qu'il fût question de Lili, c'est l'image d'Odette qu'il voyait et qui se confondait avec celle d'Agathe.

Marcel poursuivait. Lili souhaitait divorcer, demandait à Etienne d'entamer la procédure de son côté, s'en remettait à lui pour... Il ne trouvait pas les mots ou éprouvait des scrupules à les prononcer. Il dit enfin : pour les « affaires », et marqua un temps d'arrêt.

— Je n'ai qu'une parole, dit alors Etienne. Je ne ferai pas d'histoires. Je prendrai ma part des torts. Je ferai estimer par le notaire le bien auquel elle a droit et je lui donnerai en argent ce qui lui revient, en complément de ce que je lui ai déjà donné quand elle est partie.

Alors Marcel, plus facilement, parla de lui.

— Tout homme, dit-il, se trompe de chemin au moins une fois dans sa vie, poussé le plus souvent par des raisons qui l'aveuglent. La guerre rend les hommes fous, ajouta-t-il comme unique allusion aux événements qui avaient été à l'origine de leur rivalité.

Allait-il évoquer son ralliement aux patriotes, sa participation aux combats de rue dans Paris, les contacts noués alors, qui devaient ensuite le servir ? Il eut le mérite de se montrer bref.

— C'est vous qui aviez raison, j'ai fini par le comprendre, je vous dois ça aussi, dit-il en tout et pour tout, les yeux baissés.

Puis, après cet aveu consenti, qui avait aussi valeur d'hommage, dont Etienne ne tira aucun avantage, il continua par l'exposé de sa situation actuelle.

Il travaillait à la RATP. « Une bonne place », dit-il, sans donner plus de détails. Lili et les enfants l'avaient rejoint dès que possible. Ils habitaient Montreuil, dans la banlieue est de Paris. Lili aussi travaillait, l'après-midi seulement, comme vendeuse dans un magasin de vêtements, et ça lui plaisait bien. Alain et Elise allaient à l'école dans le quartier, tout près, et ce qu'il y avait de bien en ville, c'est que pendant les vacances une garderie fonctionnait. Marcel retrouvait peu à peu son assurance et se serait presque laissé aller à vanter les charmes de la vie parisienne. Le regard d'Etienne, sans réelle animosité mais froid, l'en dissuada. Il estima qu'il fallait conclure.

Il tira vers lui sa sacoche, l'ouvrit, en sortit quelques papiers.

— Voici notre adresse, ainsi que celle de l'avoué que Lili contactera pour son divorce. Le vôtre pourra se mettre en rapport avec lui.

Un assez long silence suivit. Ils pensaient tous les deux aux enfants. Etienne ne revendiqua pas ses droits, Marcel ne crut pas utile de dire qu'il les aimait. Les deux petits avaient changé de père.

Ils se levèrent en même temps. Etienne ramassa sa musette et se la passa à l'épaule. Ils se quittèrent sur le pas de la porte, sans se saluer.

Sans un regard pour son visiteur qui regagnait sa voiture, Etienne ferma la porte de sa maison, plaça la clé, pour Agathe, sous l'unique pot de fleurs qui garnissait la fenêtre, et alla à grands pas rejoindre le brave Moïse qu'il n'avait même pas pris la précaution d'attacher.

— Je t'ai fait attendre, dit-il en lui caressant l'encolure.

Il s'installa sur le siège de la faucheuse, saisit les rênes, en effleura la croupe du cheval, qui s'ébranla aussitôt.

Quand il rentra, aux environs de midi, Jules était dans la cour.

— J'suis venu voir le veau, dit-il.

Un petit « godin », en effet, était né la veille, à la pâture. Bébert l'avait trouvé tout fait en allant chercher les vaches pour la traite. La mère, qui n'en était pas à son premier, n'avait eu besoin d'aucune aide. Bébert l'avait laissée au pré, d'où Etienne l'avait ramenée un peu plus tard, sans même lui passer un licou car elle suivait de près la brouette dans laquelle il avait installé le nourrisson.

Jules avait « bassiné » Olga toute la matinée avec sa rage contre le culot de VDG et, n'y tenant plus, un peu avant midi, il lui avait dit :

« J'vas voir le veau. »

Le veau, c'était un prétexte ; il allait aussi bien que possible, Jules l'avait constaté quand il était allé soigner les lapins.

La réponse d'Olga, qui en d'autres circonstances aurait porté à rire, lui avait prouvé qu'elle n'était pas dupe.

« Retiens-toi, surtout, ne lui dis rien, ne te mêle pas de ses affaires, ça ne nous regarde pas ! »

— J'ai eu de la visite, ce matin, lui dit Etienne, Marcel Aubriet. Tu ne l'as pas vu, toi ?

— Non, enfin si, j'l'ai aperçu.

— Il venait de la part de Lili, pour le divorce.

— J'te demande rien, Etienne, tes affaires ça ne nous regarde pas.

Il s'éloigna en bougonnant, vexé d'avoir été pris en flagrant délit de curiosité.

Et c'était mieux comme ça : comment faire croire, comment faire admettre à ce vieil entêté qu'était Jules, que dans tout ce que Marcel avait dit, il y avait peut-être, il y avait sans doute beaucoup de vrai ? et pourquoi pas tout ? Comment lui faire comprendre qu'en décidant de partager les torts comme les biens il n'agissait pas en lâche ? Que s'il n'avait rien oublié, et malgré sa blessure, dont il ne guérirait jamais complètement, il n'éprouvait plus de haine ? Qu'il avait gardé en lui l'image de ses deux enfants courant vers Marcel, qui avait jeté son arme pour ouvrir ses bras à la petite Elise ? Que la paix, dans tous les domaines, valait mieux que la guerre ?

Jules aurait crié au bluff, au mensonge, à l'imposture, au vice.

Etienne le regarda traverser la cour en boitillant et en haussant les épaules. Il pensait à sa mère, qui aurait réagi de la même façon si elle avait encore été là. Comme Jules intransigeante, butée jusqu'à la mauvaise foi, dure envers les autres comme envers elle-même. Et avec ça capable, il en savait quelque chose, d'une immense bonté.

A Agathe, pendant qu'ils mangeaient tous les deux le repas simple qu'elle avait préparé en rentrant de l'école, il raconta en détail la visite de Marcel, reprenant presque mot pour mot ce qu'il avait entendu. Elle l'écoutait, attentive, et tous ses sentiments réveillés se lisaient dans son regard grave. Elle non plus n'avait rien oublié, mais comme lui elle se réjouissait de la tournure des choses.

Il marqua une pause, le temps qu'il aurait fallu pour parler des enfants. Elle le comprit. Elle aussi pensait à eux, surtout à Elise, qu'elle aurait bien voulu pouvoir aimer.

Il reprit la parole pour finir par les affaires d'argent.

— Tu sais qu'à la mort de mère ta tante Jacqueline a pris sa part des terres et qu'elle l'a vendue. Maintenant je vais devoir vendre aussi une partie de ce qui me reste. On n'aura plus grand-chose, ma fille. Mais ça ne fait rien, on en aura toujours bien assez pour nous deux.

12

Après avoir rangé la table du déjeuner qu'elle avait pris avec son père, balayé la cuisine et épluché les pommes de terre pour le repas de midi, Agathe se préparait ce matin-là pour sa dernière rentrée à l'école du village, en cours de fin d'études, la fameuse classe du certif, en pensant qu'elle aimerait bien l'obtenir, même s'il ne lui servait à rien. Pour sa propre satisfaction, et surtout celle de son père. Lui l'avait décroché de justesse, mais il l'avait. Ses parents – à l'époque Abel vivait encore – lui auraient difficilement pardonné de le rater. Ne pas avoir son certif, à la campagne, c'était un peu comme une marque d'infamie. Quand Léonie voulait souligner la bêtise de quelqu'un, il lui suffisait de dire : « Il – ou elle – n'a même pas son certificat d'études, c'est dire. »

Pendant qu'Etienne trayait ses vaches – il n'en avait plus que six alors que le troupeau Jacquin en avait compté une bonne douzaine – Agathe avait soigné les lapins et la volaille, une tâche qui lui incombait depuis que Jules l'avait formellement interdite à Olga. Un jour de juillet où l'orage menaçait, elle avait absolument tenu à venir aider à la moisson, et elle avait eu un malaise à cause de la chaleur. La tête lui tournait, elle perdait le souffle. Agathe l'avait raccompagnée chez elle, assistant à la colère de Jules :

« J't'avais bien dit de pas y aller ! T'aurais pu mourir d'un coup comme la pauv' Léonie ! Tu crois qu'on n'en a pas fait assez pour lui ? Et pour voir ce qu'on voit ? »

Depuis cette alerte, Olga ne venait donc plus chez Etienne que pour conseiller Agathe à la cuisine, lui expliquer des recettes et faire avec elle sa liste de commissions pour le passage du père Mouton, dont la tournée avait lieu un jour d'école.

En cachette de Jules, ce qui n'était pas facile, elle continuait cependant de tuer et de dépouiller les lapins, de saigner et de plumer la volaille. Parce que c'était un travail de femme. Il avait été celui de Léonie, puis d'Odette, et à nouveau de Léonie, parce que la Lili, ce n'était même pas la peine d'y penser. Il serait un jour, bientôt, celui d'Agathe. Comme l'entretien du jardin et la lessive, pour le moment confiés à la mère Oudin, une robuste veuve qui n'avait accepté que pour les sous et qui critiquait Etienne par-derrière.

— Une femme, disait-elle, il en avait une, il n'a pas su la dresser et il l'a laissée filer avec le premier salopard venu, moi je le plains pas.

En se préparant, Agathe pensait que dans moins d'un an, à partir de l'été prochain, elle n'aurait plus besoin de personne pour tenir entièrement la maison de son père. Elle aurait quatorze ans. Elle n'irait plus à l'école. A quatorze ans, on peut travailler. On en a la force, et le droit.

Jusqu'à cette rentrée de 1945, elle n'avait porté que des vêtements fabriqués ou retouchés, rarement achetés, par Léonie, qui s'efforçait cependant de toujours l'envoyer « propre », c'est-à-dire bien mise, à l'école. Pour la première fois, Etienne lui avait donné un peu d'argent, et elle avait choisi elle-même dans le déballage de celui qu'on appelait le gros Dédé, un marchand de tissus et de vêtements qui passait avec un vélo et une remorque, ce qui lui manquait. Elle n'avait pas osé choisir des sous-vêtements, elle ferait avec ce qui lui allait encore et ce que lui donnait de temps en temps sa tante Jacqueline. Elle avait seulement acheté une jupe grise, faite dans un gros drap rêche, qui contenait plus de fibres de bois que de laine, une robe bleu marine avec un col blanc, et un tablier noir aux découpes soulignées d'un fin liseré rouge.

Elle mit la jupe grise, un peu trop longue parce qu'elle avait raisonné comme Léonie (« Je la mettrai plus longtemps »), sous son tablier noir. Elle défit ses nattes, brossa ses cheveux et les tressa à nouveau pour en faire cette lourde couronne qui la faisait tellement ressembler à sa mère.

L'année d'avant, pour remplacer ce qui lui servait de cartable, un sac de toile cirée noire bricolé par Léonie, Etienne était allé fouiller au grenier et lui avait donné le sien. Un vrai cartable, en bon cuir fauve, avec des boucles et une poignée solide, qu'Abel avait commandé au bourrelier qui fabriquait et réparait les harnais de ses chevaux. Un cartable de garçon, qui avait résisté à bien des mauvais traitements.

Il était prêt sur une chaise. Elle en avait préparé le contenu la veille, taillant les crayons bien pointu, lustrant l'ardoise, défroissant les protège-cahiers pour leur redonner un petit air de neuf.

Pour Agathe, c'était la dernière rentrée. Pour l'institutrice, c'était la première dans cette petite école de campagne à classe unique.

Madame Loriette, qui avait elle-même succédé à monsieur Caron, ayant atteint l'âge de la retraite avait quitté le village avec son mari, lui aussi maître d'école dans un bourg voisin, pour aller s'installer à Verdun. Elle n'avait jamais fait mystère de ne pas toujours comprendre et apprécier la mentalité paysanne. Cependant, bonne institutrice, stricte et compétente, elle avait été respectée comme son prédécesseur.

De la nouvelle, arrivée quelques jours avant la rentrée, on ne savait encore que peu de chose, par la femme du maire, qui avait procédé à son installation officielle. C'était une jeune veuve de guerre, elle venait de Bar-le-Duc. Les Maubert, qui tenaient la ferme la plus proche de l'école, n'avaient pas osé la questionner quand elle était venue s'approvisionner chez eux en lait, en œufs et en légumes.

Elle attendait ses élèves, dont elle avait consulté la liste. Treize enfants seulement, cette année-là, mais répartis dans tous les cours. Elle devrait s'y faire. Elle les regarda venir, ces petits campagnards qui avaient mangé à leur faim, ou presque, durant toute la guerre, avec leurs bouilles rondes et hâlées par le soleil. Curieusement habillés pour certains, en tout cas sans recherche. Le poil ras pour les garçons et la frange à la Jeanne d'Arc pour la plupart des fillettes. Cela sentait le fait maison, par des mains sans doute plus expertes aux rudes travaux des champs. Les petits nouveaux, il y en avait deux, s'accrochaient à des mains familières. Elle remarqua la grande fille à la couronne de nattes qui se plaça à la fin du rang, et lui trouva quelque chose de différent des autres, qui soit se poussaient du coude en étouffant leurs gloussements, soit la dévisageaient avec de grands yeux ronds.

Elle les fit entrer, et ils rejoignirent leur place de l'année précédente, sauf les deux nouveaux qu'elle prit par la main pour les conduire aux tables les plus petites, tout près de l'estrade où trônait le bureau.

Elle ne s'y installa pas pour les présentations. Au lieu de faire l'appel, liste en main, elle s'approcha de chacun d'eux, et ils durent eux-mêmes énoncer leurs nom et prénom ainsi que leur âge.

— A mon tour, maintenant, dit-elle. Je m'appelle Laure Forestier et j'ai vingt-huit ans.

La révélation fit son effet. Une maîtresse qui disait son prénom et son âge ! Ça alors !

Qui parmi eux savait que madame Loriette se prénommait Marie-Thérèse ? Prononcer son prénom leur aurait semblé plus impoli que de dire « la mère Loriette », ou même « la vieille chouette », ce que chuchotaient entre eux, en douce, les plus hardis quand elle les avait punis. Des gens ordinaires, jeunes ou vieux, on savait les prénoms.

Même le maire, c'était un paysan comme les autres, on le voyait aussi bien dans ses champs, en bottes et culotte de velours, qu'à la mairie, ça ne choquait personne de dire ou d'entendre « le Gaston ». Mais l'institutrice, comme tous ces gens importants, ceux qu'on respectait du fait même de leur singularité et de leur savoir, le curé, le médecin, le notaire, il ne venait à personne l'idée d'évoquer leur prénom. A croire qu'ils n'en avaient pas.

La preuve que si. Laure Forestier... Laure... C'était maintenant écrit au tableau.

— Mais faudra dire comment, alors ? demanda une fillette.

— Madame, répondit la maîtresse, avec un sourire dont Agathe perçut la douceur empreinte de tristesse.

Laure Forestier, pourtant si jeune, était veuve, en effet. Elle n'avait pas vécu longtemps avec Michel, son mari, mais avec quelle passion, avec quelles richesses et quels espoirs partagés !

Il était jeune vétérinaire et exerçait avec son père à Bar-le-Duc quand, institutrice fraîche émoulue de l'Ecole normale, elle l'avait rencontré. Elle avait été immédiatement séduite par son ardeur à vivre et sa personnalité aux multiples facettes. Ils s'étaient mariés au cours de l'été 1938.

Il soignait les animaux des autres, elle enseignait aux enfants des autres, ils rêvaient d'avoir les leurs, dans une grande maison à la campagne. La guerre avait contrarié leurs projets.

Mobilisé en 1939, démobilisé en 1940, le communiste ardent et convaincu qu'il était aussi s'était investi dans la résistance, à sa façon, sûr de lui, confiant en l'avenir. Mais, arrêté en 1942, il n'avait pas résisté à l'interrogatoire qu'il avait subi dans les locaux de la Gestapo.

Le coup avait été terrible pour Laure, qui lui faisait tellement confiance, au point de le croire plus fort que le danger, plus fort que la mort.

Ses parents, chez qui elle était revenue vivre, et ceux de Michel, qui l'aimaient comme leur fille, avaient fait de leur mieux pour la soutenir. Mais auprès d'eux, au fil des mois puis des années, elle se sentait redevenir une enfant, comme ses élèves qui attendaient et recevaient tout des adultes. Elle comprit qu'il ne le fallait pas, que Michel n'aurait pas agi ainsi. Pour rester digne de lui, elle devait s'assumer, redevenir forte, retrouver le goût de vivre. Quand elle avait fait part à ses parents et à ses beaux-parents de sa décision de postuler pour cette petite école de campagne, à l'autre extrémité du département, ils l'avaient comprise, à défaut de l'approuver.

Son père avait loué une camionnette pour transporter ses quelques meubles et les tableaux de Michel. A ses heures il peignait, en amateur mais avec un talent certain, des animaux, surtout des chevaux.

Une fois passé le coup de la surprise, la classe s'anima rapidement. La maîtresse allait d'un groupe à l'autre pour inventorier les cartables, distribuer les livres et les cahiers, sonder les connaissances de base, rassurer les petits qui n'en menaient pas large. Contrairement à madame Loriette qui exigeait de sa voix haut perchée l'ordre et le silence et brandissait vite des menaces de punition, elle semblait s'accommoder d'un relatif désordre dont certains déjà étaient tentés de profiter, et s'adressait aux enfants avec calme et gentillesse.

Agathe, assise au fond, à la dernière table, examinait les livres du cours de fin d'études qui allaient être les siens, s'efforçait d'en faire disparaître les traces diverses – taches, cornes, gribouillis – laissées par leurs précédents utilisateurs, puis les couvrait soigneusement de papier bleu.

A plusieurs reprises elle croisa le regard de la maîtresse, qui lui sourit comme si elle la prenait à témoin de sa difficulté à être sur tous les fronts à la fois.

Dès ce premier matin Agathe éprouva pour elle un sentiment qu'elle ne put analyser, qui ressemblait à de la confiance, surtout.

« Il paraît que la nouvelle maîtresse est veuve, lui avait dit Olga. Une jeune femme comme ça, quel malheur ! »

Veuve... Si parmi les autres élèves certains le savaient, ils semblaient l'avoir déjà oublié. Elle non. Veuf, son père l'avait été, jeune aussi, ce qui avait complètement changé le cours de sa vie. De leur vie. Cela avait apporté beaucoup de souffrance.

Ainsi toutes deux avaient quelque chose en commun.

A la fin de la matinée Agathe fut la dernière à sortir. Alors que les autres s'élançaient en courant avant même d'avoir franchi le seuil, elle marqua un léger temps d'arrêt en passant près de la maîtresse, avec l'envie de lui dire... elle ne savait trop quoi, afin d'exprimer ce qu'elle ressentait pour elle.

— Madame... Madame... Vous...

— Oui ?

— Vous avez un joli prénom.

Laure réussit assez vite à s'imposer à ses petits élèves, et même davantage, à se faire aimer d'eux. Tous les enfants, en particulier ceux qui n'y sont ni habitués ni préparés, sont sensibles à la douceur, au charme, aux égards qu'on leur témoigne.

Les fillettes la trouvaient jolie, avec sa taille élancée, son visage discrètement maquillé et sa longue chevelure brune dont elle faisait une natte unique qui lui descendait jusqu'à la taille. Pour comble d'élégance, quand elle portait une blouse, c'était une blanche ! En outre elle expliquait bien, et on pouvait lui demander de répéter sans se faire traiter de « bourrique ».

Ils prirent l'habitude de lui révéler quelques détails pittoresques qui parfois en disaient long sur leurs conditions de vie et la mentalité de leurs parents.

— M'dame, papa il a noyé trois p'tits chats hier ! Les chats, il les aime pas, ça sert à rien et c'est voleur !

— M'dame, maman elle dit que les pieds c'est pas la peine de les laver, puisqu'on les voit pas !

— Vous aimez bien la cacasse, vous, m'dame ? Nous on en mange tous les jours, moi j'aime p'us ça.

— Mon grand-père y va bientôt mourir, m'dame, papa y dit tant mieux parce qu'on aura enfin ses sous, depuis le temps qu'on les attend.

Elle s'attacha à eux. Et en plus de les instruire, elle s'efforça, sans mépris pour eux ni pour leurs familles, de les dégrossir un peu, de leur inculquer quelques notions élémentaires de politesse, d'hygiène et de respect des autres.

Elle pensait que Michel se serait amusé à l'entendre lui rapporter leurs réflexions, et qu'il les aurait aimés lui aussi.

Elle avait senti dès le premier jour la singularité d'Agathe, sa tendance à l'isolement, l'expression grave de son visage qui traduisait, elle en était persuadée, une souffrance intérieure. A plusieurs reprises elle sentit qu'Agathe avait envie de se confier, par exemple quand elle arrivait la première le matin et faisait le service, pendant qu'elle-même écrivait au tableau les exercices du jour et la leçon de lecture pour les petits.

Mais comment lui tendre la main, au risque de la blesser, sans connaître la nature de ses problèmes ?

Un jour où le maire lui rendit visite pour voir si tout se passait bien et la complimenter (« Ils disent du bien de vous, les p'tiots, vous savez y faire avec eux ! »), elle lui demanda quelques précisions sur la famille d'Agathe.

— Sa mère est morte en la mettant au monde, pauv' p'tiote, son père s'est mal remarié, elle a été élevée par sa grand-mère, qui est morte l'année dernière. En plus de ça il s'est passé des drôles de choses chez eux pendant la guerre. On n'a pas bien compris le comportement de son père. Enfin les v'là tous les deux maintenant. La gamine, c'est certain, elle a du mérite.

La mort... la guerre... ainsi cette enfant avait déjà été rudement éprouvée, elle aussi. Elle eut envie de se rapprocher d'elle. Pour parler. Agathe, c'était visible, en éprouvait le besoin. Elle-même commençait à le ressentir de son côté.

Le contact s'établit d'une façon très simple et naturelle, autour du livre de sciences du cours de fin d'études.

Agathe était la seule, cette année-là, à préparer le certificat. Comme elle n'était pas très forte en calcul, en orthographe et en grammaire, Laure lui fit suivre ces leçons avec les élèves du cours moyen, ce qui n'étonna personne et ne provoqua aucune moquerie : la pratique était courante avec madame Loriette. Pour ce qui concernait particulièrement le programme du certificat, l'histoire, la géographie, les sciences, elle laissait Agathe travailler seule et se réservait un moment pour venir contrôler ses connaissances. Souvent, ces apartés avaient lieu pendant les récréations, Laure laissant la porte de la classe ouverte sur la cour pour surveiller sa douzaine d'élèves. Agathe lui récitait les dates, qu'elle peinait à graver dans sa mémoire et qu'il lui faudrait retenir jusqu'au fameux examen. Elle s'entraînait à reproduire par cœur les cartes de géographie : les montagnes avec les noms des pics ou des ballons et des cols, les fleuves avec leurs affluents, rive droite, rive gauche, les côtes avec des couleurs différentes selon qu'elles étaient plates, rocheuses, bordées de dunes ou de falaises.

— Mais dis-moi, Agathe, demanda un jour Laure, les sciences, tu les laisses de côté ?

— Non, madame, mais j'ai regardé le livre, c'est facile.

Le programme des filles comportait des notions de cuisine, de jardinage, d'entretien du linge et de la maison, de couture.

— Ce sont des choses que tu sais faire, n'est-ce pas ?

— Oui, madame, j'ai appris avec mamé, je veux dire ma grand-mère, et avec Olga.

— Olga ?

— C'est une vieille dame qui aidait ma grand-mère, et avec son mari Jules ils ont aussi beaucoup aidé mon père quand...

— Quand il est devenu veuf ?

— Oui, madame, et encore après, quand...

Un gamin qui venait de tomber dans la cour et accourait pour faire soigner par la maîtresse son genou ensanglanté interrompit ce début de conversation. Mais les premières paroles qui sortaient du cadre scolaire avaient franchi les lèvres d'Agathe, assez facilement pour lui donner l'envie de poursuivre. Les occasions ne manqueraient pas.

Elles se multiplièrent. Pendant les récréations, toujours, et le statut de candidate au certif d'Agathe éloignait toute idée de jalousie de la part des autres élèves. Les filles se contentaient d'envier sa chance d'avoir pour elle toute seule la maîtresse, qu'elles aimaient beaucoup aussi, et se consolaient en se disant que leur tour viendrait. Vu l'effectif réduit de la classe, les « fin d'études » n'étaient jamais nombreux, deux, trois au maximum.

Puis Laure proposa à Agathe de venir chez elle, de temps en temps, si elle en avait l'envie et le temps. L'envie ne lui manquait pas. Quant au temps, elle pouvait en disposer, certains jeudis. Contrairement à ce que quelques mauvaises langues prétendaient, elle se comportait tout à fait librement et ne se sentait ni brimée ni surmenée auprès de son père. Elle n'était pas sa « bonniche ».

Etienne avait pleinement conscience du rôle d'Agathe et il était assez fin pour comprendre que vouloir à tout prix la ménager aurait été blessant pour elle. La laisser agir comme elle l'entendait était au contraire sa façon de la respecter, et de l'aimer.

Elle lui rappelait de plus en plus Odette, non seulement par son physique, son visage, ses yeux, ses cheveux, mais aussi par ses allures, ses gestes. Quand elle posait un plat sur la table, entre eux deux. Quand il la voyait de dos étendre du linge. Quand, le soir, après avoir tout mis en ordre, elle parcourait la cuisine d'un regard circulaire en dénouant son tablier.

Tout en se satisfaisant de cette situation, il en percevait cependant le danger. Celui de s'y enfermer. Pour lui, qui n'attendait plus rien d'autre de la vie que le calme, c'était sans doute ce qui pouvait lui arriver de mieux. Mais pour elle...

Agathe découvrit avec ravissement le lieu de vie de l'institutrice. C'était simple et beau, avec des livres partout et des tableaux aux murs, dont la plupart représentaient des chevaux. Elle les regarda intensément. Des têtes de chevaux, les oreilles dressées, le regard si vif qu'ils semblaient la regarder. Des chevaux au pré, à l'abreuvoir, au travail, seuls ou en groupe.

— C'est Michel, mon mari, qui les a peints, dit Laure. Il les aimait beaucoup.

— Mon père aussi. Il en a trois. Il leur parle. Il ne les brutalise jamais.

Ensemble elles travaillaient un peu, quand Agathe avait buté sur un problème ou un exercice de grammaire et n'avait pas pu accaparer Laure, qui se devait aussi aux autres élèves.

Puis elles parlaient, surtout Agathe qui s'étonnait de la facilité avec laquelle lui venaient les mots, elle qu'on disait si renfermée.

La raison en était simple : elle avait en face d'elle une femme gentille, certes, qui de plus avait souffert elle aussi, mais avant tout une femme jeune.

Agathe n'avait jamais connu de mère, ni de sœur. Sa tante Jacqueline, sans doute aigrie de n'avoir pas d'enfant elle-même, s'était peu intéressée à elle, d'une manière qui sentait la charité humiliante. Sa belle-mère l'avait rejetée, détestée. Elise n'avait été qu'une promesse éphémère de tendresse.

Elle n'avait vécu qu'entourée, formée, par des femmes âgées, Léonie, Olga. Des femmes braves, mais vieilles, plus encore par leur mentalité et le poids des traditions qui leur collaient à la peau que par leur âge. Une vieille paysanne persuadée de la justesse de ses idées, de ses jugements. Une vieille servante dévouée jusqu'à l'étouffement de ses propres sentiments. Ce n'est pas mépriser les personnes âgées que de prétendre qu'avec les meilleures intentions du monde elles ne peuvent pas tout apporter à une enfant.

Avec quelques années de moins, Laure aurait pu être la sœur d'Agathe. Avec quelques années de plus, elle aurait pu être sa mère. Elle devint un peu les deux.

Elle mêlait ses propres confidences à celles d'Agathe, tantôt les provoquant, tantôt les facilitant, les éclairant souvent. Elle l'aidait à dérouler le fil des histoires d'amour de son père qui toutes les deux avaient viré au drame.

A travers son expérience avec Michel, Laure lui révélait le rôle de la tête, du cœur, et des sens, en amour, comment parfois ils se complètent – et avec quel bonheur, elle pouvait en témoigner –, comment et pourquoi pour d'autres ils se contrarient, quand on peut le comprendre. Elle employait des mots simples, de ceux qui auraient fait bondir Léonie, qui les aurait trouvés crus et déplacés, elle qui avait toujours préféré le flou des détours.

Léonie... elle était un peu là encore, derrière elles. Agathe la citait souvent : son père et sa mère étaient « parvenus à s'aimer », Etienne avait été « amoureux fou » de Lili, elle avait les moyens de « l'embobiner ».

Grâce à Laure, Agathe comprenait mieux ce qui s'était passé entre son père et ses deux femmes successives. Mais surtout que rien n'est jamais tout blanc ou tout noir. Que si les gens qui s'aiment, qui ne s'aiment pas ou ne s'aiment plus se déchirent parfois si douloureusement, ils ne l'ont pas forcément voulu.

Comme la guerre. Ils ne l'avaient pas voulue, ni Etienne, ni Lili, ni Léonie, ni elle, Laure, ni Michel, ni même sans doute ceux qui le lui avaient arraché. L'horrible guerre qui jetait les gens les uns contre les autres et changeait le cours de bien des vies en brisant des amours. Ou en en faisant naître d'autres, scandaleusement coupables. Une des cousines de Laure avait noué une idylle avec un Allemand qui gardait un camp de prisonniers sénégalais, et s'apprêtait à le rejoindre en Allemagne pour vivre avec lui. Une histoire qui ressemblait un peu à celle de Lili et Marcel.

Agathe racontait des scènes de son enfance, avec une précision dans le souvenir qui étonnait parfois Laure. Son face-à-face avec Lili, qui n'était pas encore sa belle-mère et qui sortait de la grange où elle avait entraîné son père. C'était en 1936, elle n'avait que quatre ans. La scène qui avait précédé le départ pour l'exode, dans la belle cuisine blanche de Lili qui faisait tellement enrager Léonie.

Laure apprit les grands secrets d'Agathe.

Qu'elle avait sauvé la vie d'Alain, comment, même si ça s'était passé dans une pagaille terrible, même si ça n'avait pas été dit clairement, son père l'avait compris.

Qu'elle avait surpris dans la forêt des trois collines Lili avec Marcel Aubriet, qui l'avait menacée de son couteau, et qu'elle n'avait rien dit. Qu'elle avait laissé croire à mamé qu'elle pleurait de la peur qu'elle avait eue à aller seule porter un message aux maquisards.

Elle apprit peu à peu à reconnaître, et à nommer, ses sentiments. La conscience de sa singularité, par rapport aux autres enfants. Son envie, son besoin d'être aimée, et pas seulement par mamé.

— Elise, ma petite sœur, si vous aviez vu, madame, comme elle était mignonne !

Laure devinait son regret de n'avoir pas pu être proche d'elle.

— Même Lili, madame, au début, si elle avait fait rien qu'un petit peu attention à moi, j'aurais pu l'aimer.

Elle osait dire l'intransigeance de Léonie.

— Mamé, elle était tout pour moi, forcément, mais, à vous je peux le dire, madame, des fois elle était trop dure. Ses mots pour Lili, ils me faisaient honte, ils me faisaient mal.

Elle avoua à Laure qu'elle se trouvait vilaine et que cela aussi, sans doute, avait joué contre elle.

— Si j'avais été mignonne, comme Elise, est-ce qu'elle m'aurait acceptée ? C'est plus facile d'être aimée, n'est-ce pas, madame, quand on a la beauté ?

Laure écoutait, comprenait, expliquait, rassurait.

Etienne s'étonnait bien un peu du temps qu'Agathe passait avec l'institutrice, mais sans jamais y trouver à redire. S'agissait-il seulement de travail scolaire entre elles ? Si c'était le cas, cette maîtresse-là était à la fois bien dévouée et compétente, pour lui avoir donné un tel goût de l'étude. Sinon... ?

Il observait Agathe, la découvrait jeune fille, avec

ses formes qui s'affirmaient A une enfant de bientôt quatorze ans il y a des choses à expliquer, concernant la vie. Léonie avait-elle eu le temps de le faire ? Et comment ? Fallait-il demander à Jacqueline de remplir le rôle de la mère disparue ? En tout cas lui ne se sentait pas de taille à affronter une responsabilité que d'ailleurs il ne se reconnaissait pas. De là à penser qu'une « étrangère », comme aurait dit Léonie, puisse s'en mêler...

Elle s'en mêlait forcément, étant donné la nature de leurs conversations, et Agathe comprit, entre autres révélations, pourquoi sa grand-mère lui avait dit de ne plus montrer ses genoux et ce qu'il y avait plus haut, le jour de ses premières règles

Laure alla passer les vacances de Noël, puis celles de Pâques, chez ses parents, à Bar-le-Duc. Ils s'ennuyaient d'elle et ces retrouvailles les réjouirent et les émurent à la fois. Ils constatèrent qu'elle avait trouvé à la campagne, et loin d'eux, ce qu'elle attendait. Bien que tout imprégnée encore du souvenir de Michel, elle leur parut moins triste.

— Tu te plais là-haut et c'est très bien, lui dit son père. Mais, ajouta-t-il, tu es jeune, ma fille, trop jeune pour la solitude. Ne t'y enferme pas. Tu as besoin de contacts, de compagnie, de gens qui te ressemblent. Tu reviendras, n'est-ce pas, je ne veux pas dire forcément avec nous, mais en ville ?

Agathe n'était encore jamais retournée seule dans la petite maison où elle avait passé douze ans avec Léonie. Après la mort de celle-ci, c'est accompagnée d'Olga qu'elle était allée y prendre ses affaires pour s'installer chez son père, où elle disposait de la grande chambre du haut. Etienne avait récupéré « les papiers », c'est-à-dire ce qui concernait les propriétés, pour le partage. Puis la porte avait été refermée et tout ce qui était à l'intérieur était resté tel quel. Olga avait déménagé les poules et les lapins. Il n'y avait plus de chèvre, Léonie sentant sa mort prochaine n'avait pas remplacé la dernière.

Un jour, pendant les vacances de Pâques, Agathe prit la clé de la petite maison et y entra seule. Non sans émotion, mais avec cette sorte de force et de tranquillité que lui avaient données ses conversations avec Laure. Une désagréable odeur de renfermé, presque de rance, flottait dans la cuisine, dont elle ouvrit la fenêtre et les volets. Elle passa dans la chambre de Léonie. Une bouffée de tendresse lui mit les larmes aux yeux à la vue du lit où elle l'avait vue morte. Elle ouvrit la grande armoire, effleura de la main les vêtements de Léonie, puis, voyant le tiroir qui avait contenu le coffret à bijoux, elle voulut voir s'il y restait quelque chose.

Oui. Une grande boîte plate, en carton, sans couvercle, pleine de photos. Elle repassa dans la cuisine, referma la porte et la fenêtre, s'installa à la table et étala devant elle ces photos qu'elle n'avait jamais vues. Il y en avait des grandes, des moyennes, des petites des groupes, des couples, des portraits

Elle eut l'impression que tout cela dansait devant ses yeux, elle tremblait un peu à l'idée de ce qu'elle allait découvrir. Et soudain quelque chose d'insolite attira son attention : sur une grande photo, une femme, une mariée, avait le visage entièrement griffonné au crayon noir. Elle la prit et y reconnut, à côté de son père, Lili, en robe blanche, un bouquet entre les bras. Léonie, furieuse de ce mariage, avait rageusement défiguré sa nouvelle bru.

— Mamé, dit-elle tout bas, un sourire aux lèvres mais les yeux mouillés.

Elle reconnut Etienne en premier communiant, missel en main, brassard au bras. Jacqueline en communiante aussi, avec des anglaises. Jacqueline encore en mariée, serrée contre l'oncle Jean tout mince. Etienne en soldat...

Puis ses mains plus assurées se mirent à chercher des photos de sa mère. Elle trouva un portrait en buste qui portait au dos le nom du photographe qui l'avait réalisé, et la date : 1922. Agathe le regarda longuement, prenant pour la première fois conscience de sa ressemblance avec sa mère, qu'elle avait si souvent entendue évoquer, avec l'impression parfois qu'elle lui était comme reprochée. C'était elle, elle avait vingt ans.

— Maman, murmura-t-elle, maman.

Il lui fallut un peu de temps pour dominer son émotion.

Elle se remit à fouiller. Elle cherchait la photo d'Odette et Etienne en mariés. Il y en avait une, en effet.

— Mes parents, dit-elle, les associant ainsi pour la première fois.

Pourquoi donc Léonie ne lui avait-elle jamais montré ces photos ? Sans doute pour la ménager. Elle-même, de son côté, n'avait guère fait preuve de curiosité.

C'en était assez pour cette première fois. Elle mit de côté le portrait d'Odette (« Je le montrerai à madame Forestier », pensa-t-elle), replaça les photos pêle-mêle dans la boîte, puis la boîte dans l'armoire, à sa place, en se promettant de revenir.

Les vacances de Pâques étaient finies et Laure était revenue au village. En voiture ! Ses parents avaient réussi à la convaincre qu'une voiture lui était indispensable dans ce trou perdu et de plus lui permettrait de venir plus souvent leur rendre visite. Son père l'avait donc accompagnée et conseillée pour l'achat d'une petite Citroën.

Agathe la retrouva avec bonheur. Elle avait glissé dans son cartable la photo d'Odette.

— Reste un peu ce soir, si tu peux, lui dit justement la maîtresse, nous irons chez moi, je voudrais te parler.

Ce qu'elle fit, sans lui laisser le temps de prendre les devants.

— J'ai pensé à toi pendant les vacances. Tu as beaucoup progressé, et je suis à peu près sûre que tu auras ton certificat.

Agathe, en effet, au fur et à mesure qu'elle s'était attachée et confiée à Laure, s'était sentie plus à l'aise aussi avec les matières scolaires sur lesquelles elle avait toujours peiné. Comme si le poids qu'elle avait sur le cœur, qui lui paraissait maintenant moins lourd, avait pesé aussi sur son cerveau. Aux dictées du cours moyen s'était ajouté un paragraphe supplémentaire pour elle. Elle trouvait des idées pour les rédactions et n'hésitait plus à les enrichir de réflexions personnelles. Même avec les fameux problèmes de robinets, de trains et de partages inégaux, elle se débrouillait mieux. Au point que ses progrès n'avaient pas échappé à Etienne lorsqu'il signait son cahier de devoirs mensuels. Il devinait l'influence bénéfique de madame Forestier, à laquelle, pensait-il, il serait correct de rendre au moins une visite avant le certificat. Il n'avait fait encore que l'apercevoir, avec sa blouse blanche et sa longue natte dans le dos, en passant à proximité de l'école.

— Voilà, poursuivit Laure. Que dirais-tu d'aller à la rentrée prochaine au collège technique, à Verdun ? Pour t'y perfectionner en couture, en cuisine, ou pour y apprendre la coiffure ou même le secrétariat, maintenant que tu es bonne en français. Au bout de trois ans tu aurais un diplôme, et un métier qui te permettrait de gagner ta vie. Ne crois-tu pas que nous pourrions en parler avec ton père ?

La réponse fusa immédiatement.

— Non, madame. Je veux rester à la ferme. Pas seulement pour mon père. Pour moi aussi. Parce que je suis comme lui. Je suis une paysanne. J'aime bien faire les autres choses, et même mes devoirs maintenant, grâce à vous, mais la terre et les bêtes, c'est de loin ce que je préfère. Je n'ai pas envie du tout d'apprendre un autre métier.

Sentant la sincérité et la détermination d'Agathe, Laure fut un peu décontenancée ; la conversation tournait court. Il y eut un moment de silence.

Puis Agathe se baissa et tira la photo de son cartable.

— C'est ma mère, à vingt ans.

« Comme elle lui ressemble ! » remarqua Laure dès le premier regard.

Elle la regarda intensément.

« Comme elle lui ressemble ! La forme du visage, les yeux, et cette coiffure, surtout. »

En elle, l'émotion avait remplacé l'étonnement.

Elle se souvint alors des paroles de son père : « Ne t'enferme pas dans la solitude. » Cette enfant n'était-elle pas en train de s'enfermer, elle aussi, dans cette incroyable ressemblance avec sa mère disparue ? Et le père avec elle, sans doute ?

Mais était-ce le moment de le lui expliquer, alors qu'elle attendait un compliment, une gentillesse ?

On frappait à la porte. C'était la grand-mère Maubert, une brave femme qui vivait chez ses enfants, des gens rudes à la tâche. Séduite par l'amabilité de la jeune institutrice, elle trouvait son plaisir à la gâter, en lui apportant de temps en temps « une bricole » pendant que sa bru avait le dos tourné. Frapper avant d'entrer lui semblant une politesse suffisante, elle apparut tout aussitôt. Son sourire édenté annonçait une bonne surprise sous le torchon blanc qui recouvrait son assiette.

— Ta maman était belle, eut juste le temps de dire Laure en rendant à Agathe la photo, qui disparut dans le cartable.

Le printemps 1946, premier printemps de paix après six années, fut d'une douceur exceptionnelle. Malgré les blessures irrémédiables, les ruines, les haines allumées pour longtemps, on le sentait porteur d'espoir. Quelque chose recommençait.

Tous les problèmes, toutes les difficultés découlant de la guerre n'avaient pourtant pas trouvé une solution, aussi bien dans les hautes sphères politiques que dans la vie de tous les jours. Les tickets de ravitaillement, par exemple, étaient toujours en usage pour de nombreuses denrées. Mais chaque fois que réapparaissait un produit dont on avait été privé, parfois jusqu'à en oublier le goût, c'était comme une petite fête. Le premier pain blanc acheté chez le boulanger, les premiers morceaux de vrai sucre, la première tablette de chocolat, que le père Mouton offrit à Agathe. Le premier morceau de savon avec une couleur et une odeur de savon, brandi par Olga comme un trésor.

L'envie de recommencer à vivre – pas comme avant, ça, c'était impossible, mais le cœur et l'esprit un peu plus à l'aise – toucha même ceux qui n'y croyaient plus.

Jusqu'à Jules. Il revint peu à peu soulager Etienne du « bricolage », aller aux vaches, faire boire les veaux, balayer l'étable, qui lui prenait un temps précieux au détriment de tâches plus importantes.

Olga n'eut plus à se cacher pour aider Agathe. Ensemble ils s'occupèrent du jardin – lui bêchant, au rythme qui était désormais le sien, elle semant et plantant – puis des couvées de poussins pour renouveler la basse-cour. Deux raisons, majeures pour Jules, comme elles l'auraient été sans doute pour Léonie, à ce revirement : le certificat d'études, qu'il fallait laisser à Agathe le temps de préparer, et le divorce enfin prononcé d'Etienne, ce qui signifiait que la Lili ne viendrait pas reconquérir la place qu'elle avait si mal tenue. Olga apprit bientôt, pour avoir rencontré la mère Meunier, qu'elle s'appelait désormais Liliane Aubriet. Pour le village elle devint « la Parisienne ».

Ce divorce n'avait pas eu tout à fait les conséquences envisagées par Etienne. Alors qu'il s'apprêtait à vendre une partie de ses terres pour donner à Lili ce qui lui revenait, le notaire le lui avait déconseillé.

« Gardez vos terres. Faites plutôt un emprunt, les taux sont raisonnables. Je connaissais bien vos parents, je les estimais. Je sais quelle aide vous avez apporté aux résistants. Pour ces raisons, je vous cautionnerai. »

« On en aura toujours bien assez pour nous deux », avait-il dit à Agathe. La perte de ses terres ne l'aurait peut-être pas brisé davantage. Leur sauvegarde lui redonna le goût de les travailler. Il décida de conserver à nouveau les veaux femelles qui viendraient à naître de ses vaches pour reconstituer son troupeau de laitières.

– Le v'là qui repart, constatait Jules.

Pour faire bonne mesure il rallumait de temps en temps ses rancœurs en évoquant les Boches, Marcel ou la Lili, mais ça ne partait plus comme avant, ça sentait le réchauffé, comme disait Olga.

Un jeudi où Agathe jardinait avec Olga, Etienne se décida enfin à faire sa visite de politesse à l'institutrice. Il mit pour cela un pantalon et une chemise propres et arrangea le plus soigneusement qu'il put ses cheveux plutôt rebelles au peigne en les vaporisant de brillantine.

Agathe lui avait dit, pour le collège. La décision de sa fille l'avait touché, et il se réjouissait à l'idée de la voir lui succéder. Cette éventualité redonnait un sens à son travail.

Mais il fallait auparavant qu'elle ait une jeunesse. Or il se rendait compte qu'elle n'était pas comme les autres jeunes, qui ne pensaient qu'à atteindre l'âge de sortir, de s'amuser, d'aller danser. Les épreuves de la vie en étaient pour beaucoup responsables, sans doute, mais il y avait autre chose. Elle était trop sérieuse, trop peu coquette. Bref, pour tout dire, à quatorze ans elle ressemblait trop à sa mère. Et lui ne savait comment s'y prendre pour l'aider à exprimer sa propre personnalité.

C'est de tout cela qu'il espérait s'entretenir avec madame Forestier, qu'Agathe semblait tellement apprécier. Enfin, s'il osait, s'il parvenait à s'expliquer devant elle.

Il fut d'abord assez gauche pour évoquer les progrès d'Agathe, la remercier pour ces progrès, pour la proposition du collège. Puis, rassuré par la personnalité de Laure, sa simplicité, son charme discret, son écoute, il put exprimer ce qu'il avait sur le cœur.

Laure lui dit à son tour toute la confiance d'Agathe. Elle savait des choses que lui-même ignorait. La scène dans la forêt avec sa belle-mère et son amant, la menace du couteau, la raison pour laquelle elle s'était tue. Ses pensées pour les deux enfants, surtout la petite Elise. Il en fut très ému.

— Vous êtes une chance pour elle, dit-il, elle n'a personne d'autre à qui parler aussi franchement. Pas même moi.

— J'ai en effet l'impression d'avoir de l'influence sur elle. Je ne serais pas allée plus loin sans votre assentiment. Maintenant je peux. Mais je ne le fais pas que pour elle. Moi aussi j'ai des choses à réapprendre, une raison de vivre à redécouvrir. A deux ce sera plus facile. Venez maintenant, je vais vous montrer quelque chose.

Elle l'emmena devant les tableaux de Michel qu'il admira longuement.

— J'ai envie d'essayer moi aussi. Vos chevaux sont paisibles, m'a dit Agathe. Me permettrez-vous de les peindre ?

Pendant ce temps, le travail n'avançait guère au jardin. Profitant des vacances de Pâques, Agathe avait préparé son cahier spécial de récitations et de chants, toujours pour le fameux certificat. Six poésies, dont au moins une fable de La Fontaine, six chants, parmi lesquels devaient obligatoirement figurer *La Marseillaise* et *Le Chant du départ*, qui seraient présentés, proprement recopiés, à l'examinateur, qui ferait son choix pour l'interrogation.

Elle expliquait tout cela à Olga et elle entreprit même de mimer la scène.

— Mademoiselle Jacquin, récitez-moi... voyons... *Le Renard et la Cigogne* !

Olga connaissait la fable, elle l'avait apprise en son temps, elle se lança donc illico dans le rôle de la candidate :

Compère le renard se mit un jour en frais
Et retint à dîner commère la cigogne.
Le régal fut... fut...

— Eh bien, mademoiselle, il fut comment le régal ?

Je ne sais plus, avoua Olga, tu sais, l'école, pour moi, c'est loin !

A toutes les deux, elles réussirent à aller au bout de la fable, elles s'entraidaient en riant

— T'es bien joyeuse, dit Olga, y a longtemps que je t'ai pas entendue rire comme ça. C'est ta grand-mère qu'aurait été contente de te voir comme ça.

— Mon père, dit Agathe lorsqu'elles eurent retrouvé leur sérieux, il est parti voir la maîtresse, je suis contente qu'il la connaisse.

— Ça ne changera pas grand-chose pour toi, puisque tu vas quitter l'école bientôt.

Cela changea en réalité bien des choses, bien plus qu'Agathe elle-même aurait pu l'espérer

Il y eut pour commencer l'épisode des cheveux coupés.

— Demain, dit un soir Laure a la fin d'une séance de travail, c'est jeudi, je vais à Verdun me faire couper les cheveux, si tu veux je t'emmène.

— Couper vos cheveux ? Votre belle grande natte ? Mais pourquoi, madame ?

— Parce que Michel les aimait. Si je les gardais, ce serait comme si je vivais toujours pour lui. Il n'est plus là. Il faut que je vive pour moi, tu comprends ?

Agathe semblait abasourdie. Elle en oubliait Verdun, la ville où elle n'était encore allée que deux fois, avec Léonie, par le car.

— Tu demanderas la permission à ton père, pour m'accompagner.

Il la donna sans discussion, et un peu d'argent avec. On ne va pas faire un tour en ville sans argent.

— Madame, dit Agathe dans la voiture, et si moi aussi je me faisais couper les cheveux, comme vous...

Laure se contenta de sourire, c'était ce qu'elle espérait.

Laure s'assit la première sur le siège et expliqua à la coiffeuse ce qu'elle souhaitait. Une raie sur le côté, un mouvement cranté sur le front, quelque chose de naturel, pas trop apprêté.

Agathe suivait le travail des ciseaux, regardait tomber les longues mèches brunes, trouvait dans le miroir le sourire de Laure auquel elle répondait. Quand ce fut fini, après le séchage sous le casque et le coup de peigne de finition, c'était une autre femme.

— A la jeune demoiselle maintenant ! Je vous conseille une coiffure boule, ça vous ira très bien.

Agathe s'installa à son tour, et la magie joua pour elle comme pour Laure. Elle eut l'impression de perdre un poids énorme quand tombèrent ses deux épaisses nattes. C'était au tour de Laure d'assister à la métamorphose. Les mèches courtes de la coiffure en boule descendaient sur le front d'Agathe et encadraient joliment son visage.

En regagnant la voiture, elles regardaient les vitrines, non seulement pour découvrir ce qui y était exposé, mais aussi pour y voir leur reflet et s'habituer à leur nouvelle image. Agathe aimait sa coiffure courte, mais se trouvait encore gauche et disgracieuse à côté de Laure, pourtant vêtue avec simplicité.

— Vous savez, madame, lui dit-elle un peu plus tard dans la voiture, quand je vous ai montré la photo de ma mère, vous m'avez regardée d'un drôle d'air. J'ai compris pourquoi. Vous trouviez que je lui ressemblais trop. Sur le coup ça m'a fait un peu de peine. Mais vous aviez raison. C'est pour ça que j'ai fait couper mes cheveux.

La douceur de mai qui incita les enfants à s'habiller légèrement dévoila un peu plus leurs dessous. Sous les tabliers Laure entrevit quelques tricots de peau, quelques chemises d'une blancheur douteuse. Des cous, des genoux, des talons portaient des traces grisâtres qui dénonçaient les toilettes sommaires de l'hiver. Il faut dire que rares étaient les maisons équipées d'une salle d'eau et que les enfants se lavaient le plus souvent dans la cuisine, à l'évier, entre deux vaisselles.

Ceux qui étaient toujours propres, dont Agathe, n'en avaient que plus de mérite.

— Il serait temps que tu portes un soutien-gorge, lui dit un jour Laure.

— Vous croyez, madame ?

— Mais bien sûr ! Vois comme ta poitrine est ronde sous ta blouse. Tu aurais une plus jolie silhouette si tu en avais un.

Un soutien-gorge... Agathe pensa à Léonie, que toute petite elle avait vue tant de fois se déshabiller. Quand elle avait enlevé ses vêtements de jour elle apparaissait en chemise, de shirting blanc en été, d'interlock rose en hiver ; elle dégrafait son corset, également rose, et le posait sur une chaise avec un soupir de soulagement, puis elle passait sa chemise de nuit avant d'ôter sa vaste culotte de coton. Mis à part le corset, les sous-vêtements d'Agathe étaient calqués sur ceux de sa grand-mère, et ceux qu'elle tenait de Jacqueline n'étaient guère plus raffinés, sauf les chemises, parfois garnies d'un entre-deux de dentelle. Léonie aurait-elle pris l'initiative de faire porter un soutien-gorge à sa petite-fille, qui l'avait entendue une fois se scandaliser devant Olga des « nichons pointus » de la Lili qu'elle remontait si haut que ça lui donnait mauvais genre ?

Des soutiens-gorge, le gros Dédé en vendait, mais Agathe ne se voyait pas du tout lui demandant conseil pour la taille.

Avec Laure ce fut facile.

Un dimanche après-midi elle vint à la ferme pour la première fois, avec son chevalet et ses crayons. Etienne l'accompagna jusqu'à la pâture et lui présenta la Sophie, qui s'approcha de la clôture pour quémander des caresses, avant de se laisser complaisamment croquer.

Il revint un peu plus tard, la complimenta sur l'ébauche qu'elle avait tracée et répondit avec un plaisir évident à toutes les questions qu'elle lui posa sur ses chevaux.

— Je vais jeudi à Verdun pour renouveler un peu ma garde-robe de printemps, lui dit-elle en rangeant ses crayons. Il me semble que celle d'Agathe en a besoin aussi. Qu'en pensez-vous ?

Il y eut donc le premier soutien-gorge, assez discret pour faire penser qu'il n'aurait pas choqué Léonie, assez efficace pour donner conscience à Agathe de sa féminité.

Il y eut des petites culottes blanches, une combinaison de fin jersey bleu ciel. Il y eut les jupes et les robes raccourcies par quelques soirées de couture. Tout cela, la plupart du temps, ne se voyait pas. Pour l'école, Agathe portait par-dessus le tablier noir avec son liseré rouge, et à la maison, au jardin, au contact des bêtes, la blouse à manches longues bien boutonnée, mais elle se sentait mieux. Elle découvrait le plaisir de la féminité sans tapage, sans chercher pour autant à « embobiner » qui que ce soit. Etre propre, comme le recommandait si bien Léonie, c'était bien. Etre en plus à l'aise, c'était tellement mieux.

Le second lundi de juillet, quelques jours avant

les grandes vacances, qui débutaient le 14, Laure emmena Agathe au chef-lieu de canton pour le certificat. Elles étaient toutes les deux confiantes, mais tout de même un peu tendues. Ce n'était pas une épreuve seulement pour l'élève, mais aussi pour l'institutrice, qui avait à démontrer l'efficacité de son enseignement. Heureux le maître ou la maîtresse qui pourrait, le soir, se targuer de voir ses reçus parmi les premiers du canton, surtout s'il attendait de l'avancement ou une nomination à un poste plus important, une direction par exemple.

Laure n'en demandait pas tant. Sa récompense, elle l'avait déjà dans l'évolution d'Agathe, qui ne détonnait plus dans la longue rangée des candidates que par sa taille.

Elle fut reçue. Pas avec les honneurs. Pas non plus grâce au repêchage consenti à ceux qui avaient frôlé la barre. Avec une honnête moyenne, entre un 4 en calcul, à cause d'un problème compliqué de vin acheté en vrac et revendu en bouteilles, des histoires de lie, de bouteilles cassées, de prix des bouchons, de bénéfice... et un 9 en sciences, où elle avait eu la chance de tomber sur les méthodes de conservation des aliments.

En attendant le retour de Laure et d'Agathe, Etienne pensait qu'après le certificat il était de tradition, pour les parents des lauréats, d'offrir un cadeau au maître ou à la maîtresse qui les avait préparés. C'étaient les mères qui s'en chargeaient. Il se souvenait que l'année de son certif monsieur Caron avait reçu une canne à pêche avec le moulinet, et son épouse un gros bouquet de fleurs des jardins. Léonie et Abel y avaient ajouté une bouteille de leur meilleure mirabelle.

Le hasard avait voulu qu'Agathe fût la seule candidate cette année. Qui allait se charger du cadeau pour madame Forestier ? Lui ? Il n'avait jamais rien offert à sa mère, à part son travail. Ni à sa première femme, à part son alliance. Quant à la seconde, s'agissait-il de cadeaux quand il s'exécutait face à ses exigences ? Pour un homme, il aurait pu. Mais pour une femme...

Elles arrivaient. A leur sourire il devina la bonne nouvelle. Après avoir embrassé Agathe, il avoua sa gêne à Laure.

— Madame Forestier, je ne sais comment vous remercier. Je devrais...

— Vous devriez permettre à Agathe de continuer à venir me voir après les vacances, même si elle ne sera plus mon élève... Et à moi de rendre visite à vos chevaux, et à vous par la même occasion, de temps en temps. Qu'en pensez-vous ?

Epilogue

C'est une photo de mariage, un groupe, qui porte la marque du studio Boulanger, de Stenay, et une date : 24 mai 1956.

Elle n'a pas été prise sur la place du village, ni devant la mairie, ni devant l'église, selon l'usage, mais dans la cour d'une ferme, à en juger par les bâtisses que l'on voit de part et d'autre. En y regardant de près, on peut même distinguer un tracteur dans l'un des bâtiments, grange ou hangar, dont la porte est ouverte, et un cheval tendant le cou par-dessus la clôture du pré qui sert de toile de fond à la photo.

Au premier rang, au centre, les mariés. Agathe et Gérard. Agathe Jacquin, ce matin encore, Agathe Marziani, maintenant. Depuis qu'elle a quitté l'école, c'est-à-dire depuis dix ans, elle n'a cessé de travailler aux côtés d'Etienne, son père, pour redonner à cette ferme qui est son univers l'importance qu'elle avait perdue. Si elle n'en est pas encore la propriétaire en titre, elle l'est en fait. C'est elle, avec la pleine confiance d'Etienne, qui prend les décisions importantes, comme l'achat du tracteur à l'automne dernier. Elle porte une robe blanche, longue, de coupe simple, qui met en valeur sans les accentuer ses formes pleines de jeune paysanne. Sur ses cheveux courts, un voile de tulle qui descend sur ses épaules, et dans ses bras un bouquet de fleurs blanches, du lilas semble-t-il. Gérard, aussi brun qu'elle est blonde, en costume et cravate sombres, chemise blanche, une main gantée tenant l'autre gant, un conseil du photographe pour « faire bien », tourne légèrement son visage vers sa femme et lui sourit.

A la droite d'Agathe, donc à gauche sur la photo, son père, Etienne. Il approche de la cinquantaine. Son front s'est largement dégarni, mais sa silhouette n'a pas changé. Il ne sourit pas, c'est une chose qu'il ne sait pas faire, à plus forte raison sur commande, mais il semble heureux. Il a passé l'hiver à remettre en état la petite maison de sa mère, Léonie, dans laquelle il va s'installer, pour laisser la sienne au jeune couple.

Près d'Etienne, sa sœur Jacqueline et son mari Jean. Elle en tailleur clair – on ne peut en deviner la couleur exacte puisque la photo est en noir et blanc – avec un curieux chapeau agrémenté d'un côté, celui de Jean, d'une volumineuse parure de fleurs et de rubans. Le pauvre Jean est donc obligé de se tenir un peu de travers, ce qui souligne encore, s'il en était besoin, la domination de sa femme. Il en souffre depuis la mort de Léonie, dont l'héritage a servi à l'amélioration de leur maison, ce que son maigre salaire n'aurait jamais permis, Jacqueline le lui rappelle régulièrement.

A la droite de Jean enfin, assises sur des chaises, deux vieilles dames on ne peut plus différentes. L'une, habillée de noir, en manteau malgré le soleil de mai, avec un chapeau démodé, grosse, tassée, l'air accablé, les mains posées sur ses genoux écartés. C'est Olga Il a fallu qu'Agathe insiste pour qu'elle accepte de poser sur la photo, puis tout à l'heure de participer aux agapes. Elle a soixante-dix ans. Pauvre Olga. Elle a perdu tout son courage et sa raison de vivre le jour où Jules a fermé les yeux, en 1950. Ses enfants viennent lui rendre visite un peu plus souvent, mais c'est surtout Agathe qui s'occupe d'elle et qu'elle aime. Maintenant que la voilà mariée avec un gentil garçon, Olga va pouvoir se laisser glisser tout doucement pour rejoindre son seigneur et maître. L'autre vieille dame, cheveux blancs bouclés, robe sobrement élégante, rangée de perles, sac à main sur ses genoux serrés, souriante, est en dépit des apparences de dix ans au moins plus âgée qu'Olga. Elle aussi est veuve. Son mari, monsieur Caron, l'ancien instituteur, le résistant organisateur d'un réseau, est mort en 1953. Sa carrière a été retracée sur plusieurs colonnes dans *L'Est républicain*, qui a publié aussi une photo de ses obsèques, auxquelles ont assisté plusieurs personnalités.

Du côté de Gérard, maintenant, à sa gauche, ses parents, Madeleine et Giovanni Marziani, un émigré italien, ouvrier des aciéries du Pays-Haut comme beaucoup de ses compagnons d'exil. Gérard a toujours été attiré par la campagne, le travail de la terre, il a un CAP d'horticulteur. Il a rencontré Agathe grâce à l'une de ses sœurs, mariée à un Meusien Une fête de village, un bal... D'horticulteur à paysan, il n'y a pas loin. La ferme déjà l'enthousiasme et ses idées rejoignent celles d'Agathe. Les parents Marziani ont la gaieté innée, la parole facile, le geste exubérant. Tout le contraire d'Etienne. Mais il n'a pas trouvé à y redire. Gérard est sérieux, courageux, Agathe a fait son choix, elle est heureuse, c'est bien.

A côté de Madeleine et Giovanni, les grands-parents maternels de Gérard, assis eux aussi pour l'équilibre du groupe. Un autre style de vieillards, entre la distinction de madame Caron et la rusticité d'Olga. Bien proprets, endimanchés. Devant eux, deux très jeunes enfants, garçon et fille, un peu empêtrés dans leurs beaux habits, leurs arrière-petits-enfants.

Au deuxième rang, debout sur des bancs, en partant de la droite de la photo, les sœurs aînées de Gérard et leurs maris, puis, derrière les mariés, le garçon et la demoiselle d'honneur. Un beau gars brun, très bien mis, cravate et pochette assorties, coiffure soignée, « un faquin » aurait dit Léonie, Marc, dit Marco, dix-huit ans, le frère cadet de Gérard. La demoiselle, robe joliment décolletée, bras nus, des cheveux bouclés encadrant un visage de poupée, belle comme un cœur et souriante, n'est autre qu'Elise, la petite Elise qui a tant manqué à Agathe. Elle a dix-sept ans. Avec son frère Alain, ils ont commencé à revenir au village quand ils ont été en âge de voyager tout seuls, ils arrivaient par le train à Verdun, où le grand-père Meunier allait les chercher avec sa vieille camionnette. Puis ils sont venus à la ferme. Des retrouvailles difficiles avec Etienne, un peu moins avec Agathe. Le contact ne s'est pas vraiment rétabli avec Alain, garçon instable, fuyant. Les dernières fois Elise est revenue seule et a passé beaucoup de temps avec Agathe, qui avait déjà tellement envie de fondre pour cette petite sœur au temps douloureux de l'exode. Elise fait des études, elle veut être esthéticienne, la beauté c'est son truc. Inutile de chercher Alain sur la photo. Il est en Algérie, engagé volontaire.

Entre Agathe et Etienne, au-dessus d'eux, les dépassant de la tête grâce au banc, Laure Forestier. Depuis longtemps ils disent Laure. Une belle femme, c'est ce qu'on dit de celles qui ne se font remarquer par rien de spécial, mais par l'ensemble. Le physique, la tenue, le tout en harmonie. On aperçoit l'une de ses mains, discrète, sur l'épaule d'Etienne. Près d'elle ses parents, qui non seulement ont renoncé à la faire revenir en ville, mais par leur présence ici cautionnent son choix. Ses choix. Son choix de vie, son choix d'amour. De fil en aiguille, de portrait de la Sophie en portrait de Moïse, de visites rapides en longues soirées de confidences, Laure et Etienne, pour le plus grand bonheur d'Agathe, sont devenus des amis, et davantage. Ils ne vivent pas ensemble, mais plus personne au village n'ignore leurs relations. Etienne et madame Forestier. Décidément ce pauvre Etienne aura eu un drôle d'itinéraire avec les femmes. Veuf, honteusement trompé et sans rancune, et maintenant... Si c'était avec une autre on dirait peut-être « en concubinage » ou « à la colle », mais avec madame Forestier... Enfin c'est leur affaire.

Viennent ensuite des parents de Gérard, encore, des cousins. Et tout en haut, au troisième rang, là où le photographe ne se risque pas à faire monter n'importe qui, la jeunesse, neveux et nièces du marié, et des jeunes garçons et filles des villages alentour invités pour leur servir de cavaliers et de cavalières. Ah ! et puis tout au coin, du côté d'Etienne, de Jacqueline et d'Olga, du côté Jacquin, donc le sien, Bébert. Il a bougé au moment du cliché, son visage est flou. Mais on le reconnaît sans peine à sa tenue, sa veste étriquée, la mère Cornaille, parce qu'il grandissait trop vite, l'ayant toujours habillé trop juste. C'est peut-être pour cela aussi qu'il commence à se voûter, déjà.

PRODUCTION JEANNINE BALLAND

Romans « Terres de France »

Jean Anglade
Un parrain de cendre
Le Jardin de Mercure
Y a pas d'bon Dieu
La Soupe à la fourchette
Un lit d'aubépine
La Maîtresse au piquet
Le Saintier
Le Grillon vert
La Fille aux orages
Un souper de neige
Les Puysatiers
Dans le secret des roseaux
La Rose et le Lilas
Avec le temps...
Sylvie Anne
Mélie de Sept-Vents
Le Secret des chênes
La Couze
Ciel d'orage sur Donzenac
La Maîtresse du corroyeur
Un horloger bien tranquille
Jean-Jacques Antier
Autant en apporte la mer
Marie-Paul Armand
La Poussière des corons
Le Vent de la haine
Le Pain rouge
La Courée
tome I *La Courée*
tome II *Louise*
tome III *Benoît*
La Maîtresse d'école
La Cense aux alouettes
Nouvelles du Nord
L'Enfance perdue
Un bouquet de dentelle
Au bonheur du matin
Victor Bastien
Retour au Letsing
Françoise Bourdon
La Forge au Loup
La Cour aux paons
Le Bois de lune
Annie Bruel
La Colline des contrebandiers
Le Mas des oliviers
Les Géants de pierre
Marie-Marseille
Jean du Casteloun
Les Amants de Malpasset
Michel Caffier
Le Hameau des mirabelliers
La Péniche Saint-Nicolas
Les Enfants du Flot
Jean-Pierre Chabrol
La Banquise
Alice Collignon
Un parfum de cuir
Didier Cornaille
Les Labours d'hiver
Les Terres abandonnées
La Croix de Fourche
Etrangers à la terre
L'Héritage de Ludovic Grollier
L'Alambic
Georges Coulonges
Les Terres gelées
La Fête des écoles
La Madelon de l'an 40
L'Enfant sous les étoiles
Les Flammes de la Liberté
Ma communale avait raison
Les blés deviennent paille
L'Eté du grand bonheur
Des amants de porcelaine
Le Pays des tomates plates
La Terre et le Moulin
Les Sabots de Paris
Yves Courrière
Les Aubarède
Anne Courtillé
Les Dames de Clermont
Florine
Dieu le veult
Les Messieurs de Clermont
L'Arbre des dames
Le Secret du chat-huant
Paul Couturiau
En passant par la Lorraine
Annie Degroote
La Kermesse du diable
Le Cœur en Flandre
L'Oubliée de Salperwick
Les Filles du Houtland
Le Moulin de la Dérobade
Les Silences du maître drapier
Le Colporteur d'étoiles

Alain Dubos
Les Seigneurs de la haute lande
La Palombe noire
La Sève et la Cendre
Le Secret du docteur Lescat
Marie-Bernadette Dupuy
L'Orpheline du bois des Loups
Elise Fischer
Trois Reines pour une couronne
Les Alliances de cristal
Laurence Fritsch
La Faïencière de Saint-Jean
Alain Gandy
Adieu capitaine
Un sombre été à Chaluzac
L'Enigme de Ravejouls
Les Frères Delgayroux
Les Corneilles de Toulonjac
L'Affaire Combes
Les Polonaises de Cransac
Le Nœud d'anguilles
L'Agence Combes et Cie
Gérard Georges
La Promesse d'un jour d'été
Michel Hérubel
La Maison Gelder
La Falaise bleue
Tempête sur Ouessant
Le Démon des brumes
Denis Humbert
La Malvialle
Un si joli village
La Rouvraie
La Dent du loup
L'Arbre à poules
Les Demi-Frères
La Dernière Vague
Yves Jacob
Marie sans terre
Les Anges maudits de Tourlaville
Hervé Jaouen
Que ma terre demeure
Jean-Pierre Leclerc
Les Années de pierre
La Rouge Batelière
L'Eau et les jours
Hélène Legrais
Le Destin des jumeaux Fabrègues
Louis-Jacques Liandier
Les Gens de Bois-sur-Lyre
Les Racines de l'espérance
Jean-Paul Malaval
Le Domaine de Rocheveyre
Les Vignerons de Chantegrêle
Jours de colère à Malpertuis
Quai des Chartrons
Les Compagnons de Maletaverne
Le Carnaval des loups
Dominique Marny
A l'ombre des amandiers
La Rose des Vents
Louis Muron
Le Chant des canuts
Henry Noullet
La Falourde
La Destalounade
Bonencontre
Le Destin de Bérengère Fayol
Le Mensonge d'Adeline
L'Evadé de Salvetat
Michel Peyramaure
Un château rose en Corrèze
Les Grandes Falaises
Frédéric Pons
Les Troupeaux du diable
Les Soleils de l'Adour
Jean Siccardi
Le Bois des Malines
Les Roses rouges de décembre
Le Bâtisseur de chapelles
Le Moulin de Siagne
Jean-Michel Thibaux
La Bastide blanche
Le Secret de Magali
La Fille de la garrigue
Le Roman de Cléopâtre
La Colère du mistral
L'Homme qui habillait les mariées
La Gasparine
L'Or des collines
Jean-Max Tixier
Le Crime des Hautes Terres
La Fiancée du santonnier
Le Maître des roseaux
Brigitte Varel
Un village pourtant si tranquille
Les Yeux de Manon
Emma
L'Enfant traqué
Le Chemin de Jean
L'Enfant du Trièves
Le Déshonneur d'un père
Colette Vlérick
La Fille du goémonier
Le Brodeur de Pont-l'Abbé
La Marée du soir
Le Blé noir

Collection « Sud Lointain »

Jean-Jacques Antier
Le Rendez-vous de Marie-Galante
Marie-Galante, La Liberté ou la Mort
Erwan Bergot
Les Marches vers la gloire
Sud lointain
tome I *Le Courrier de Saïgon*
tome II *La Rivière des parfums*
tome III *Le Maître de Bao-Tan*
Rendez-vous à Vera-Cruz
Mourir au Laos
Jean Bertolino
Chaman
Paul Couturiau
Le Paravent de soie rouge
Le Paravent déchiré
Alain Dubos
Acadie, terre promise
Retour en Acadie
Hervé Jaouen
L'Adieu au Connemara
Dominique Marny
Du côté de Pondichéry
Les Nuits du Caire
Cap Malabata
Juliette Morillot
Les Orchidées rouges de Shanghai
Bernard Simonay
Les Tigres de Tasmanie
Jean-Michel Thibaux
La Fille de Panamá
Tempête sur Panamá

Romans

Alain Gandy
Quand la Légion écrivait sa légende
Hubert Huertas
Nous jouerons quand même ensemble
La Passagère de la « Struma »
Denis Humbert
Un été d'illusions
Michel Peyramaure
Les Tambours sauvages
Pacifique Sud
Louisiana
Le Roman de Catherine de Médicis

Impression réalisée par

BUSSIÈRE

GROUPE CPI

à Saint-Amand-Montrond (Cher)
en septembre 2005
pour les Presses de la Cité
12, avenue d'Italie
75013 Paris

N° d'édition : 7160. — N° d'impression : 053365/1.
Dépôt légal : février 2004.
Suite du 1er tirage

Imprimé en France